Hase Seisyu
馳星周

北辰の門

ほくしんのもん

中央公論新社

『北辰の門』登場人物系図

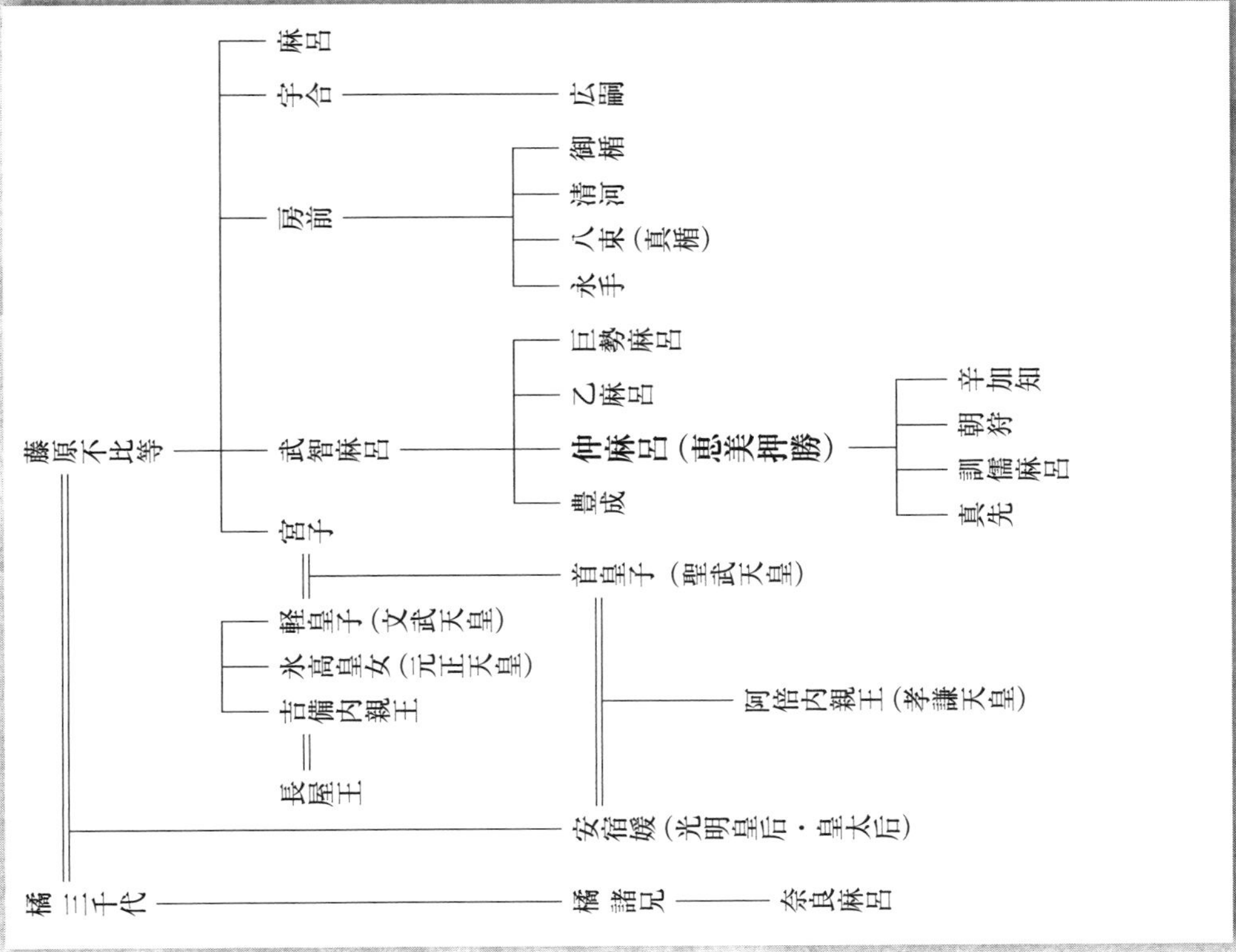

藤原不比等
麻呂
宇合
広嗣
房前
御楯
清河
八束（真楯）
永手
武智麻呂
巨勢麻呂
乙麻呂
仲麻呂（恵美押勝）
辛加知
朝狩
訓儒麻呂
真先
豊成
宮子
首皇子（聖武天皇）
軽皇子（文武天皇）
氷高皇女（元正天皇）
吉備内親王
長屋王
阿倍内親王（孝謙天皇）
安宿媛（光明皇后・皇太后）
橘三千代
橘諸兄
奈良麻呂

北辰の門

一

皇后は写経に勤(いそ)しんでいた。一心不乱に筆を走らせる姿は、鬼に取り憑(つ)かれたのかと思えるほどだ。

仲麻呂(なかまろ)は部屋の隅で座したまま、待った。

皇后はいつもこうなのだ。四人の兄たちを疫病(えきびょう)で失ってからは、心が仏に傾いていく一方だった。

筆が止まった。皇后は顔を上げ、仲麻呂に気づいて微笑(ほほえ)んだ。

「いらしていたのですね。待ちましたか？」

「それほどでも」

仲麻呂は曖昧に首を振った。実際には一刻(いっとき)近く、写経が終わるのを待っていた。

「今日はいかなる用ですか？」

皇后は筆を置き、仲麻呂に向き直った。

「兄の件です」

「またですか」

皇后が溜息を漏らす。

「兄に任せていては、藤原氏の本当の力を取り戻すことはできません」

兄の藤原豊成は中納言として政の中枢に座っている。天皇と左大臣橘諸兄からの信頼が篤く、官人たちにも慕われている。

だが、それではだめなのだ。左大臣を脅かし、いずれはその座から引きずり下ろすという強い野心のある者でなければ、藤原氏の栄光を取り戻すことはかなわない。

豊成は自分だけの栄華を手にして満足している。その目は一族には向けられていないのだ。祖父の不比等や父の武智麻呂が、そんな者が氏上だと知ったら烈火のごとく怒り狂うだろう。

不比等がはじめ、武智麻呂が推し進めた藤原氏による政の独占は、疫病と痴れ者によって行く手を阻まれてしまっている。

「そなたも公卿に列せられたではありませんか」

「ただの参議にすぎません。力添えが必要なのに、兄は左大臣の顔色をうかがってばかりいる」

「左大臣はわたしの兄でもあるのですよ」

皇后が言った。橘諸兄は皇后の異父兄だ。皇籍を捨てて臣下となり、母の県犬養三千代がときの天皇から授かった橘の氏名を名乗っている。武智麻呂が政を担っていた時は目立たぬ存在だった。だが、疫病が猖獗を極めると、太政官は空席だらけとなった。当時、病に苦しめられることなく出仕できたのは鈴鹿王と諸兄だけ。鈴鹿王が知太政官事に、諸兄が大納言に任ぜられ、以降、太政官は諸兄の手に握られることになったのだ。

運がよかった。ただそれだけのことで政を恣にしている。そう考えると、仲麻呂の腹の内で狂おしい感情が煮えたぎる。

「それでは、皇后様は橘氏が藤原氏に取って代わってもよいとおっしゃるのでしょうか」

「そうは言っておらぬ」

皇后の言葉の端に苛立ちが混じりはじめた。

「なにが欲しいのか、言ってみるがよい」

「式部卿（しきぶきょう）の地位を、何卒（なにとぞ）」

仲麻呂は頭を下げた。

「そなたらしい」

皇后が鼻を鳴らした。

「諸兄の首をじわじわと締め上げるつもりか」

式部卿は文官の選叙と考課を司る。朝堂（ちょうどう）の人間を少しずつ入れ替えて、橘諸兄の力を削っていくのだ。

「皇室と藤原氏、この国を支えていくのはこのふたつの車輪。祖父の不比等もそう考えておりました」

皇后は藤原氏と橘氏、両方の血を引く女人だ。だが、自らの出自は藤原氏にあると心得ている。不比等の娘だからこそ、皇族の血を持たぬ身で皇后の座に就けたのだ。

「わかっている。疫病さえなければ、父上の願いはとうにかなっていたはず」

皇后は唇を嚙んだ。

「わたしが祖父の願いをかなえてみせます」

仲麻呂は言った。

「相変わらず、自信に満ち溢れた物言いをする。わたしと話すときはかまわぬが、他の者、特に議政官(ぎせいかん)たちには気をつけよ。鼻持ちならぬ男と見なされると面倒なことになる。そもそも、そなたは藤原の男なのだ」

「心得ております」

自分の心の内を他人に見透かされるなど、あってはならぬことだ。必要とあらば低く出て、媚(こ)びも売ろう。大事の前の小事など取るに足らない。

「式部卿です」

仲麻呂は言った。

「しつこい」

皇后が眉間に皺(しわ)を寄せた。

「失礼しました」

「登れるところまで登ってみるがいい。わたしがその背中を支える」

「ありがたき幸せ」

仲麻呂は平伏した。

＊＊＊

退屈を持て余していると、聞き慣れた足音が近づいてきた。阿倍内親王(あべないしんのう)の顔に笑みが広がる。

「仲麻呂」

俊敏な動きで立ち上がり、足音のする方向に駆けだした。従兄が涼やかな笑顔を浮かべていた。

「阿倍様、皇太子が東宮殿(とうぐうでん)を駆け回るとは何事です」

「仲麻呂の足音が聞こえたからよ」

阿倍は足を止めた。幼き頃よりそばにいて、常に自分のことを気にかけてくれた男だ。恋情を抱いたこともある。

だが、阿倍は将来、玉座に就く身だった。女帝は夫を持つことをゆるされない。生涯を独り身で過ごさねばならないのだ。

成就せぬ思いならば、恋などはしない方がいい。そうして、身を焼くような思いを握り潰した。

自分の身の上を呪って幾度、涙で枕を濡らしたことか。だが、皇太子に立てられたあとは逃げ道をすべて塞がれた。皇室と国の未来を一方的に押しつけられたのだ。座から降りることも、自害することもゆるされない。

地獄の炎に炙(あぶ)られるような日々の中で、唯一、慰めを与えてくれたのは仲麻呂だった。

仲麻呂はなんでも知っていた。この国や唐の歴史は元より、歌にも詩にも造詣(ぞうけい)が深く、算術も心得ている。自分が赴いた地の風物も、よく語ってくれた。

仲麻呂の来訪を心待ちにしてしまうのは致し方のないことなのだ。

「なにをなさっていたのですか」

仲麻呂が問うてきた。

「庭を見ていました。それにも飽きていたところです」

「ならば、書を読めばいいものを。書物はいろんなことを教えてくれます」

「わたしには仲麻呂がいます。わからないことがあれば、仲麻呂に訊けばよい」

仲麻呂が苦笑した。阿倍は仲麻呂と肩を並べて歩いた。他の場所ではゆるされないが、東宮殿では見咎(みとが)める者などいない。

「普通の女人であれば、夫や子どものために日々汗を流し、庭を眺めることも、書物に目を通すこともないのでしょうね」

「阿倍様は普通の女人ではありません」

仲麻呂が阿倍を見た。その目は、もういい加減に諦めなさいと語っている。

わかっている。とうに諦めたのだ。それでも、不意に心の奥底にある割れ目から愚痴がこぼれ出てきてしまう。

普通の女人のように暮らしてみたい。日々の暮らしに苦労しながらも、夫と子どもたちに愛される日々を送るのだ。

大それた願いではないのに、なぜかなわないのか。

自分が天皇と皇后の間に生まれた女人だからだ。せめて、基王（もといおう）が生きていればこれほどまでに心苦しい思いはせずに済んだはずだ。だが、弟は幼くしてこの世から去っていった。今上（きんじょう）天皇と皇后の血を引く皇族は阿倍だけだった。腹違いの弟に安積親王（あさかしんのう）がいるが、玉座に就く望みは薄いだろう。

退路は断たれている。玉座に座るその日まで、ただ進み続けていく他はないのだ。

自分が男に生まれたのなら、それはそれでよかったのだろう。不自由ではあるかもしれないが、妻を娶（めと）り、子を儲け、愛し愛されることによって心の平穏を得ることもできる。

なぜ、女の身ではそれがゆるされないのか。畏れ多くも仏を呪ったことが幾度あっただろう。

「おや、表情が曇りましたよ」

仲麻呂が言った。

「玉座に就くのが嫌だというお気持ちに変わりはないのですね。多くの皇族が望んでいるというのに」

「仲麻呂も望んでいるの？　もし、自分が皇族だったら玉座に座りたい？」

仲麻呂が首を振った。

「わたしは皇族ではありません」

「皇后様だって皇族ではなかったわ。でも、藤原不比等の娘だから、皇后になれたのよ。仲麻呂も不比等の血を引いているわ。その気になれば――」

阿倍は口を閉じた。仲麻呂の目つきが変わったからだ。

「滅多なことを口にされませんよう」

目つきだけではなく、口調もきつい。

「すまない」

「だれかに聞かれたら、わたしが謀反(むほん)を企んでいると曲解されかねません」

「そんなことは——」

「政というのはそういうものなのです。だれもが他人の足を引っ張ろうと隙を狙っている」

「わたしはそのような者たちと対峙せねばならないのですね」

阿倍は睫(まつげ)を伏せた。

「ご安心を。阿倍様のことは、この仲麻呂が守ります」

仲麻呂が自分の胸を叩いた。阿倍はうなずく。

仲麻呂の言葉に嘘はない。阿倍が玉座に就けば、仲麻呂の将来は約束されたも同然だ。いずれ、朝堂を主導する立場になるだろう。

仲麻呂は切れ者だ。強大な後ろ盾を得た仲麻呂に太刀打(たちう)ちできる者などいないだろう。ただ

阿倍は仲麻呂の横顔を盗み見た。切れ長の目は鋭利な刃物を思わせる。自分に立ち向かってくる者を一刀両断にする男の目だ。

藤原不比等の孫にして、藤原武智麻呂の次男。血統的には臣下の中でもぬきんでているし、知力胆力も兼ね備えている。欠点などなにひとつないように見えるが、阿倍には見えていた。

仲麻呂は切れ者すぎるがゆえ、自分より劣る者の心中を忖度(そんたく)することができないのだ。目に見えぬ太刀を振り回し、立ちはだかる者どもをなぎ倒していく。決して振り返りはしない。自分が思い定めた道を、ひたすらに突き進んでいく。

そのような者に心をゆるす人間がいるだろうか。仲麻呂は位階を上がるたびに敵を増やしていくだろう。仲麻呂の足を引っ張ろうとする者たちが朝堂に溢れるだろう。

守られるのではない。阿倍が仲麻呂を守らなければならないのだ。

「皇后様もおられます。阿倍様は安心して玉座に就けばいいのです」

仲麻呂が言った。

仲麻呂は女人の気持ちを汲み取ることも苦手だった。

＊　＊　＊

「放っておいてもよろしいのですか、兄上」

向かい合わせに座っていた乙麻呂(おとまろ)が膝をすり寄せてきた。仲麻呂は苛立ちをあらわにした目を腹違いの弟に向けた。

橘諸兄に媚びへつらう連中が、阿倍内親王を廃し、安積親王を皇太子に立てようと目論(もくろ)んでいる――そんな噂が、仲麻呂の耳に入ってきて久しい。

「やつらになにができる」

仲麻呂は吐き捨てるように言った。

阿倍内親王の立太子は皇后の意向が強く働いたものだが、橘諸兄をはじめとする朝堂の主立った者たちも異を唱えることはなかった。女性皇族の立太子など前代未聞であり、反対する声もあるにはあったが、それよりも国の安定が優先されたのだ。

疫病と飢饉により、多くの命が失われた。武智麻呂ら藤原の四兄弟だけではなく、政の中枢にいた者たちも志半ばにして倒れた。

まずは皇室と朝堂を安定させ、それを国全体に広げていく。

橘諸兄もその考えに沿っており、皇后とは父の違う兄妹でもある。阿倍皇太子の即位に反対するはずはないのだ。

「そもそも、左大臣が安積親王の立太子を認めるはずがない」

「しかし、太政官には我ら藤原の者を敵対視する者が少なくありません。広嗣の謀反もまだ尾を引いております」

「あの痴れ者」

仲麻呂は口元を歪めた。藤原広嗣は叔父、藤原宇合の息子だ。橘諸兄が主導する政に異を唱え、弟の綱手と共に大宰の地で挙兵した。だが、追討軍に呆気なく敗れ、綱手共々処刑されたのだ。

同じ藤原の血を引く者として、広嗣の不満はわかる。だが、物事には時機というものがある。今は力を蓄えるときなのだ。広嗣にはそれがわからず、藤原一門全体に多大な迷惑をかけた。

「我らを目の敵にする者どもが不埒な考えを起こさぬよう、早い内に芽を摘んでおいた方がいいのではないですか」

乙麻呂はなおも言い募る。

「阿倍様にもしものことがあれば、次の玉座に座るのは安積になるかもしれないのですよ」

「そうはなるまい」

仲麻呂は首を振った。安積親王の母は県犬養広刀自(ひろとじ)だ。皇后の母、県犬養橘三千代とは同族になる。三千代は二代の女帝に仕え、内裏(だいり)に強い影響力を持っていた。加えて夫は藤原不比等である。その娘である皇后は、父母の影響力の庇護下にあったが安積親王には強い後ろ盾がなかった。

安積親王は今上天皇の血を引く唯一の男子ではあるが、皇位を継ぐ目は薄い。阿倍に何か起きれば、別の皇族に白羽の矢が立てられるだろう。

「しかし――」

「安積様のことは捨ておけ」

仲麻呂は乙麻呂の言葉を遮り、腰を上げた。

「どちらへ行かれるのです」

「散歩だ」

仲麻呂はそう言い捨てると、外に出た。家人(けにん)たちが忙しげに立ち働いているのを横目に邸を後にする。足は自然と門の外に向かっていた。

近々難波宮(なにわのみや)への遷都(せんと)が行われるという。通りを行き交う民の足取りも落ち着かない。

ここ数年、災いが起こるたびに京(みやこ)が変わっているのだ。住み慣れた土地と家から強引に引き離された民の目には恨みが宿っている。

しばらくすると、大路の向こうからこちらに向かって歩いてくる人影が目に入った。宮から帰宅する途上の官人のようだった。

目を細めて相手を特定しようとしたが、先に向こうから声をかけられた。

「これは、仲麻呂殿」

下道真備の声だった。

「真備殿」

仲麻呂は無理矢理笑みを浮かべた。真備は橘諸兄が重用している官人だ。遣唐留学生として彼の国で名声を博し、帰国してからはその知識を駆使して諸兄の政に与している。

「朝堂へ行かれるのですか？」

下道真備が訊いてきた。仲麻呂は首を振った。

「散歩です。なにも考えずに歩いていると、つい、足が宮に向いてしまう。毎日通っている道だから、仕方ないのかもしれませんが。真備殿は？」

「皇太子様に会っておりました」

下道真備は学問、儀礼の師として阿倍皇太子に教授している。自分に任せればいいものをとは思うが、決して口にはしないし、態度にも出さない。

父を見て学んだのだ。政においては、いかに本心を隠すかが肝要だ。

「阿倍様は聡明な女人です。さぞかし、飲み込みも早いでしょう」

下道真備がうなずく。

「こちらとしても、教え甲斐があります。ただ――」

下道真備の表情がかすかに曇った。

「どうしました」

「皇太子様が、晴れやかに笑うお姿を見たことがないのです。心の奥底に、いたたまれないものを住まわせているようで」

「玉座に就くお方は孤独なのです」

仲麻呂は言った。

「我々臣下には及びもつかない深い孤独でしょう」

「さもありなんですな」

下道真備が微笑んだ。

「また、酒でも酌(く)み交わしながら、唐のことをお聞かせください」

仲麻呂は言った。政を離れ、下道真備から彼の国の話を聞くのは好きだった。

「また、皇帝の話ですか。仲麻呂殿は皇帝の話がお好きなようで」

「天皇との違いを吟味したいのですよ」

「あちらは易姓革命(えきせいかくめい)が起こるたびに皇帝の座に就く血筋も変わります。我らの国とは大変な違いですな」

「この国は天皇あっての国ですから」

そうでなければよいのに――幼いときには何度もそう考えた。どれだけ高みを目指しても、臣下の身では玉座に就くことはかなわない。

父は武智麻呂だ。祖父は不比等だ。これ以上はないという血筋に、学識も身につけている。それでも玉座に座れないというのなら、なにを望めばいいというのか。

「それではまた」

仲麻呂は笑みを浮かべ、下道真備に背を向けた。

天皇をその座から引きずり下ろすことはできない。臣下たちが一斉に背を向ける。ひとりで政を執り行うことはできないのだ。

ならば、どうしたらいいのか。

別の玉座を作って、自分がその座に就けばいいのだ。

幼き仲麻呂が辿り着いた答えがそれだった。

新たな玉座とはなにか。

皇帝の二文字が、仲麻呂の頭の中で躍った。

その瞬間、胸が熱くなり、顔が火照（ほて）った。

自分がこの国の初代皇帝になるのだ。その考えは仲麻呂の心を摑まえて離さなかった。

年を経ても、忘れたことはない。ただ、その望みはおくびにも出したことがない。だれも知らぬ、仲麻呂ひとりの秘密だった。

＊　＊　＊

仲麻呂は朝堂へ向かう足を速めた

安積親王の訃報が恭仁京（くにきょう）から届いたのだ。

安積親王は難波宮（なにわのみや）へ向かう途中、脚気（かっけ）を患い、恭仁京に引き返したらしい。随行した医師の治療にもかかわらず、二日後に亡くなった。

まだ十七歳の若さだ。

太政官は疑心暗鬼に満ち溢れ、だれかが謀殺したに違いないと言い出す者も出てくるだろう。そうした連中がほのめかすだれかとは、藤原の者だ。

馬鹿馬鹿しい、安積親王に殺す価値などあるものか――そうは思うものの、人の口に戸は立てられぬ。

朝堂にはすでに仲麻呂以外の議政官たちが顔を並べていた。どの顔も険しい。

「天皇はお心を乱し、嘆き悲しんでおられる」

仲麻呂が腰を下ろすと、橘諸兄が口を開いた。右隣に知太政官事の鈴鹿王が、左隣には中納言（ちゅうなごん）の巨勢奈弖麻呂（こせのなでまろ）が座っている。鈴鹿王は高市皇子（たけちのみこ）の息子で長屋王（ながやのおう）の弟に当たる。兄を謀殺されたと藤原の者たちを恨んでいるが、太政官においてはさしたる力を持たない。ただ、式部卿を兼任しているため、仲麻呂にとっては頭痛の種でもあった。力を蓄えるためには、どうしても式部卿の座が必要なのだ。

「病を得てから他界するまでが早すぎる」

鈴鹿王が口を開いた。

「何者かが毒を盛ったのではないかという噂もある」

鈴鹿王の目は仲麻呂に注がれていた。

「だれがそんな大それた真似をすると言うのですか」

声を発したのは兄の豊成だった。朝堂を主導しようという気概はないが、弟を守るのが兄の務めだということは心得ている。

「噂だと申したではないか」

鈴鹿王は口を尖らせた。

「知太政官事ともあろうお方が、ただの噂を太政官で詮議（せんぎ）しようとおっしゃるのですか」

「しかし、親王がなくなられたのだ。その原因は追及すべきではないか」

巨勢奈弖麻呂が言った。

「ただの病であれば、追及もなにもありませぬ」

「だれかが呪いをかけたのかもしれぬ」

巨勢奈弖麻呂は執拗だった。なんとしてでも安積親王の死の罪をだれかに着せようとしている。

「毒を盛っただの、呪いをかけただの、自分がなにを口にしているのかわかっておられるのですか。もしそれが本当なら、謀反ではないですか」

「そなたたちの一族の者がほんの数年前に謀反を起こしたばかりではないか。また起きたとしてもなんの不思議もない」

豊成の顔が赤らんだ。広嗣の謀反は、藤原のすべての者にとって喉に刺さった魚の小骨のようなものだ。以来なにかにつけ、藤原一族の失態だと詰(なじ)られる。

橘諸兄をその座から引きずり下ろすためだとはいえ、まったく愚かな行いだった。

「もうよい。今は太政官で内輪揉めをしているときではありません」

橘諸兄が口を開いた。

「届いた報せだけでは詳しいことはわかりませんから、至急、人を遣わせて真偽の程を確かめさせましょう」

「それがよろしいかと思います」

豊成が言った。鈴鹿王と巨勢奈弖麻呂は不服そうだったが、口を閉じた。参議である大伴牛養(おおとものうしかい)と紀麻呂(きのまろ)は口をつぐんだままだ。

「ならば、早速人を送りましょう。人選は――」

橘諸兄は口を閉じ、議政官の顔を見渡した。

「牛養殿に人選を任せよう」

「承知いたしました」

大伴牛養が頭を下げた。

「今日はこれまでとします。遣わせた人間が恭仁京から戻り次第、再び、詮議を行うことに」

橘諸兄の言葉が終わると、議政官たちが腰を上げた。仲麻呂は真っ先に朝堂を後にした。

「仲麻呂」

背中に声がかかる。豊成だった。仲麻呂は歩く速度を落とし、豊成が追いつくのを待った。

「なにごとですか、兄上」

「まことにそなたではないのだな」

豊成は囁(ささや)くような声で訊いてきた。

「そのような愚かな真似をわたしがするとお思いですか」

仲麻呂は語気を強めた。不愉快極まりない。

「そう怒るな。念のために訊いたまでのこと。鈴鹿王や奈弖麻呂殿が藤原の者を太政官から追い出そうと虎視眈々(こしたんたん)と隙を狙っている。気を引き締めんとな」

「あの方たちにはなにもできませんよ。諸兄殿とて、皇后様のお気持ちを考えれば、滅多なことでは我らには手を出せません」

「それはそうなのだが、油断はならぬ。今の朝堂には敵が多すぎる」

「皇后様に、式部卿の座が欲しいとお願いしてあります」

「しかし、鈴鹿王が式部卿の座を自ら降りるとは思えんがな」

「皇后様にも時を待てと言われております。もし、わたしがだれかを抹殺(まっさつ)するとしたら、安積親王ではなく、鈴鹿王を狙いますよ」

「滅多なことを口にするな。だれに聞かれるともしれんではないか」

仲麻呂は笑った。近くに人がいないことは確認済みだ。

「兄上が最初に馬鹿なことを口にしたのです」

豊成の頬が膨らんだ。父母を同じくする兄弟でありながら、幼い頃から馬が合わなかった。豊成は弟を疎んじ、仲麻呂は兄を蔑(さげす)んだ。

父の武智麻呂には、兄を立てろと幾度となく言われてきたが、承服はできなかった。

知識も胆力も自分より低いのに、ただ先に生まれたというだけで家のものをすべて手に入れる豊成が憎くてたまらなかったのだ。

氏上にだれよりも相応(ふさわ)しいのは自分だ。だれの目にもそれは明らかではないか。

「多くの者がそなたに疑いの目を向けているのは確かだ。自重しろ」

「言われるまでもありません」

豊成が溜息を漏らした。

「幼いときから変わらんな、そなたは。我が強すぎる」

仲麻呂は笑いそうになるのをこらえた。意志が強くなくては望む高みには登ることがかなわない。豊成にはそれがわからないのだ。

「用がありますゆえ、わたしはこれで失礼します」

豊成に軽く頭を下げ、足を速めた。豊成が追ってくる気配はなかった。

＊　＊　＊

藤原豊成が去っていく足音を聞きながら、皇后は溜息を押し殺した。

豊成は仲麻呂を戒(いまし)めてくれと懇願しに来たのだ。

安積親王の死の原因は、曖昧なまま放り出された。死に至るまでの時間が短すぎるが、かといってだれかが毒を盛ったり呪いをかけたという証拠はない。

だれもが仲麻呂に疑いの目を向けているが、疑いだけで断罪することはできない。

なにより、あの仲麻呂がすぐに自分が疑われるような真似をするわけがないのだ。

それでも、豊成は仲麻呂の自重を望んでいた。仲麻呂を式部卿に任じたりすれば、議政官は憤慨する一方だ。藤原の一族を守りたければ、仲麻呂ではなく、長兄たる自分に任せてくれ。

豊成はそう言い募った。

豊成はよい男だ。学識があり、穏やかで敵を作らない。天皇と左大臣橘諸兄の信頼も篤く、藤原の者でありながら朝堂で重きをなしている。

だが、それでは藤原の世は作れない。

藤原の一族を率いて行くべきは、大いなる野心を抱え、燃えたぎるような情熱を内に秘めた仲麻呂のような者であるべきだ。

父である不比等と武智麻呂をはじめとする兄たちの尽力で臣下の氏族の出でありながら皇后の

座に就いた。

不比等はなんのために娘を皇后にしようとしたのか。

藤原の一族のためだ。藤原を比類なき一族にするためだ。天皇と藤原一族でこの国を支え、動かしていく。そのための布石が立后（りっこう）だったのだ。

自分がなすべきは、高みに手を伸ばそうとする藤原の者の背中を押すことだ。

皇后の兄たちが相次いで亡くなった疫病の蔓延（まんえん）、毎年のように繰り返される飢饉、そして、皇后の甥（おい）である藤原広嗣の謀反。

夫である天皇は災いが起こるたびに心を乱し、行幸（ぎょうこう）や遷都を繰り返した。政への関心は薄れ、仏の御心に縋（すが）る毎日だ。

天皇は頼りにならない。夫として愛し、尽くしてはいるが、不比等の願いをかなえるためには自分自身の力を尽くさねばならないのだ。

「阿倍を天皇にしなければ」

皇后は呟いた。娘を玉座に就ければ、皇太后、そして天皇の母として今以上の力を蓄えることができる。

天皇は長く玉座に就き、橘諸兄とその一党を寵愛（ちょうあい）するだろう。諸兄の権威と力はいや増すばかりだ。

「出家でもしてもらおうかしら」

言葉巧みに出家を促し、阿倍に譲位させるのだ。玉座への執着はないはずだから、さほど難事ではないだろう。

そのためにどう振る舞うべきか。

皇后は物思いに耽(ふけ)った。

二

時は来た——仲麻呂は笑みを浮かべながら任官簿をしたためた。

昨年秋に鈴鹿王が薨去(こうきょ)してから空いたままになっていた式部卿に任ぜられたのだ。京も再び平(へい)城京(じょうきょう)に戻り、すべてが順風満帆に思える。

練りに練った人事だった。橘諸兄は不満に思うだろうが、否と言えるだけの口実はどこにも見当たらず、仲麻呂の息のかかった者たちが位階を上げ、責のある職に就く。

最終的には天皇の裁決が必要になるが、皇后がいるのだから心配には及ばない。

時間をかけて少しずつ重臣を入れ替え、橘諸兄とその一党を追い詰める。いずれは自分が太政官の主になるのだ。

仲麻呂は任官簿を手に取ると、皇后宮に向かった。皇后の私室の前で足を止める。廊下に侍る女官の数がいつもより多い。阿倍皇太子が来ているようだった。

「取り次ぎを頼む」

仲麻呂は皇后の女官に告げた。

「皇后様、式部卿がお見えです」

「通せ」

皇后の張りのある声が響いた。仲麻呂は皇后のこうした声を聞くのが好きだった。威厳に満ちた透き通った声だ。

「失礼いたします」

仲麻呂は一礼して部屋に入った。皇后と皇太子が向かい合わせに座り、茶を楽しんでいた。

「渤海（ぼっかい）からの使者が携えてきた唐の茶だ。そなたも飲むか」

仲麻呂が腰を下ろすと、皇后が言った。

「よろしいのですか」

「ふたりに淹（い）れるのも三人に淹れるのも違いはあるまい」

皇后は外の女官に新たな茶を運んでくるよう命じた。

「皇太子様、ご機嫌麗しゅう」

仲麻呂は阿倍皇太子に深々と頭（こうべ）を垂れた。

「ここでは堅苦しい作法は必要ない」

皇后が言った。

「我らは家族ではないか」

「ありがたきお言葉」

仲麻呂は膝を崩した。

「何用だ」

皇后は茶を啜(すす)った。

「新しい人事の任官簿をもってまいりました。天皇の裁可をいただきたく」

皇后に任官簿を手渡す。皇后は任官簿にさっと目を通した。その顔に笑みが浮かぶ。

「さすがだな。露骨ではない。これなら、横槍もほとんど入らない」

「考え抜いた人事ですから」

「大君(おおきみ)の裁可はもらっておこう。明日、受け取りに来るがいい」

皇后は天皇を昔ながらの呼び方で呼ぶ。もちろん、公の場では天皇という称号を使うが、天皇自身、皇后から大君と呼びかけられるのを好んでいた。

「よろしくお願いいたします」

「やっと平城京に戻って来られたのだ。新たな災いが起こらぬとよいが……」

皇后は器の底を覗きこんだ。

「災いが起これば、またぞろ、行幸だ、遷都だと騒ぎ出す。度重なる遷都で、民たちも困り果てているというのに」

皇后は貧しい民のために悲田院(ひでんいん)や施薬院(せやくいん)の設立に尽力した。宮にいながらにして、民の暮らしには詳しい。官人たちも見習うべきだった。

「これ以上の遷都は、民だけではなく、臣下も反対しましょう。国庫が尽きてしまいます」

広嗣の謀反が起きてからほぼ五年の間、天皇は平城京を後にしてあちらこちらを彷徨(ほうこう)した。平城京は長屋王の呪いが満ちているのだと信じているのだ。飢饉や地震が起こるのも長屋王の呪いのせいだし、謀反も同じだ。

　徳を積んだ仏僧たちが呪いを鎮めたと説得して、やっと平城京に戻らせることができた。またなにかが起きれば、この京は呪われていると逃げる算段をするだろう。

「政への興味は失せ、頭にあるのは御仏のことばかり。困ったお方だ」

　皇后が嘆息した。

「母上」

　皇太子が皇后をたしなめた。

「よい。仲麻呂は我が息子も同然だ」

「しかし――」

「そなたが後を継いだとき、なにも残っていないということになるのは困るのだ。大君にはいささか自重してもらわねば」

「失礼いたします。茶をお持ちいたしました」

　廊下から女官の声がして、皇后は口を閉じた。仲麻呂も居住まいをただす。女官が入ってくるのと同時に、馥郁（ふくいく）たる香りが室内に満ちた。仲麻呂は目の前に置かれた器を手に取り、注がれた茶の香りを嗅いだ。

「これは――」

「よき香りであろう。唐の皇帝が好んで飲む茶だそうだ」

皇后は目尻を下げ、温かい茶を啜った。

「そのような貴重なものを」

「よいのだ。遠慮なく飲むがいい」

仲麻呂は茶を啜った。皇帝という言葉を耳にした途端、飲みたくてたまらなかったのだ。まろやかで、一切の角がない甘い液体が舌をくすぐり、晴れやかに喉元を下っていく。

「まごうことなく、我が人生最良の茶です」

「そうであろう。わたしも、これほどまでの茶を飲んだのは初めて。阿倍はどうだ」

「わたしもです。なんと優しい茶でしょうか」

「優しい、か。茶の味にそのような言葉を使うとは、いかにも阿倍らしい」

皇后と皇太子は互いに微笑み合った。

仲麻呂は器の中を覗き、香りを嗅ぎ、また啜った。

皇帝の茶。それを自分が飲んでいる。

「このような茶をいつも飲んでいるとは、唐の皇帝とはどのようなお方なのでしょう」

皇太子の呟きも、仲麻呂の耳を素通りした。

いつか、自分もこのような茶を好きなときに好きなだけ飲めるようになるだろうか。

幼き日の空想がよみがえる。

天皇は祭祀を司り、皇帝は政を司る。

皇帝の玉座に座るのは自分だ。

「仲麻呂――」

　皇后の声に、我に返った。

「どうしたのだ。心ここにあらずという顔だったぞ。それほどまでにこの茶に感銘を受けたか」

「申し訳ありませぬ」

　仲麻呂は器を置いた。

「そのようなそなたは滅多に見られぬ。これからも頻繁にこの茶を馳走しようか」

「からかわないでください」

　仲麻呂は苦笑した。笑いながら己を戒める。

　これはとんだ失態だ。人前で忘我することなどゆるされることではない。

　だれにも心の裡(うち)を見せず、頭の中を悟られず。そうしてこそ初めて、他者が登れぬ高みに到達することができるのだ。

「基(もとい)が生きていたら」

　皇后が呟くように言った。

「阿倍をそなたに嫁がせたものを」

「そんなことはできません。それに、阿倍様は玉座に就かれるお方です。そのようなことを口にされてはなりません」

「わかっている。わかっているが、それでも考えてしまうのだ」

　皇后は嘆息した。

「時々、この子が不憫に思えて仕方がない。阿閇様や氷高様を見守った母上も同じ気持ちであったのかもしれぬ」

皇后は元明天皇と元正天皇の諱を口にした。ふたりとも、今上を天皇にするために、渋々と玉座に就いた。阿閇皇女を天皇にしたのは不比等、氷高皇女を天皇にしたのは阿閇皇女だ。ふたりの女人は玉座にあって孤独だったと聞いている。阿倍皇太子もまた、ふたりと同じ道を歩んでいた。

今上に譲位して太上天皇となった元正天皇は、重荷を肩から下ろし、常に朗らかな笑みを浮かべている。

「ならば、わたしを廃してください」

皇太子が言った。

「それはできん」

「なぜです？　皇族は他にもいるではありませんか」

「あのお方の血を引く皇族は三人しかいないではないか」

阿倍と井上内親王、不破内親王。いずれも皇女で、井上と不破は県犬養広刀自の娘だ。どちらかが玉座に就くようなことになれば、親戚である橘諸兄の力がいや増すことになる。それだけは避けなければならなかった。

井上内親王は斎王として幼いときに伊勢に下向したが、安積親王の死を機に京に呼び戻された。皇太子にもしものことがあったときのためだというのは自明の理だ。

「わたしは玉座になど座りたくありません」

「わかっている。すまぬ」

皇后は娘に膝を寄せ、両手を取った。

「母として、本当に申し訳なく思う。しかし、皇后としてはそなたを玉座に就かせる他ないのだ」

「わたしはいやです」

皇太子はむずかる赤子のように首を振った。

「わたしの娘に生まれたことを呪うがいい。だが、玉座から逃れることはできぬのだ」

皇后の横顔は歪んでいた。皇太子は皇后の手を振りほどき、両手で顔を覆って泣きはじめた。

仲麻呂は茶を啜った。皇帝の茶も、母子が繰り広げる愁嘆場(しゅうたんば)の前では味も香りも薄れていくばかりだ。

自分が皇太子の立場なら、晴れやかに胸を張り、玉座に就くだろう。重責は望むところだ。孤独がなんだというのか。この世に、胸を開いて語り合える人間などいはしない。人はどのような出自であろうと孤独を裡(うち)に抱えて生きる定めなのだ。嘆いても詮ないことを嘆くのは愚か者のすることだった。

玉座が怖いのは、その座にあってなすべきことがわからないからだ。

自分は違う。なすべきことは明確だ。この国の力を増し、子々孫々が間違いなく玉座に就けるよう道筋をつける。政も自らが主導し、臣下たちを従わせるのだ。

「そなたのことはわたしと仲麻呂が必ずや守ってみせる。なにも案ずるな」

皇后の言葉に、皇太子は涙を拭い、顔を上げた。

「取り乱して申し訳ありません。ただ、時々、胸が苦しくて仕方なくなるのです」

「そんなときは、こうしてわたしのところに来て、思いの丈(たけ)をぶちまけるがよい」

「母上——」

皇太子の目に、また涙が滲んだ。仲麻呂は欠伸(あくび)をかみ殺しながら腰を上げた。

「皇后様、わたしは職務があるので、これにて失礼いたします」

皇后がうなずいた。

「皇太子様、皇后様のおっしゃったとおりです。皇太子様のことは、このわたしが身命を賭してお守りいたします」

「仲麻呂のことはだれよりも信頼しております」

皇太子が力なく微笑んだ。

仲麻呂は一礼し、ふたりに背を向けた。

＊　＊　＊

橘諸兄と藤原八束(やつか)が立ち話をしているのが目に入った。

八束は叔父、藤原房前(ふささき)の三男だ。今上天皇の覚えめでたく、また橘諸兄との親交も深い。藤原北家（ほっけ）も八束が家運を再興してくれるものと大きな期待を寄せている。

仲麻呂は足を止め、ふたりの会話が終わるのを待った。

しばらくすると、八束が諸兄に一礼し、諸兄が立ち去っていった。

「八束殿」

諸兄が見えなくなると、仲麻呂は八束に声をかけた。

「仲麻呂殿」

八束が頭を下げる。

「左大臣となんの企みごとですか」

仲麻呂は微笑みながら八束に歩み寄った。

「企みごとなどしておりません。政務について少々話し合っていただけです」

八束は鼻白（はなじろ）んだようだった。

「冗談だ。そのような顔をするな」

仲麻呂は微笑み続けた。

「近頃も、左大臣の邸に出入りしている様子。可愛がられているのだな」

「歌会に呼ばれるのです」

仲麻呂はうなずいた。八束は歌や漢詩の素養が高い。歌会では常に注目を浴びる存在だった。

「歌を詠みながら、わたしや兄上を追い落とす相談でもしているのではないか」

「滅相もない。同じ藤原の者、どうして追い落とそうなどと考えますか」

仲麻呂はうなずいた。

房前とその子どもたちには決して心をゆるすな。

父、武智麻呂が死を前にして口にした言葉が耳の奥でよみがえる。

長屋王と対峙する際、房前は武智麻呂、宇合、麻呂の三人の兄弟に背を向けたのだ。

父は怒り、嘆き、悲しみ、決して房前をゆるそうとはしなかった。

そのことは八束も心得ているはずだ。

「同じ藤原の者、か」

仲麻呂は八束の背後に視線を向けた。官衙を行く官人たちの抑えきれぬ好奇心がうかがえる。

藤原を敵視する者は多い。その藤原の南家と北家の者が語らっているのだ。なにを話しているのか、知りたくなるのも当然だ。

「まだ、我が父のことをお恨みですか」

八束が言った。

「いや。叔父上を恨んだことなど一度たりともない」

政においては、進みたい道が違ってくるのは当然だ。武智麻呂と宇合、麻呂は長屋王を退ける道を進み、房前は違う道に足を踏み入れた。ただそれだけのことにすぎない。

他の藤原一門の者に怒りを抱くとすれば、自分の進む道を塞いで立ちはだかったときだ。八束は天皇や橘諸兄に好かれているとはいえ、仲麻呂の後塵を拝している。いずれ、邪魔に感じはじめるだろうが、今はまだ敵と見るには力が足りない。最も忌むべき藤原の者は、兄の豊成に他ならない。

「そうなのですか」

「逆に、そなたたちの方が我々南家の者を恨んでいるのではないか」

「そのようなことはありません。父と伯父上たちが長く生きていれば確執が生じたかもしれませんが、みな、そうなる前に死んでしまいました」

「疫病がなければな」

　仲麻呂は苦々しい思いを飲み下した。父が生きていれば、太政官の主席に橘諸兄が座っていることはない。皇后が疫病にかからなかったのが唯一の救いだった。

「ただの疫病なのでしょうか。長屋王の呪いだと言う者も多くいます」

「あの疫病が長屋王の呪いなら、そなたの父だけは助かっていただろうに」

　仲麻呂は八束の言葉を一笑に付した。

「疫病はだれにでも平等に襲いかかる。皇族だろうが名家の血を引こうが、民だろうが、長屋王を死に追いやろうがそうでなかろうが」

「確かに、そのとおりですね」

　仲麻呂は口を閉じた。突然、八束と話しているのが退屈に感じられたのだ。

「失礼する」

　八束に言い捨て、歩きはじめた。

「あ、仲麻呂殿――」

八束が驚いて声を上げたが、仲麻呂は振り返らずに進み続けた。

＊　＊　＊

筑紫（つくし）にいた玄昉（げんぼう）が死んだという報せが届いた。

玄昉は下道真備と共に唐より帰国した留学僧だった。長い間気の病を患っていた天皇の母、藤原宮子（みやこ）を呪法祈禱（きとう）により快癒させ、天皇の信を得た。政にも口を挟むようになり、橘諸兄の庇護下、勢力を伸ばした僧だ。

仲麻呂が地道な根回しを辛抱強く行い、玄昉を筑紫に下らせることに成功したのが昨年の冬。力と居場所を奪われて消沈したのか、京を去って半年ほどで死んだのだ。

仲麻呂は報せを聞いてほくそ笑んだ。

橘諸兄にとって、下道真備と玄昉は両翼だったと言ってもいい。その片方を失ったのだ。下道真備を追い落とせば、橘諸兄の力はさらに失われる。

焦りは禁物だ。

式部卿の座を得たとはいえ、仲麻呂はまだ参議にすぎない。橘諸兄や巨勢奈弖麻呂が否と言えば、仲麻呂の進言など簡単に握り潰される。

少しずつ、少しずつ、橘諸兄の力を削いでいくのだ。削いだ力を我が物とし、その力が橘諸兄を上回ったときに太刀をふるえばいい。

四月に叙位（じょい）があり、仲麻呂は従三位（じゅさんみ）に位階を上げた。兄、豊成と位階の上では並んだのだ。

皇后の働きかけのおかげだった。皇后は豊成ではなく、仲麻呂が力を得ることを望んでいる。藤原のためにはそれがなによりだと心得ているからだ。

「失礼いたします」

家令の声がした。

「みなさま、お集まりでございます」

「わかった」

仲麻呂は腰を上げ、自室を出た。今宵は歌会を催すことになっている。藤原南家にゆかりの官人、橘諸兄の政に不満をかかえる官人たちを招いた。

歌を詠み、酒を酌み交わす以外に特別なことはしない。ただ、自分が式部卿になったことでこれからなにが変わっていくのかをほのめかせばいい。

細々としていた川の流れが次第に強く大きくなっている。今宵集まる官人たちも、そのことを強く実感するだろう。

藤原仲麻呂という川が大河になり、ついには朝堂を飲み込むのだ。

先導する家令が広間に入った。二十人ほどの官人が、仲麻呂の登場を待っていた。

「今宵はお集まりいただき、光栄至極に存じます」

仲麻呂は官人たちに向かって優雅に一礼した。

三

皇后は天皇の手を取った。天皇は悪夢にうなされ、顔を歪めている。ここ数年、体調が思わしくないのに加えて、昨年、太上天皇が崩御したことに心を痛め、夜毎、悪夢に苛まれるようになったのだ。

今日も、まだ明るいうちから床に伏せり、皇后を枕元に呼んで、悪夢に取り憑かれぬよう見張ってくれと懇願しながら眠りについた。寝息を立てたと思う間もなく顔を歪め、呻(うめ)きはじめたのである。

しばらくの間、天皇の手の甲をさすっていたが、呻きが止まる様子はなかった。

「大君、起きてください、大君」

皇后は天皇の体を揺すった。呻きが止まり、天皇の目尻が痙攣(けいれん)する。

「大君」

もう一度声をかけると、天皇の目が開いた。

「安宿媛(あすかべひめ)」

天皇は皇后の諱(いみな)を口にした。

「わたしです、首様(おびと)」

皇后も天皇の諱を口にした。幼い頃からの記憶がよみがえる。物心ついたときから常に皇后の傍らには天皇がいた。首様、安宿媛とお互いを呼び合い、一緒に遊び、一緒に学んだのだ。

「わたしはどうしたのだ」

「うなされておりました」

「そうか……また、悪夢を見たのだ。だれの呪いであろうか」

「天皇を呪う者などおりませぬ」

「ならばなぜ、眠るたびに悪夢に苛まれるのだ」

「気苦労が過ぎるからでございましょう」

天皇が起き上がり、こめかみを指で押さえた。

「頭が痛む。どれぐらい寝ていたのだ」

「寝てすぐに悪夢にうなされはじめましたゆえ」

「医師はよく眠れと言うのだ。眠れば、体に溜まっておる悪い気も消えていくとな。だが、眠れないとなれば、朕はどうすればよいのだ」

「気苦労を抱えぬことです」

「朕は天皇だ。避けようと思っても、気苦労の方が押し寄せてくる。仏に縋っても、玉座に座っている限り、救いは訪れぬような気がするほどだ」

天皇は髪の毛を掻きむしった。

「ならば、玉座を阿倍に譲りますか」

皇后は静かに言った。

「なんと申した」

「阿倍に譲位なさいませ。太上天皇になれば、政に煩わされることなく、仏の道を歩むことができます」

「しかし、臣下たちが騒ぎ立てるであろう」

「それがなんだというのです。首様は天皇なのですよ。天皇の意に抗う者は逆臣です」

「安宿媛――」

天皇の目が細くなる。

「言葉が過ぎました」

皇后は頭を下げた。

「されど、思うままに振る舞えなくて、なにが天皇ですか。いろいろなことがままならぬのは承知いたしておりますが、せめて、玉座を退くときぐらいは、天皇自らがお決めになるべきです」

「わかっておる。しかし……」

天皇は唇を嚙み、俯(うつむ)いた。

「わたしは、首様の御身が心配なのです。わたしにとって首様は天皇である前に、わたしの夫なのですから」

「そなたは昔から変わらぬ」

天皇の顔に弱々しい笑みが浮かんだ。

「朕が玉座に就くときも、いろいろと案じてくれた」

「当たり前ではないですか。わたしは首様の妻なのです」

皇后は天皇の胸に顔を寄せた。天皇がそっと抱きしめてくる。

「阿倍に天皇が務まるか」

「首様が支えてあげればよろしいのです」

「そうだな」

天皇は静かに答えた。

＊　＊　＊

皇后は庭に出て空を見上げていた。まるまると太った月の光が庭を照らしている。

「風が冷とうございます。お体に障りますよ」

仲麻呂は皇后の背中に声をかけた。

「今宵の月は一段と冴え冴えとしている。見ていて飽きることがないのだ」

皇后は月を見上げたまま答えた。仲麻呂は庭に下りたち、皇后と肩を並べて月を見た。

いつもと変わらぬ、ただの満月だ。

「天皇は譲位をお考えだ」

皇后が言った。

「いつですか」

仲麻呂の言葉に、皇后が笑う。

「相変わらず、気が短いのだな」

「申し訳ありません」

「いつかはわからん。だが、いずれ、譲位なさる。それまでに、態勢を整えておかねばならん。阿倍が玉座に就いたからといって、そなたを太政官の主席に任じるわけにもいかないからな」

「わかっております。以前より温めていた考えがあるのですが」

「なんだ。申してみよ」

「皇后宮職(こうごうぐうしき)を使うのです」

皇后が眉を吊り上げた。

皇后宮職は皇后の身の回りを世話するための家政機関のようなものだ。

「皇后宮職だと」

「はい。皇后宮職は令外(りょうげ)の官(かん)。なにをしようと太政官は口を挟めません」

令外の官とは律令に明記されていない機関のことだ。皇后の権威をもってそこに政治的な力と軍事的な力を集めさせる。令外の官であるがゆえに、太政官は口を挟めない。自らの力でもって皇后と対決せざるを得ないのだ。

「考えたな」

皇后がうなずいた。

「しかし、皇后宮職という名ではいかがなものか」

「名前を変えればよいのです。紫微中台（しびちゅうだい）はいかがでしょう」

仲麻呂は唐の国政機関である紫微省と中台を合わせた名を口にした。皇后の命を施行し、軍権さえ掌握する機関にはいかにも相応しい名称ではないか。

「唐様（からよう）にすぎると難癖をつけてくる者も出てこよう」

「そんな者どもは、皇后様の権威で黙らせればいいのです。天皇が譲位なされれば、女人である阿倍様の生母として、皇后様の権威はさらに高まりましょう」

「そして、そなたが紫微中台の長におさまるのだな」

「わたし以外に相応しい者がおりましょうか」

「いつから考えていたのだ」

「かなり前から」

仲麻呂は答えた。皇帝になる。幼き日に抱いた夢を実現させるにはどうすべきか。いつも考えていたのだ。天皇の権威を少しずつ皇帝に比するべき座に移し、いずれ、政を司る者として君臨させる。

それには、今ある機関を使うのは難しい。令外の官が必要だと悟った。

皇后宮職ができたのは、皇后がその座に就いてからだった。その時から、仲麻呂の胸の内で皇后宮職は大きな比重を占めるようになっていった。

「紫微中台か。いかにもそなたらしい命名だ。いいだろう。これまでのしきたりにはそぐわぬ唐風の名前で、臣下どもも風向きが変わることを察する。して、紫微中台の長たるそなたの役職名はなんとなるのだ」

「紫微令（しびれい）はいかがでしょう」

「それもとうに考えていたのだな」

皇后は声を発して笑った。

「そなたはだれよりも先を歩んでいる」

「そうしなければ、藤原氏をこの国随一の一族にすることはできません」

「数多（あまた）いる藤原の者たちの中で、そなたを選んだわたしの目に狂いはなかった」

仲麻呂はそれには答えなかった。胸の奥で荒れ狂う野心を皇后に悟られてはならない。知られれば、皇后は背を向けるだろう。

目を皇后の横顔から空に向ける。北方に北辰（ほくしん）を探し、見つけた。ひときわ大きく輝く星を見据える。

天の星は北辰を中心に回っている。ゆえに、北辰は天子の星とも称されるのだ。北辰を中心とする星々の集まりは紫微と呼ばれ、天帝の居場所ともされる。

自分が目指す高みは北辰だ。北辰へと続く道に立つ門は皇后であり、皇太子でもある。ふたりの女人の力を利して、門をくぐるのだ。

「さすがに冷えてきたな」

皇后が言った。

「中に戻りましょう。温かいものを用意させます」

仲麻呂は答えた。

「紫微中台か。気に入ったぞ、仲麻呂」

皇后は満面の笑みを浮かべた。

仲麻呂は深々と頭を下げた。

＊　＊　＊

橘諸兄が読み上げる詔(みことのり)に、臣下たちがどよめいた。

天皇が自らを三宝(さんぼう)の奴(やっこ)だと宣言したのだ。

三宝とは仏、法、僧のことで出家して沙弥(しゃみ)になると明言したことになる。

臣下たちには青天の霹靂(へきれき)だ。

だが、議政官たちに動揺はなかった。詔を奉(たてまつ)るのは橘諸兄だし、みな、その内容を承知していたからだ。

もちろん、橘諸兄や兄の豊成は翻意するよう何度も天皇を説得したが、最後は折れるほかなかった。

敬愛する元正太上天皇や仏教の師である行基(ぎょうき)の死が続き、気力が萎えていたところに、陸奥(むつ)で金が産出されたという報せが届いたのだ。その金があれば東大寺(とうだいじ)の大仏の鍍金(ときん)ができる。天皇は大仏の開眼(かいげん)に向けて、仏教修行に専念すると心に決めたのだ。

しばらくは玉座に就いたままの出家ということになるが、いずれ、阿倍皇太子への譲位が行われることになる。

神妙な面持ちで詔に耳を傾けている議政官たちだが、その腹の内では次を見据えた思惑が渦巻いているはずだ。

仲麻呂は天皇のいる方に目を向けた。天皇の背後には皇后と皇太子が控えている。大仏を前にした天皇の面持ちは晴れやかだった。皇后の顔も上気している。

天皇は出家した後の国事を皇后に一任するつもりであり、それはすでに皇后も知るところだった。太上天皇に成り代わり、皇太后が新しい天皇の政を補佐する。

仲麻呂が進むべき道を、ふたりの女人が均(なら)してくれるのだ。

橘諸兄や兄、他の議政官たちがなにを企もうがかまいはしない。皇太后と天皇が後ろ盾なのだ。恐れるものなどひとつとしてない。

一連の儀式が終わり、天皇と皇后を先頭に、臣下たちも東大寺を後にした。

宮へ戻る途中、豊成が肩を並べてきた。

「なにか聞いておるか」

豊成の声は低い。

「なにをですか」

「今後のことだ。いずれ譲位なさるにせよ、それまでの間、天皇はどうなさるおつもりなのか」

「わたしはなにも聞かされてはおりません」

仲麻呂はとぼけた。

「さようか……阿倍様が玉座に就けば、我ら藤原の力が強まるかもしれんと、廃太子(はいたいし)を目論む輩(やから)もいそうだが」

「左大臣がそのようなことをゆるさないでしょう。近々、叙位が行われると耳にしました。左大臣は正一位(しょういちい)に昇られるとか。生きている間に、そこまでの高みに昇った人間はおりません。天皇からの後事を託すという宣言にも等しい」

「そのことはわたしも耳にしている」

豊成は咳払いをした。

「今後は兄上ではなく、右大臣殿と呼ばなければなりませんな」

仲麻呂は言った。豊成の右大臣への昇進も決定事項だった。

「気が早すぎるぞ、仲麻呂」

「疫病で無念のうちに死んだ父上も喜んでおりましょう」

豊成が鼻を鳴らした。

「太政官におけるおまえの序列もいずれ上がる。しかし、まだその時機ではない。藤原南家の男がふたり太政官に同時に席を得ているだけでも他の臣下の妬みを買う元だ。それが兄弟揃って太政官で重きをなすとなれば、よからぬことを企む者どもも出てこよう」

「わたしは急ぎません」

仲麻呂は微笑んだ。豊成は釘を刺したかったのだ。太政官に波が立つことを極端に嫌う豊成らしかった。

「心配無用です、兄上。式部卿兼近江守、わたしはそれで満足です」

豊成は不審をあらわにした顔を仲麻呂に向けた。

仲麻呂が兄のことを熟知しているように、豊成も弟のことをよく知っているのだ。

いずれ、豊成を太政官から追放しなければならない。だれよりも警戒すべきは橘諸兄ではなく、豊成だった。

＊　＊　＊

譲位は七月に正式に行われた。阿倍皇太子が天皇に即位し、天皇は太上天皇に、皇后は皇太后へと位を変えた。太上天皇はすでに内裏を去り、薬師寺宮に居を移していた。内裏の実質的な長は皇太后となったのだ。天皇の大権を発するのに必要な鈴印——駅鈴と内印もすでに皇太后の手にある。

皇后宮職の紫微中台への改変は密やかに、しかし、確実に進められていた。

皇太后の家政機関から、皇太后と天皇の命を臣下に伝える重要な政務機関へと転換を図るのだ。名目上は太政官と八省の間に位置する機関ということになるが、実際には太政官をも凌駕する権威と力を持つことになる。

橘諸兄はもちろん、豊成もまだ気づいてはいない。ある日を境に、自分たちの持つ力があらかた削り取られるのだ。地団駄を踏むだろうが、気づいた後ではもう遅い。

新たな天皇の即位に従い、太政官に列せられる者も増えた。仲麻呂も中納言を経ずして大納言に抜擢された。

左大臣、橘諸兄。右大臣、藤原豊成。大納言に巨勢奈弖麻呂、藤原仲麻呂。中納言に石上乙麻呂、紀麻呂、多治比広足。参議には石川年足、大伴兄麻呂、橘奈良麻呂、そして藤原北家のふたり、八束と清河。

橘奈良麻呂は諸兄の息子だが、実に藤原の男子四人が太政官に名を連ねたことになる。疫病で武智麻呂ら四人の兄弟が没してからは初めてのことだ。議政官たちの目はそちらに向き、紫微中台の設置に注意を払う者はいない。

「紫微大弼ですか」

石川年足が言った。目の前の酒器にはまだ酒が残っている。

「わたしは参議に列せられたばかりですが、よろしいのでしょうか」

仲麻呂は微笑んだ。年足は又従兄弟に当たる。年はいくぶん離れているが、昔から仲が良かった。

「それだけではない。あなたには、わたしの後任として式部卿も兼ねてもらう」

年足が唇を舐めた。

「そのような大役を……」

「あなたにはわたしを補佐してもらいたいのです。それだけの能があると見込んでいる」

「ありがたきお言葉」

年足が頭を下げた。

「やめてください、年足殿。位階はわたしの方が上ですが、年はそちらが上です。公務の場では仕方ありませんが、このようなときは、昔のように仲麻呂と呼べばいいのです」

「そうは参りません。そちらは大納言にして紫微令――」

年足は紫微中台の長の役職を口にした。

「中衛大将(ちゅうえのだいしょう)も兼ねることになります」

仲麻呂の言葉に、年足が唇をわななかせた。

「それでは、政と軍事の両方を司ることになるのですか」

「それが皇太后様のご意向なのです」

仲麻呂は笑った。

「大伴兄麻呂殿も紫微大弼に任命されるが、わたしが頼みとするのは年足殿です。それをお忘れなきよう」

「わたしなどにそのような……もったいなさすぎます」

「天皇もそう望んでおられるのです」

年足は天皇の東宮時代から仕えてきた。年足を参議に列したいと言い出したのは天皇なのだ。

年足が平伏した。

「天皇と皇太后に、この命、差し出す所存です」

「畏まるのは天皇や皇太后の前だけでよろしい」

「申し訳ありません。つい……」

年足は頭を掻いた。

「話は変わりますが、その後、橘奈良麻呂らの動きはどうですか」

仲麻呂は声を低めた。

四年前、太上天皇が難波宮へ行幸した際、病を患った。いつになく重い病で朝堂にも緊張が走った。

そのおり、橘奈良麻呂らが謀反を企んだらしいのだ。

「手の者に見張らせておりますが、今のところ、これといった動きはありません」

奈良麻呂の一党は、阿倍内親王の立太子にも反対だったらしい。別の皇族を立てて政の中枢に居座ろうとした節がある。父の諸兄が太政官の長なのだから、自分の番が回ってくるのを待てばいいものを、豊成と仲麻呂が邪魔なのだ。藤原の者を朝堂からことごとく追い払う。それが奈良麻呂の望みに違いない。

「引き続き、監視を続けてください」

「なにも監視などせずとも、四年前の謀反の疑いで捕縛すればよろしいのでは」

仲麻呂は首を振った。

「奈良麻呂の捕縛は、いざというときまで待つのがよかろうかと」

「しかし――」

「今、奈良麻呂を捕まえたところで、また別の輩がよからぬことを企むだけ。それならば、鼠（ねずみ）の親玉の尻尾を摑まえて好きにさせておけばよいのです。潮が満ちれば、左大臣もろとも、橘の者を朝堂から追い出してみせましょう」

仲麻呂は歯を剝いて笑った。

＊　＊　＊

「一体、どういうことだ」

声を発したのは豊成だった。他の議政官たちは顔をしかめている。

「詔にあるとおりです。皇后宮職を紫微中台とあらため、その長官として紫微令を置く。紫微中台は皇太后様の身の回りの世話をするだけではなく、天皇と皇太后様の命（めい）を太政官に報せることも役職とする。その立ち位置は太政官と八省の間とする」

「そんなことは詔を読めばわかる。問題は、だれがこのようなことを――」

「皇太后様のご意志です」

仲麻呂は兄の言葉を遮った。

「紫微中台は太政官の下、八省の上ということですが、皇太后様や天皇の命を太政官に伝えるというのなら、太政官より強い権限を持つということになりませんか」

橘奈良麻呂が言った。敵意を含んだ目を仲麻呂に向けている。

「政を主導するのは太政官。紫微中台はお二方の意志を太政官に伝えるだけ。これまでとなにも変わりはしません」

　仲麻呂は涼しい顔で奈良麻呂の視線を受け流す。

「これまでと変わらぬのなら、なにも紫微中台などという大仰な名前に変えずとも、今までどおり、皇后宮職でよいではありませんか」

　奈良麻呂が言葉を続けた。

「従えぬとおっしゃるなら、その旨、皇太后様に直接お伝えしてはいかがか」

「奈良麻呂、控えよ」

　なおも言い募ろうとする息子を、父の橘諸兄が諫(いさ)めた。

「申し訳ありません」

　奈良麻呂は顔を歪め、俯いた。

「わたしと右大臣、大納言たちで皇太后様にこの詔の真意を問うてくる。それまで、待っていてください」

　橘諸兄は豊成に向かってうなずいた。豊成が腰を上げる。仲麻呂と巨勢奈弖麻呂もそれに続いた。

「式部卿で満足している。そう言っていたはずだな」

　皇太后宮へ向かう途中、豊成が耳に口を寄せてきた。

「わたしはそのつもりでした」

仲麻呂は答えた。豊成が鼻を鳴らした。

皇太后宮に着くと、すぐに部屋に通された。皇太后は写経の最中だった。

「なにごとですか？」

議政官たちが腰を下ろすと、皇太后は筆を止めた。

「先の詔について、お伺いしたい儀がございます」

橘諸兄が口を開く。

「なにか、不審なことでもあると申しますか」

「なにゆえ、このような措置をおとりになられたのか、お伺いしたいのです」

「わたしも天皇も女人です。太政官に直接出向いて指示を出すのは憚られるでしょう」

「そのようなことはございません。なんとなれば、皇太后様に天皇です。臣下一同、女人だからと軽んじる者があるはずもありません」

「しかし、天皇の立太子のおり、不平を口にする者が相当いたと聞いています」

「そのようなことは――」

橘諸兄の額にうっすらと汗が浮かんでいた。皇太后は冷え冷えとした目を橘諸兄に向けていた。

「わたしが天皇の後見となることにも、不満が燻っているとも聞きました。それが太上天皇のご意志だというのに。しかし、不平不満が出るのも理解はできます。だから、紫微中台を新たに置いて、わたしと天皇、太政官の意思の疎通をはかりたいのです」

「しかし、古くからのしきたりが――」

「太政大臣藤原不比等の頃より、古くても今の時流に合わぬしきたりはあらためられてきました。紫微中台もその一環です」

皇太后の声は穏やかだが、有無を言わせぬ響きがあった。藤原不比等の血が、そのたおやかな体に流れているという証左だ。

鋼の意志を持ってなすべき事をなす。

「わかりました。深いお考えがあることも知らず、失礼をいたしました」

橘諸兄が腰を上げた。他の者もそれに続く。

「左大臣とはまだ話がありますからお残りください」

豊成と巨勢奈弖麻呂が顔を見合わせた。仲麻呂は真っ先に部屋を辞した。待つこともなく、豊成と巨勢奈弖麻呂も廊下に出てくる。

「かねてより肝の据わったお方だったが、皇太后になられてからはそれに凄みが加わりましたな」

巨勢奈弖麻呂が言った。

「いかにも」

豊成がうなずく。

「参りましょう」

仲麻呂はふたりを促した。

「他の議政官たちが首を長くして待っているはずです」

豊成を先頭に、巨勢奈弖麻呂、仲麻呂の順で廊下を歩く。

「いずれ、わたしが先頭を歩くことになる」

ふたりの背中を見ながら、仲麻呂は呟いた。

＊　＊　＊

皇太后は異父兄の顔を正面から見据えた。かたや皇族の末裔（まつえい）、かたや不比等の娘。同じ母を持ちながら、進む道が交わることはない。

「奈良麻呂を参議にと薦めたのはわたしです」

皇太后は言った。

「承知しております」

「ならば、紫微中台の設置に難色を示す者どもを、左大臣が説得してくださらねば」

「しかし、なんのために紫微中台のようなものが必要なのですか。皇太后様にはわたしも、右大臣もおります。我らになんなりと命じてくだされば――」

「そなたたちには政に専念してもらいたいのです。それでなくても、相次いだ遷都や飢饉などで民の暮らしは逼迫（ひっぱく）しているのですから」

橘諸兄がうなずいた。

「紫微中台には悲田院や施薬院も管理させようと思っています。そのための、わたし直属の機関なのだと思ってください」

皇太后は目を伏せた。心が痛むことなくすらすらと嘘を口にできるのは、やはり、自分に流れる不比等と三千代の血のせいなのだろうか。ふたりとも、目的を達するためには手段を厭(いと)わず、嘘をつくことも平気だった。

「藤原の者以外で、太政官にふたつの席を持った事例はほとんどありません。その意味をよく考えてください」

「皇太后様のお計らいには、わたしはもちろん、奈良麻呂もいたく感謝しております」

「わたしも橘三千代の娘なのです」

「藤原不比等の娘でもある。そこが、物事を複雑にしております」

橘諸兄が寂しそうに笑った。

「藤原の一族も、橘の一族も栄えてほしい。わたしが願っているのはそれだけです、左大臣。いずれ、そなたは太政大臣にも昇るでしょう。わたしがその背中を支えます」

「ありがたきお言葉」

「紫微中台のこと、よろしくお願いします」

「心得ました。この橘諸兄にお任せください」

「よろしくお願いします」

皇太后は会釈した。部屋を出ていく橘諸兄の背中に憐(あわ)れみの目を向ける。

藤原と橘の両氏が共に栄えることなどあり得ない。権力とはそういうものだ。

仲麻呂は橘の親子を容赦なく追い詰めるだろう。そういう男だからこそ、仲麻呂に白羽の矢を立てたのだ。

いずれ氏上の立場も豊成から仲麻呂に変わる。仲麻呂を当主として、藤原南家は大いに栄えるのだ。

皇太后は庭に目を向けた。ひときわ大きな木に向かって呟く。

「これでよいのですね、父上」

風が吹き、巨木の梢(こずえ)が葉ずれの音を立てた。

* * *

佐伯全成(さえきのまたなり)は緊張しているようだった。胡座をかいた太股(ふともも)の上で両の拳をきつく握りしめている。顔色は青ざめ、額には汗が浮いていた。

「そう畏まらないでください」

仲麻呂は柔らかい声を佐伯全成にかけた。

「は……今宵はお招きいただき、光栄の至りですが、いかなる用向きでしょうか」

佐伯全成は陸奥で産出された金を運んできたのだ。太上天皇はこれぞ御仏の加護だと喜び、金を運んできた陸奥の者たちをもてなした。

そのおり、橘奈良麻呂が佐伯全成の宿営に立ち寄り、長い時間話し込んでいたという報告があったのだ。

「率直に申そう」

仲麻呂は言った。

「先日、橘奈良麻呂殿と、なにを話し込んでいたのだ」

「そ、それは……」

佐伯全成が瘧（おこり）にかかったかのように震えはじめた。顔は血の気を失い、発汗が激しくなっていく。

「ここでそなたが話すことはわたし以外の者の耳には入らぬ。約束しよう」

「し、しかしながら……」

佐伯全成の顎を伝った汗が床にしたたり落ちた。

「なにも話せぬというなら、それもよし。ただし、今以上の出世は見込めぬと思われよ。わたしの目が黒いうちは、決してそなたを昇進させたりはせぬ」

「わたしはなにもしておらぬのです。ただ、奈良麻呂殿が一方的に話していただけで」

「あの者はなにを話したのだ」

仲麻呂は静かに訊いた。佐伯全成の喉仏が大きく動く。生唾を呑み込んだのだ。

「黄文王（きぶみのおう）を立てて玉座に就け、藤原の者たちを朝堂から追い払おうと」

黄文王は長屋王の息子だ。母は不比等の娘、長娥子（ながこ）。同じく不比等の娘、多比能（たひの）を母に持つ奈良麻呂とは従兄弟に当たる。長屋王の変のおりは、長娥子の息子であることから死を免れた。武智麻呂たちが情けをかけたためだが、こうして憂いを残すことになる。だれかを滅ぼすなら、徹底的にやらねばならないのだ。

「橘奈良麻呂とそなただけで謀反を起こすと」

佐伯全成が首を振った。

「大伴古麻呂（こまろ）殿も引き入れ、大伴、佐伯両族の力を結集すると申しておりました」

「愚かなことを……」

笑い出したくてたまらなかったが、緩んでいく顔に力を入れた。

「それで、佐伯殿はなんと応じたのだ」

「きっぱりと断りました。わたしは朝廷の禄（ろく）を食（は）む身。わたしをここまで引き立ててくれた太上天皇様には大恩があります。どうして弓を引けましょうか」

「しかし、謀反の企みを朝廷に報告はしないのだな」

「そ、それは……」

佐伯全成がゆるしを乞う目を向けてきた。

「そなたと奈良麻呂が旧知の仲であることは存じている。心苦しかったであろう」

「そう言っていただけると助かります」

「これが初めてではあるまい」

「三度目にございます」

「ほう……」

仲麻呂は腕を組んだ。橘奈良麻呂が佐伯全成に謀反を持ちかけたのは、これが二度目だと思っていたのだ。ずいぶん前から謀反の企みを温めていたらしい。

「わかった。このこと、決して他言はするな」

仲麻呂は腰を上げた。

「わたしは、このまま帰ってもよいのですか」

「陸奥の金を京まで運んできた功労者を捕縛したりすれば、太上天皇様が烈火のごとくお怒りになる。太上天皇様には心健やかに過ごしていただきたいのだ」

「ありがとうございます。この恩、決して忘れはしません」

佐伯全成が深々と頭を下げた。その言葉に嘘はあるまい。今後、この男は仲麻呂に心身を捧げるはずだ。

「いずれ、そなたを陸奥守（むつのかみ）に任じよう」

「そのようなことができるのですか」

「わたしは藤原仲麻呂だぞ」

仲麻呂は高笑いしながら部屋を後にした。

＊　＊　＊

官衙を行く橘諸兄の背中を見つけ、仲麻呂はその後を追った。

「諸兄殿、お待ちを」

振り返った橘諸兄の顔には怪訝そうな表情が浮かんでいる。

「どうしました、仲麻呂殿」

「少し相談したいことがありまして」

仲麻呂は周囲に目を配った。こちらに近づこうとする者はいない。

「なにごとかな」

仲麻呂は橘諸兄と向き合った。頭髪はすでに白が勝ち、顔にも皺が目立つ。

この老体も、そろそろ政の中央から退く時機が近づいている。

「大宰よりの報告には目を通されましたか」

「政務が忙しくて、そこまでは手が回らん。下の者に任せてある」

「広嗣の残党が跋扈(ばっこ)しているとのことです」

橘諸兄が顔をしかめた。

「その件なら、ずいぶん前にも耳にした覚えがあるが……」

「早急に手を打つべきです。新たな天皇が玉座に就いた今、天皇と朝堂に牙を剝く輩を一掃せねば」

「しかし、軍を送る余裕はないぞ」

「真備殿を大宰に送ってはいかがかと」

「真備をだと。なにを申しておるのだ。あの者は――」

「真備殿は軍学にも造詣が深いと聞き及んでおります」

「それはそうだが……」

「皇太后様もあちらの様子をたいそう気にかけておられ、真備殿ならば、逆賊どもを殲滅(せんめつ)してくれるだろうと期待されているご様子。賊の討伐が終われば、また京に戻ってもらえばよいのですから」

橘諸兄が眉をひそめた。仲麻呂の言葉を信じていないのだ。

橘諸兄は正しい。仲麻呂に吉備真備(きびのまきび)——名を改めた下道真備を呼び戻すつもりなどさらさらなかった。大宰へ下向させれば、賊を討とうが討つまいがどうでもよかった。橘諸兄の腕を切り離し、少しずつ追い詰めていく。これはその一環だ。

「皇太后様がまことにそうおっしゃっているのか」

仲麻呂はうなずいた。

「あれほど民のことを考えておられる方は他におりません。天皇が統(す)べるすべての民に、仏の加護があることを心から願っておられるのです」

「わかった。真備の件は考えておこう」

「それは困りました」

仲麻呂は腕を組んだ。

「どういうことだ」

「すでに手遅れです」

橘諸兄の顔が見る間に青ざめていく。

「皇太后様の意を汲まれた天皇がすでにその旨――」

「そのようなことをしなくても、いずれわたしは政から身を退く。我らは互いに橘三千代の眷属ではないか」

「ですから、皇太后様は左大臣を筆頭に、奈良麻呂殿など、橘の一族の者に重きを置いているではないですか」

「そなたの考えか」

「皇太后様のお考えです」

「豊成殿も承知か」

「皇太后様は、紫微中台に事を図れとおっしゃいましたので」

「それがそなたの――紫微中台のやり方か」

「我ら、紫微中台の者は、皇太后様と天皇のご意志に従うのみにございます」

「真備の件は致し方ないが、紫微中台の思うがままにできるとはゆめゆめ考えるな。政を担うのは太政官。そのしきたりは今後も変わらん」

「おっしゃるとおりでございます。紫微中台に、太政官の権限を侵そうという考えはいささかもありません」

橘諸兄はぎょろりと仲麻呂を睨んだ。鼻を鳴らしながら背を向け、荒々しい足取りで去っていく。

官人たちが仲麻呂と橘諸兄のやりとりを遠巻きに見守っていた。なにを話していたかはわからずとも、吉備真備の大宰への下向はすぐに知れ渡ることになるだろう。

左大臣が紫微中台に屈したという噂も瞬く間に広がるに違いない。

＊　＊　＊

「本当に大宰に行かれてしまうのですね」

天皇は頭(こうべ)を垂れる吉備真備に声をかけた。

「まことに申し訳ありません。天皇様のそばを離れるのは心苦しくてしょうがないのですが」

真備の顔は寂しそうだった。勉学の師として、日々顔を合わせてきたのだ。玉座に就いてからはその距離は遠のいたが、敬愛する師であることに変わりはない。

真備からは様々なことを教わり、唐の国でのできごとを聞くのは無上の喜びだった。

「そなたにはもっと教わりたいことがあるのです」

天皇は言った。

「畏れ多くも今上天皇に教えることなどありましょうか」

「天皇であろうと、わたしはそなたの弟子です。学ばなければならないことは数えきれないほどある」

「ありがたきお言葉。されど、わたしは大宰に赴かねばなりません」

「母上がそう命じたのです」

「阿倍様──」

真備は天皇の諱（いみな）を口にした。

「母上を唆（そそのか）したのは仲麻呂です」

「皇太后様には深いお考えがあるのです」

「母上と仲麻呂は、わたしの大切なものを奪っていく。わたしには普通の女人のような幸せは願うべくもありません。この上、敬愛する真備殿まで遠ざけられてしまうとは」

目頭が熱くなるのを覚えて、天皇は手で顔を覆った。

「気を強く持たれるのです、阿倍様。あなた様は天皇。だれも、あなた様の意に逆らうことはできません」

天皇は苦笑した。

「本当の天皇はわたしではありません。母上です」

「そのようなことをおっしゃらずに……」

「今からでも遅くはありません。諸兄に仕えたのと同じように、母上や仲麻呂にも仕えると誓えば、京にとどまることも可能です」

真備が力なく微笑んだ。

「大納言はそのような情けとは無縁のお方です。だれよりもご存じではありませんか。敵か味方か。人をそのようにお分けになる。一度敵と見なされた者は徹底的に遠ざけられるのです」

天皇は溜息を漏らした。真備の言うとおりだ。仲麻呂は自らが高みに昇るために足蹴にした者たちを顧みようとはしない。

「そのような方は敵を多く作ります。そして、敵が多いゆえに仮借なく相手を攻め立てる」

「わたしが止めますゆえ、どうか――」

「いずれ、京へ戻れる日も来ましょう。そのときは、いくらでも阿倍様の知りたいこと、聞きたいことを教えてしんぜます。それまでは――」

真備は深々と頭を下げた。また目頭が熱くなり、天皇は嗚咽した。

四

金堂に座す盧舎那仏はこの世のものとは思えぬほど神々しかった。

太上天皇の悲願とも言える大仏と金堂がついに完成したのだ。

開眼供養には唐をはじめとする各国の僧が集まり、それぞれの国柄に則った法衣をまとう僧が集う様はこの国の威信の大きさの表れだ。

体調の優れぬ太上天皇に代わって開眼導師を務めるのは天竺から来た婆羅門僧、菩提僊那。願文を読み上げる呪願師には唐僧の道璿。

僧だけではない。奏でられる奏楽も僧たちの出身地の楽曲だ。開眼に使う筆に括られた開眼縷と呼ばれる紐は大蛇さえ色褪せるような長さを誇り、法会に集った者たちが大仏の功徳にあやかろうと我先に触れている。

「兄上」

乙麻呂が傍らに立った。

「支度はつつがなく整ったとのことです」

「そうか」

仲麻呂はうなずいた。

「胸が躍ります。天皇が、田村(たむら)の兄上の邸を御在所とされるとは」

開眼法会が終わった後、天皇は内裏には戻らず、仲麻呂の私邸に向かい、そこでしばらくの間、滞在することになっていた。

大仏が開眼しためでたき日に、皇太后、天皇、そして紫微令たる仲麻呂が手を取り合ってこの国を導いていくということを百官と民に示すためだ。

天皇の背後に従う橘諸兄と豊成の顔は心なしか青ざめている。紫微中台を警戒はしていたものの、ここまで早く自分たちの力が奪われることになろうとは思ってもいなかったのだ。

願文を読み上げる道璿の声が朗々と尾を引いた。いよいよ、大仏の目に筆が入る。

「ついに、太上天皇様の悲願が成りますな」

仲麻呂は背後から皇太后に近づき、囁いた。

「この日のためになんとか命を繋いできたようなものなのです。ほっとしておられることでしょう」

「具合がよろしくないのですね」

「今日明日にどうこうということではありません。もともと体の優れぬことの多いお方。大仏開眼がなったことで気力がさらに衰えるやもしれません」

皇太后が振り返った。

「それを踏まえて、阿倍はそなたの邸で過ごすのです」

「心得ております」

「書類には田村第(たむらてい)と記すようにと命じてあります」

「田村第ですか……」

仲麻呂はこみ上げてくる興奮を押し殺した。第とは比べるものもないほど立派な邸を指す言葉だ。天皇の御在所としては、その文字を用いた邸こそが相応しい。

「そなたが吉備真備を大宰に追いやったことで、阿倍は悲しんでいるようです。しっかりと慰めるのですよ」

「はい」

仲麻呂は頭を下げた。天皇の心持ちは女官から聞き及んでいた。学問の師とはいえ、たかが臣下の動向に心を痛めるとは心根が甘すぎる。女人である前に天皇なのだ。天皇はその立場をもっと自覚するべきだった。

「それにしても神々しい」

皇太后は盧舎那仏を見上げた。目尻が下がっているのは、大仏の開眼を心から喜んでいるからだ。

皇太后と共に生きていくためには、心の底から仏教を信じている素振りを続けなければならない。面倒だとは思うが、皇太后の心が離れた瞬間、仲麻呂の力も失われる。

いつか、だれにも頼らずに政を担うようにならねばならない。皇太后も天皇も必要なくなるほどの高みに昇るのだ。

仲麻呂は手にした数珠（じゅず）を握りしめた。

まさに、盧舎那仏の目に筆が入ろうとしているところだった。

＊＊＊

宴が終わると、天皇は仲麻呂が用意させた私室へ退いた。

「橘の親子をご覧なさいませ」

仲麻呂の横に座っていた石川年足が囁いた。橘諸兄と奈良麻呂は並んで座っていた。諸兄は背中を丸め、萎（しお）れたように俯いている。奈良麻呂はなにかに憤慨しているという顔つきで立て続けに酒を呷っていた。

「ここ、田村第がしばしの間、天皇の御在所になるということは、政もここで行われるということですね」

年足の言葉に、仲麻呂はうなずいた。この邸に天皇を住まわせるというのは皇太后の考えだった。それによって、紫微令である仲麻呂が政務を司ることができる。太政官は牙を抜かれたも同然だった。

よほど居心地が悪かったのだろう。豊成などは宴がはじまってそれほど時間も経たぬうちに、疲労を理由に退出していった。

「奈良麻呂の監視は続けているか」

「もちろんにございます。昼と夜を問わず、数名もの者が常に目を光らせておりますゆえ」

「右大臣にも監視をつけてくれ」

年足の目が吊り上がった。

「なにゆえ右大臣様を。紫微令様の兄上ではございませんか」

「政を主導せんとする者は、たとえ身内であろうと自分に敵対する可能性のある者には常に目を光らせておくべきだ」

「右大臣様が、まさか……」

「これまで力をその手に握っておった者がその力を失いつつあるのだ。取り返そうとしてなんの不思議がある」

年足が唇を舐めた。

「政というのは、そういうものでございますか」

「そういうものだ」

「肝に銘じます」

仲麻呂は腰を上げた。

「どちらへ」

「天皇のご様子を見てくる」

「お供しましょうか」

「それには及ばん。そなたはこの場にいて、太政官の者たちを観察しているがいい。いろいろと勉強になるぞ」

うなずく年足を残し、仲麻呂はその場を後にした。

薄暗い廊下を進むとやがて、女官たちが侍っている部屋の前に出る。先日までは仲麻呂が使っていたこの邸で一番豪奢な誂(あつら)えの部屋だ。天皇のために明け渡した。

「天皇はおやすみか」

仲麻呂は問うた。

部屋の真ん前に陣取っている女官が首を振る。

「まだおやすみではありません。ただ、おひとりになりたいと」

「取り次げ」

「天皇はおひとりになりたいとおっしゃっておいでです」

「取り次げ」

仲麻呂は言葉を強めた。女官が首をすくめ、部屋の中に声をかける。

「阿倍様、紫微令様がおいでです」

「通せ」

間を置かず、天皇の声が流れてきた。

「失礼いたします」

部屋に入ると、ほのかな香りが鼻孔に流れ込んできた。天皇が戸を開け放っている。庭の花々の香りがただよってきていた。

「夜風は冷たい。体に障りますよ、阿倍様」

仲麻呂は言った。

「その冷たい風に当たりたいのです。庭の木々が夜風に踊る様も見飽きません」

「しかし、顔色が優れません」

「疲れただけです」

天皇は力なく微笑んだ。

「どうすれば、阿倍様に喜んでいただけますか」

「わたしを廃してください」

天皇が即座に答えた。

「それは困りましたな」

仲麻呂は言った。

「なにが困るのです」

「阿倍様のためを思えば、玉座を降りていただくのがよいのでしょう。しかし、この国を思えば、玉座に座り続けてもらいたいのです」

「この国のため」

天皇の顔に冷めた笑みが浮かんだ。

「そなたのためでしょう」

「皇太后様のため、わたしのため、ひいては国のためです」

「臆面もなく口にできるものですね」

「そういう性格なのです。阿倍様もご存じでしょう。へりくだってみせたところで、現実はなにも変わりません」

「そうですね。仲麻呂は昔から変わらない……」

天皇は月を仰ぎ見た。

「わたしはいつまで玉座に座っていなければならないのですか」

替わりが育つまで——喉元まで出かかった言葉を、仲麻呂は飲み込んだ。

「こらえてください。それが、皇室に生まれた者のさだめなのです」

「昔、氷高様が玉座になど就くものではないとおっしゃっていたけれど、今はその意味がよくわかります」

天皇は元正天皇の諱を口にした。元正天皇とその母の元明天皇は、太上天皇を玉座に座らせるため、渋々と天皇の位に就いたのだ。

「阿倍様、もうよろしいでしょう」

仲麻呂は夜風より冷たい声を発した。天皇は寂しげに微笑み、うなずいた。

＊　＊　＊

「このような仕打ちをなされるとは、無念でなりません」

皇太后は、床に膝をつき、肩を震わせている橘諸兄を静かに見下ろした。

「そなたの言っていることがわかりかねます」

「皇太后様と天皇がしばし滞在するということは、この藤原仲麻呂の邸こそが政の中枢だと世間に訴えているようなものではありませんか。太政官は立場がありません」

「政を主導するのは太政官。それに変わりはありません。わたしと阿倍はこの邸にとどまりますが、わたしたちの意思は紫微令を通じて太政官に伝える。内裏にいても同じことではありませんか」

「おふたりが内裏にいるのとこの邸にいるのとでは話がまったく違うのです。どうか、早々に内裏にお戻りください」

「内裏にいると息が詰まりそうだと阿倍が申すのです。皇太后としては、天皇が内裏を離れるのをゆるしたくはないが、母としては娘に羽を伸ばすのをゆるしたい。だからといって、どこにでも好きなところへ行けとは言えぬゆえ、仲麻呂の邸に滞在させてもらうのです」

「わたしの邸ではなぜいけないのです。わたしは左大臣、太政官の長です。我が邸こそ、お二方が滞在するのに相応しいと存じ上げますが」

　橘諸兄の声まで震えてきた。皇太后は欠伸をこらえた。

「阿倍は、仲麻呂のそばにいる方が心が安らぐと申しております。幼き頃より、一緒におりましたから」

「しかし――」

「左大臣」

　皇太后は語気を強めた。

「は――」

　橘諸兄が畏まる。

「そなたは長く太政官の長を務めた。もうよいのではないですか」

「皇太后様は、藤原と橘の一族が共に栄えるようにと――」

「奈良麻呂がいるではありませんか」

「わたしに、太政官を去れと仰せですか」

　皇太后は首を横に振った。

「その必要はありません。ただ、仲麻呂に対抗しようとするのは無駄だと申しているのです」

「皇太后様ははじめから仲麻呂殿を取り立てるおつもりだったのですね」

「だったらなんだと言うのです」

　皇太后は冷え冷えとした目を橘諸兄に向けた。

「藤原の四兄弟が疫病（えきびょう）で倒れ、そなたに席が回ってきた。彼らが健在なら、決して、回ってはこなかった席です。そなたはその席の座り心地を十分に堪能した。これ以上、なにを望むのです」

橘諸兄は唇をわななかせるだけで言葉を発しなかった。

「藤原の者なら、その席に座る者の権威を盤石にし子々孫々受け継がれるよう、しかと布石を打ったでしょう。しかし、そなたは――」

皇太后は言葉を切った。

「そなたは橘三千代の血を受け継ぐ者。しかし、わたしは橘三千代と藤原不比等、両方の血を受け継いでいるのです」

「皇太后様……」

「そなたに機会は与えました。わたしにできることはもうありません。後は、奈良麻呂に託すのです」

「このようなやり方、他の臣下たちが黙ってはおりませぬぞ」

「そうでありましょう。だが、わたしは気にせぬ。そなたも見ていたでしょう。藤原不比等がいかにして力を得ていったのか。あの頃も、あちこちで不平不満の声があがっていましたが、結局は、不比等に対抗できる者はおりませんでした。不比等には持統（じとう）天皇の後ろ盾があったからです。仲麻呂にはわたしがおります」

皇太后は言葉を切り、橘諸兄の目を見据えた。

「だからこそ、武智麻呂はなにがなんでもわたしを皇后にしたのです。それが不比等から伝えられた藤原の知恵。橘の一族には、母からはなにも伝えられていないようですね」

皇太后は橘諸兄に背を向けた。

「もう、話すことはなにもありません。下がりなさい」

歯ぎしりの音が聞こえたが、皇太后は振り返らなかった。やがて、橘諸兄が腰を上げ、部屋を出ていった。

五

「先日、橘奈良麻呂の宅で宴が催されました」

石川年足が言った。

「橘諸兄をはじめとする一同が集まったもようです」

仲麻呂は書に落としていた目を上げた。

「ほう」

「紫微令を朝堂から追い出す策を練ったとか」

石川年足は諸兄一派の官人数人を手なずけている。向こうの話はこちらに筒抜けだった。

「いい策は出たのか」

石川年足が首を横に振った。

「すでに紫微令は朝堂を掌握したも同じ。やつらには悪足掻(わるあが)きすらできません」

「それでも、放っておくわけにはいかんな」

仲麻呂は笑った。

「いかがいたします」

「そなたの手の者に誣告(ぶこく)でもさせるか」

「そこまでする必要がありますか。左大臣にはもうなんの力もありません」

「それでも左大臣は左大臣だ。正一位という位を極めた人間だぞ。わたしに含むところのある者たちにとっては、反紫微中台の戦(いくさ)をはじめるための旗印となる」

「なるほど」

仲麻呂は手にしていた書を閉じた。

「一度、大いなる力を手にした人間は、その力を失うことが恐ろしくてたまらなくなる。もし、力を失えば、取り戻そうと必死で足掻く。今の左大臣がそれだ。徹底的に叩き潰さねば、抗い続けるだろう」

「どのような罪で訴えさせますか」

「太上天皇を侮辱した、とでもするか」

仲麻呂は言った。

「心得ました。そのように差配いたします」

石川年足が腰を上げ、辞していった。

＊　＊　＊

「この件は穏便にすませるようになさい」

仲麻呂は目を見開いて皇太后を見た。

「なんと仰せられたのですか」

「左大臣の件は穏便にすませよと申したのです」

「なぜですか。橘諸兄の息の根を止める絶好の機会ではありませんか」

「大君が気にかけているのです。諸兄になにかあれば、病が一層重くなるやもしれません」

念願だった盧舎那仏の開眼法要が終わったことで張りつめていたものが切れたのか、このところ、太上天皇は病臥（びょうが）する日が増えていた。ここしばらくは床に伏せったままだという。

「諸兄もこれに懲りて、二度と愚かな真似をしようとはしないでしょう」

太上天皇が死んだところで、我らにはなんの痛痒（つうよう）もないではありませんか――仲麻呂は喉元まで出かかった言葉を飲み込んだ。

皇太后も、仲麻呂と共にこの国を掌握すべく、長いこと苦心してきたのではないか。太上天皇が死ねば、ありとあらゆる権威は天皇の生母である皇太后に集中する。それこそ願ったりかなったりであり、太上天皇が長生きすればするほど、気にかけなければならないことが増えていくだけだ。

「家人に密告されたのです。諸兄はいたたまれないはず。長く左大臣の座に就いていようとは思わないでしょう」

橘諸兄が奈良麻呂宅で催された宴の席で、太上天皇を侮辱したと訴え出たのは佐味宮守（さみのみやもり）。橘諸兄に長く仕えてきた家人だ。石川年足が手なずけた。

信頼していた者に裏切られたという事実に、橘諸兄は打ちのめされているらしい。もはや、自分にはなんの力もないのだと悟ったことだろう。

それでも左大臣は左大臣だ――仲麻呂は石川年足に告げた言葉を頭の奥で繰り返した。完膚（かんぷ）なきまでに叩き潰してこそ、後顧（こうこ）の憂いなく前に進めるというものではないか。なぜ、手心を加えなければならないのか。

「よろしいですね」

皇太后が言った。仲麻呂は瞬きを繰り返した。

「それほどまでに、太上天皇の御身が心配なのですか」

「わたしの夫です。それだけではない。幼い頃より、常にそばにいてくれたのです。ともがらと言ってもいいお方です」

藤原不比等と橘三千代の血を引き、よく切れる頭と鋼のように強い意志を持っていても、女人は女人なのだ。理知より情を優先する。

馬鹿げているとは思うが、皇太后の後ろ盾がなくなれば、仲麻呂の栄華も危ういものになる。

「承知しました」

仲麻呂は頭を下げた。

「用はそれだけですか」

「そうだ。下がれ」

「畏まりました」

もう一度礼をし、皇太后の居室を辞す。腹立たしい思いが腹の底でうねっていたが、表情には出さなかった。

皇太后宮を出、官衙に向けて足を進めていると、荒々しい足音が近づいてきた。橘奈良麻呂が目を吊り上げてこちらに向かってくる。

「あなたの謀（はかりごと）でしょう」

「なんの話ですかな、奈良麻呂殿」

仲麻呂は奈良麻呂の激しい言葉を涼しい顔で受け流した。

「こたびの誣告、すべてあなたの差し金だということはわかっているのです」

「なにか証拠がおありか」

奈良麻呂が言葉に詰まった。

「こたびの訴えを起こしたのは、左大臣殿の信頼篤い家人ではないか。そのような者が他人の口車に乗って主のありもしない罪をでっちあげるとは思えませんな。左大臣殿のあまりな言いように憤りを感じ、国のため、太上天皇のためにと勇をふるって訴え出たのでしょう。違いますか」

「よくもぬけぬけと――」

「そもそも——」

仲麻呂は語気を強め、奈良麻呂の顔を睨んだ。

「太上天皇が病に伏せっているときに、呑気（のんき）に宴など催していることが不敬だとは思われぬか」

奈良麻呂の唇がわななないた。

「集まった者どもで、太上天皇に呪いをかけていたのではないかという噂も耳に入ってきていますぞ」

「たわけたことを……」

奈良麻呂の目は血走っている。よほど口惜しいのだ。

「そなたが騒ぎ立てると、その辺りのことも調べが入るやもしれん。それでもかまわんのか」

奈良麻呂が両の手で拳を握った。肩がわなわなと震えている。

「我が父は正一位にして左大臣。臣下の位を極めた偉大なるお方だ。その父を辱めたのだ。どんなことがあっても、そなただけはゆるさん」

「ゆるさんと申したな。わたしは皇太后様と天皇の信を得て政をしているのだ。そのわたしをゆるさんということは、お二方のこともゆるさんということではないか。謀反を起こすつもりか」

仲麻呂は言った。奈良麻呂は熱に浮かされたような目で仲麻呂を睨んだ。

「決してゆるさん。覚悟しているがいい」

奈良麻呂は吐き捨てるように言うと、仲麻呂に背を向けた。乱暴な足取りで立ち去っていく。

仲麻呂はその背中を見つめながら微笑んだ。

「まったく、己の感情を押し隠すこともできずに、よくも政の末席に座っているものだ」

仲麻呂は呟き、首を振った。

＊　＊　＊

年が明けて二月、橘諸兄は左大臣を辞して朝堂から去った。

残るは兄の藤原豊成ただひとり。豊成は右大臣として太政官を束ねていくことになる。裏を返せば、豊成がいなくなれば、太政官も大納言である仲麻呂の手に落ちるということだった。紫微中台と太政官——このふたつを束ねるということは、この国の政を掌中に収めたも同じだ。なんとしても豊成を追い落とさねばならない。

しかし、橘諸兄と違い、豊成は隙を見せなかった。頼りなく思えても、藤原の血を引いているのだ。立ち居振る舞いに如才はない。

石川年足に豊成を見張らせ、追い落とすためのてこになるものはないかと探っているうちに、太上天皇が崩御したとの報せが入った。

ついにこの日がやって来た。

太上天皇の死は、皇太后を上回る権威の持ち主がいなくなったことを示す。皇太后の寵愛を一身に受ける仲麻呂の立場もより強くなる。

逸(はや)る心をなだめながら、仲麻呂は皇太后のもとへ向かった。

太上天皇の遺体と対面した皇太后は取り乱し、泣き叫んだ挙げ句、女官たちに抱えられるようにして居室に戻ったらしい。

「皇太后様――」

居室に入ると、仲麻呂は拝礼した。皇太后の目は泣き腫れ、頬には朱が差している。

「来たか」

声には力がなかった。

「このたびは、心からのお悔やみを――」

「儀礼的な言葉などいらぬ。そなたは心の裡で小躍りしているのであろう」

「そのようなことはありません。わたしは――」

「そなたの気持ちに水を差すようだが、大君は道祖王(ふなどおう)を阿倍の次の天皇にというお言葉を遺された」

「なんですと、道祖王ですか」

仲麻呂はきつく目を閉じた。道祖王は新田部親王(にいたべしんのう)の子だ。天武(てんむ)天皇と藤原の血を引く皇族だが、皇太子となる目があるなどとはだれも考えていなかったはずだ。

「なぜ、太上天皇様はそのようなことを……」

「わたしも虚を突かれた」

皇太后が口を開いた。

「まさか、道祖王とは。大君も人が悪い。おそらく、藤原の血を引く者を皇位に就けたいというお考えだったのでしょうが」

仲麻呂は自分の邸に大炊王(おおいおう)を住まわせ、早世した長男の妻を嫁がせていた。ゆくゆくは大炊王を皇太子の座に就け、自分の力を盤石なものにするという目論見からだ。だが、太上天皇の遺勅(いちょく)ですべてが覆されてしまった。

「どうなさるおつもりですか」

「どうもこうも、大君の遺勅はわたし以外の者も聞いている。従うしかあるまい」

「立太子をするというのですか」

仲麻呂は声が上ずるのを抑えることができなかった。

「それが大君のご遺志なのだ」

「しかし、それでは我らの目論見が――」

「わかっている」

皇太后が忌々(いまいま)しそうに顔をしかめた。

「せっかく、静かに別れを惜しみたいと思っていたのに……」

「道祖王が玉座に就けば、朝堂は大変なことになります」

「わかっている。何度同じことを言わせるのですか」

「申し訳ありません。ただ――」

「そなたの焦りはわかる。わたしも途方に暮れているのです」

皇太后は口を閉じ、目を宙にさまよわせた。まるで、太上天皇の霊魂を探し求めているかのようだった。

仲麻呂はわななないた。いくつもの言葉が頭の奥で蠢き、絡み合っている。それらの言葉を口に出そうとしても、喉につかえるばかりだった。

「立太子はする。しかし、いずれ廃することになるでしょう」

皇太后が言った。

「はい」

仲麻呂は辛うじてそう口にした。

「わたしに任せなさい。時機が来たら、必ず道祖王を廃して大炊王を皇太子の座に就けます」

「はい」

「そのときは、太政官の根回しを頼みますよ」

「承知いたしました。橘諸兄が去った今、太政官でわたしに異を唱える者は豊成のみ。その豊成も、道祖王が玉座に就くことは望まぬでしょう。廃太子に問題はありません」

皇太后がうなずいた。

「大君は時々、わたしの想像もつかぬことをおやりになるのです。こたびの件もそう。なにを考えていたのやら」

皇太后の顔が和らいだ。亡き夫との思い出が脳裏をよぎっているのだろう。

冷徹な女人であり、同時に、夫を思う女人でもある。

女人こそ想像もつかぬことをする――仲麻呂は皇太后の横顔を見つめながら心の奥で呟いた。

＊　＊　＊

太上天皇の葬儀に先駆け、仲麻呂は東に向かう道の関所を閉めた。固関である。そののち、授刀舎人四百人を中衛府の傘下に収めた。謀反に備えるためだ。

石川年足の報告によれば、大伴氏や佐伯氏の間に不穏な空気が立ちこめているという。両氏とも多くの私兵を抱えている。武力に訴えた謀反を起こすとは考えがたいが、用心に越したことはない。

仲麻呂は思案を巡らせながら献物帳に目を落とした。太上天皇の遺品が記されている。皇太后の意向で、これらの品は東大寺に献納されるのだ。

「兄上――」

部屋の外で声が響いた。弟の乙麻呂の声だった。

「入れ」

仲麻呂は献物帳を閉じた。乙麻呂が部屋に入ってきて、仲麻呂の向かいに腰を下ろした。

「なにごとだ」

「太上天皇の遺品を東大寺に納める件ですが、太政官で物議を醸しております」

「なにゆえだ」

「そのような大事を紫微中台が仕切り、太政官が蚊帳の外に置かれるのはけしからんと」

「兄上がそう申しておるのか」

乙麻呂が首を振った。

「豊成兄上は黙しているだけです。甲羅の中に引っ込んだ亀のようです」

自らさざ波を立てれば、仲麻呂に口実を与えるだけだと承知しているのだろう。乙麻呂の言うように、甲羅の中に引きこもって嵐が過ぎるのを待つ腹づもりなのだ。

「その知恵を、別なことに使えばいいものを」

仲麻呂は呟いた。

「なんとおっしゃいました」

「なんでもない」

「いかがいたしましょう」

「放っておけ」

「よろしいのですか」

「どれだけ騒ぎ立てようと、太政官にはなにもできん。連中の相手をしている暇はないのだ」

乙麻呂が微笑んだ。

「なにがおかしい」

「いえ。兄上はまさしくこの国を担っているのだと思いまして」

「まだだ」

仲麻呂は言った。

「どういうことです」

「わたしひとりが栄華を誇ったところで、それはひとときのものに過ぎん。この栄華を末代まで伝えるためにやらなければならないことがいくらでもある」

「わたしにも兄上のような知恵と胆力があったなら――」

「そうであれば、そなたはわたしの敵ということになったであろう。兄上がそうであるようにな。そなたはそなたでいいのだ。わたしの手足となり、共に藤原の栄華を目指すのだ」

「相変わらず、はっきりとものを言うのですね」

仲麻呂は笑った。

「そなたには気兼ねをする必要がないからな。これからも、兄上の動向を伝えてくれ」

「承知いたしております。兄上は今や藤原氏の氏上も同然。豊成兄上以外の者たちは、その命に従いましょう」

仲麻呂は乙麻呂の言葉に何度もうなずいた。

＊　＊　＊

忙（せわ）しないままに時が過ぎ、年が明けた。太上天皇の喪が明けないうちに、橘諸兄が死んだ。享年七十四。正一位左大臣として人臣の位を極めた人間としては実に寂しい死だった。

「時機が到来したようです」

皇太后が言った。

「諸兄がこの世から去った今こそ、道祖王を廃せよという仏の意志を感じるのです」

「そのとおりにございます。早速、事を起こすべきです」

「どうすればよいか、そなたに策はあるのですか」

「考えていたことがございます」

皇太后が首を傾げた。

「瑞字(ずいじ)を使うのです」

仲麻呂は言った。瑞字とは、人の手が加えられずに現れる文字のことだ。吉祥と考えられ、政に利用されてきた。

「瑞字ですか」

「阿倍様の寝所に瑞字をあらわすのです。瑞字の出現を祝うためにも、皇太子として相応しくない行いを続ける道祖王を廃すると阿倍様には、詔を出していただきます」

「臣下たちはそれに従いますか」

「飛びついてくるでしょう」

仲麻呂は笑った。

「道祖王が天皇になることを望んでいる者など、ひとりもおりません」

皇太后が溜息を漏らした。

「大君のご遺志を踏みにじることになるのは気が進みません。が、やらなければ」

「おっしゃるとおりです。なんとしてでもやり遂げなければなりません」

「そなたが大炊王を推したとして、必ずや反対する者が現れるでしょう。どのように臨むおつもりですか」

「簡単です。道祖王を廃するのも、次の皇太子を決めるのも阿倍様ですから」

「そうですね。阿倍が決めるというのなら、太政官も反対はできないでしょう。大炊王はどうしています」

「つつがなく。わたしのことを父と呼び、篤い信頼を寄せてくれております」

「確かに、そなたにとっては息子も同然。大炊王が玉座に就けば、そなたの行く手を遮る者はいなくなりますね」

「夢があるのです」

　仲麻呂は言った。

「この国を唐にも負けぬような強い国にする。わたしがこの国をその高みに引き上げるのです」

「唐ですか。そなたらしい」

「そのためには、皇太后様の力添えが必要です。なにとぞ、御身に気を使い、長生きしてくださいませ」

「大炊王が玉座に就けば、わたしなど用がなくなりますでしょうに」

「そんなことはありません。皇太后様あっての藤原仲麻呂なのです」

　皇太后がうなずいた。

「わたしも永遠に生きるわけではありません。最近は体が思うように動きませんし、床に伏せっていることも多くなりました。わたしがなんとか生きながらえている内に、そなたは自分の地位を盤石にするのです」

「心得ております」

仲麻呂は頭を下げた。毎夜、皇太后が一日でも長く生きますようにと仏に祈っていることは口にしなかった。

＊　＊　＊

天皇は女官たちが承塵（しょうじん）——天井から塵が落ちてくるのを防ぐための布に文字をしたためているのを眺めていた。

天下太平——瑞字が現れたと称して、道祖王を廃太子するのだという。

母の皇太后と仲麻呂の策だ。ふたりは、大炊王を自分の次の天皇に据えたいらしい。

天皇は溜息を漏らした。

今際（いまわ）の際に、父、聖武（しょうむ）天皇が口にした言葉がよみがえる。

——そなたは道祖王と結婚し、子を産むのだ。その子が道祖王の次の天皇となる。皇室と藤原の血を引く者が代々天皇となるその礎（いしずえ）を築くのだ。

父の望みは、藤原の血を引くふたりによって踏みにじられてしまった。

わかっている。

皇太后たる母は、娘には荷が重すぎると考えているのだ。

その目は娘ではなく仲麻呂に向けられている。仲麻呂ならば、たとえ玉座に就くことはかなわなくても、藤原の一族が代々栄華を誇れるような礎を築くだろう。

わかっている。

母は藤原不比等を間近で見てきた。自分の兄弟である武智麻呂たちが疫病に倒れていく様を目の当たりにした。

揺らぐことのない礎を築く。たとえ、氏上が道半ばで倒れても、次の世代が滞りなくその地位を継ぎ、また前に進んでいく。

母が目指しているのはそのような礎だ。その礎を築くのは不比等が相応しく、だれよりも不比等の面影が濃い藤原の男が仲麻呂なのだ。

それゆえ、母は仲麻呂のことだけを見る。娘には目もくれない。

天皇はときおり、母の死を願う。

母がいなくなれば、自分は自由になれる。玉座に繋がれていたとしても、息苦しさからは解放される。

仏の教えに背くことだというのは重々承知だが、それでも思わずにいられない。

母が死ねば。母がいなくなれば。

そう。母がいなくなれば、仲麻呂の望むように、大炊王に譲位して自分は太上天皇になろう。

そして、父のように政に背を向けて自分の願いをかなえるためだけに生きるのだ。

天皇は宙をさまよわせていた目を女官たちに向けた。なんのためかも知らず、一心不乱に立ち働いている。

紫微令の命令は絶対なのだ。天皇に傅(かしず)く女官たちもまた、紫微中台に管理されている。

かつては気心の知れていた女官も、今では仲麻呂の目を気にして天皇とは必要最低限の会話しか交わさない。

友と呼べる者はおらず、母は母ではなく、心を開ける女官もいない。

寂しかった。果てしない孤独の中をさまよっているかのようだ。

天皇は自分で自分の肩を抱き、凍えそうな寒さに耐えた。

＊　＊　＊

天下太平の瑞字が皇族や臣下に披露された後、天皇は宣命を下した。

政における重要な問題が解決した後、このめでたい瑞字の意味を明らかにしようではないか。

宣命の中身は、要するにそういうことだった。

政における重要な問題とはすなわち、道祖王の廃太子である。

仲麻呂は石川年足に命じて、道祖王の素行を調べさせていた。

もともと皇太子になる目のなかった道祖王はそれに相応しい教育を受けておらず、また皇太子たる自覚に乏しかった。女にだらしなく、東宮を抜け出しては民衆に交わり、酒を酌み交わし、ときに遊びに興ずる。

それで十分だった。

道祖王は皇太子に相応しい人物ではない。

仲麻呂のみならず、豊成や他の議政官も同じ考えに傾いていた。

春にしては肌寒かった日の夜、皇太后と仲麻呂は天皇を通じて主だった臣下を召集した。右大臣藤原豊成、大納言藤原仲麻呂、中納言紀麻呂と多治比広足、そして摂津大夫文室珍努だ。

道祖王の廃太子には全員が賛成だった。ただ、しきたりをどう扱うのかという問いかけがあった。

しきたりとは、不改常典のことだ。次の天皇は先帝が決める。聖武天皇は道祖王を皇太子にと言い残して死んだのだ。道祖王を廃するということは不改常典の法に触れるのではないか。そういうのである。

その指摘があるだろうことはわかっていたから、仲麻呂は天皇に知恵を授けた。

先帝は道祖王の次の皇太子はおまえが決めろと言い残した。ならば、道祖王を廃するかどうか決める権利もあるはずだ。

天皇はそう言い張った。その言葉に異を唱えるものはなく、その場で道祖王の廃太子が決まったのだ。

道祖王に代わる皇太子をだれにするかは後日、再び話し合いの場が持たれることになった。

それぞれの思惑が絡み合い、これから数日の朝堂はあちこちで雀が囀（さえず）るだろう。

仲麻呂は豊成たちの顔を眺めながら胸の内で笑った。

次の皇太子はもう決まっているのだ。天皇と皇太后と仲麻呂の間で話はまとまっている。

大炊王こそが皇太子となり、次の玉座に座る。

大炊王は天武天皇の孫にあたる。父は舎人親王（とねりしんのう）だ。しかし、男兄弟の七番目であり、大炊王が三歳のときに父が没したこともあり、官位を授かることもなく、だれからも注目されずに過ごしてきた。

仲麻呂が大炊王に目をつけたのは、天武天皇の孫であり、後ろ盾がだれもいないというその境遇ゆえだった。

血筋を考えれば、玉座を巡る争いのただ中にいておかしくはない。面倒を見、信頼を勝ち得、時機が来たら玉座に就けることも可能だ。

そう思ったからこそ、大炊王を邸に住まわせ、亡き息子の嫁を妻にさせた。

大炊王は仲麻呂の行いに感謝し、その恩に報いたいと切に願っている。大炊王が玉座に就けば、たとえ皇太后が崩御したとしても、仲麻呂の行く手を遮る者はいなくなる。

夢に向かってまっしぐらに進んでいけるのだ。

天皇は祭祀を司り、皇帝は政を司る。

呼び名は皇帝でなくてもいい。唐の皇帝と同じ力を得て、この国に唐と並び立つ力を与えるのだ。

道祖王を廃太子にするという話がまとまり、退室する間際、仲麻呂は天皇の顔を見た。
天皇は生気のない目を宙に漂わせていた。

＊＊＊

豊成と藤原永手は道祖王の兄、塩焼王を推した。永手は房前の次男、藤原北家の筆頭だ。豊成は仲麻呂に背を向け、藤原北家と手を結ぶことにしたらしい。文室珍努と左大弁の大伴古麻呂は、大炊王と同じく舎人親王の子、池田王を推した。

橘奈良麻呂は長屋王の子、黄文王を推していたが、奈良麻呂に意見を求める者はひとりとしていなかった。橘諸兄の死を機に、橘氏はもう終わったも同然だと見なされていたのだ。

意見を求められた仲麻呂は、道祖王を廃したのは天皇なのだから、次の皇太子を決めるのも天皇であるべきだと奏した。

天皇は舎人親王の子を皇太子にしたいと言い、しかし、池田王は素行に問題があるので大炊王がよかろうと思うと述べた。

ここに、大炊王の立太子が正式に決まった。

仲麻呂はすぐに息子の薩雄を呼んだ。薩雄は内舎人として仕えている。薩雄に中衛府の舎人二十名を与え、大炊王を迎えにいかせた。

仲麻呂は大炊王を内裏の入口で出迎えた。

「おめでとうございます、皇太子様」

「父上、まことにわたしが立太子されるのですか」

大炊王の声は上ずり、頬には朱が差していた。目も潤んでいる。

「さようにございます」

「なんとお礼を申し上げてよいのか。だれにも顧みられることのなかったわたしを引き取り、妻まで娶らせてくれて、この上立太子とは、わたしはこの恩を終生忘れません。仲麻呂殿を父と崇め、たとえ天皇になったとしても父子の礼を決して忘れはしません」

「天皇と皇太后がお待ちです。急ぎましょう」

仲麻呂は大炊王を促した。

「本当にわたしが皇太子になるのですね」

「ええ。ゆくゆくは玉座にお座りになるのです。この仲麻呂が皇太子様をお支えします。ご安心めされよ」

「もちろんです。父を信頼しない子がどこにおりますか」

大炊王は晴れやかな笑みを浮かべると、足を前に踏み出した。

六

四月の大炊王の立太子に続き、五月には聖武太上天皇の一周忌が行われた。さらに、平城宮(へいじょうきゅう)

の改修に伴って、再び天皇が田村第に移った。

臣下も民衆も、天皇の仲麻呂への信頼の篤さをしかと見届けたことになる。

仲麻呂は懸案だった養老律令（ようろうりつりょう）を施行した。祖父の不比等が手がけた新しい律令に、なんとしてでも日の目を見せたかったのだ。

養老律令の施行とときを同じくして、仲麻呂は紫微内相（ないしょう）に任じられた。紫微令としての従来の職務に加え、強大な軍権を手に入れたのだ。

この人事に、太政官では不満が爆発したらしい。だが、天皇と皇太子、さらには皇太后までも味方につけた仲麻呂に正面切って異を唱える者はいなかった。

田村第に続々と臣下が集まってくるのを仲麻呂は自分の部屋から見つめた。今宵は、天皇を囲んだ歌会が催されるのだ。

このところ天皇は鬱屈としていることが多い。せめて歌会で気分がほぐれることを仲麻呂は望んだ。

「仲麻呂様、年足様がお出でにございます」

部屋の外で家令の声がした。押し殺した声だ。

「通せ」

仲麻呂は低い声で言い、居住まいをただした。石川年足が部屋に入ってくる。

「いよいよ、連中も追い詰められたと感じているようです。夜な夜な、どこかの邸に集っては謀反を論じている模様にございます」

「謀反の策は具体的なものなのか」

　石川年足が首を振った。

「そもそも、謀反に賛同する者が多くありません。左大臣が存命なら話も違ったのでしょうが、息子の奈良麻呂は人望もないようでして」

「しかし、だからといって放っておくわけにもいくまい。奈良麻呂に同調している者たちの中で、気をつけるべき者はいるか」

「左大弁にございます」

「大伴古麻呂か」

　仲麻呂は唇を舐めた。

「しかし、あの男は奈良麻呂とは距離を取っていたのではなかったか」

「池田王が皇太子になれなかったことで、焦りを感じているのかもしれませんな」

「なるほどな。愚かな者たちだ。風向きが読めんのだな」

　仲麻呂は笑った。

「連中が本格的に動き出す前に先手を打とう」

「どのようになさいますか」

「だれかに密告させるというのが手っ取り早いのだが、だれかおらぬか」

「それならば――」

　石川年足は膝を叩いた。

「巨勢堺麻呂（こせのせきまろ）が妙なことを耳にしたと申しておりました」

「紫微少弼（しょうひつ）の巨勢堺麻呂か」

「さようにございます」

「なにを聞いたというのだ」

「薬の処方を聞きに、答本忠節（とうほんちゅうせつ）のところにうかがったところ、大伴古麻呂が小野東人（おののあずまひと）に紫微内相を討とうと持ちかけたのだそうで。その謀反の企みに、答本も加わらぬかと打診されたそうにございます」

「ほう」

仲麻呂は眉をひそめた。答本忠節は医師だ。

「困り果てた答本は、右大臣を訪れて相談したそうな。すると、右大臣は大納言のことは自分が戒めるから謀反などという早まったことはするなと大伴古麻呂に伝えよと言ったらしいのです」

「それはまことか」

仲麻呂は語気を強めた。これは絶好の機会ではないか。自分に反対する者たちと同時に、豊成を追い落とすことができる。

「巨勢堺麻呂なら、喜んでそのことを訴えましょう」

「橘奈良麻呂に大伴古麻呂、小野東人か」

小野東人は藤原広嗣の乱に際してその罪を問われ、流罪（るざい）に処せられた。赦免されて京に戻ったのも束の間、また謀反の一味に加わったということになる。

「だから、一度弓を引いた者をゆるしてはならんのだ」

仲麻呂は独りごちた。

「なんとおっしゃいましたか」

「なんでもない。堺麻呂に訴えさせ、ただちに答本忠節を捕らえよ」

「仰せのとおりに」

石川年足がうなずいた。

「それにしても、京の兵のほとんどは仲麻呂様が掌握しておられるというのに、どこから兵をかき集めて謀反を起こそうというのでしょう。先日の仲麻呂様の沙汰で、私兵や武器の所有には制限をかけておりますし」

「それでも私兵を隠し持っているのだろう。他の氏族にも声をかけているはずだ。だれが謀反に加担しているのか、徹底して調べ上げよ。根こそぎにするのだ」

「わたしの手の者が嗅ぎ回っております。さほど時を要せず、謀反の計画が暴かれましょう」

「頼んだぞ」

「は――」

石川年足が一礼して出ていった。

「墓穴を掘りましたな、兄上」

石川年足の気配が消えると、仲麻呂は呟いた。

橘奈良麻呂とその一党など、雑魚(ざこ)の寄せ集めだ。まとめて引っ捕らえ、叩き潰してやればよい。

だが、兄の豊成は扱いがたい敵だった。

身内であり、氏上であり、右大臣であり、人望もある。

仲麻呂にはいつも目の上のたんこぶであり、鬱陶しい存在だった。

その豊成を排除できる絶好の機会がやって来たのだ。

「なんとしてでも追い詰めてみせますぞ」

仲麻呂は舌なめずりして宙を見据えた。

＊　＊　＊

石川年足の働きにはめざましいものがあった。

まず、巨勢堺麻呂が謀反の疑いありと訴え出、ただちに答本忠節が捕縛された。

仲麻呂側の動きの早さに動揺したのか、橘奈良麻呂派の離反がはじまった。

山背王（やましろおう）が仲麻呂のもとを訪れ、橘奈良麻呂と大伴古麻呂が田村第の包囲を計画していると告げた。兄の黄文王もそれに加担しているらしい。

安宿王（あすかべおう）、黄文王、山背王は長屋王の遺児たちだ。不比等の娘が母親だったがため、死を免れた。その身に藤原の血が流れているとはいえ、父である長屋王を謀殺された恨みは深いだろう。そこに玉座をちらつかされたら、命を救われた恩などかき消えてしまう。

山背王は怯（おび）え、兄弟を売る道を選んだのだ。

仲麻呂は巨勢堺麻呂と山背王からもたらされた話を胸に、皇太后と天皇のもとを訪れた。

「その話はまことですか」

仲麻呂の言葉に耳を傾けていた皇太后は、仲麻呂が話し終えると冷徹な目を向けてきた。天皇は青ざめ、俯いている。

「まことにございます。橘奈良麻呂はかなり以前から謀反の計画を温めていたのです。これから、その謀反の中身をつまびらかにしていく所存です」

「つまり、謀反に加わろうとしていた者たちを捕らえ、詮議するというのですね」

「いかにも」

「そなたのことです。仮借なく責め立てるのでしょうね」

「いけませぬか。これは謀反なのです。皇太后様や天皇に弓を引こうというのですよ」

「その者たちが目の敵にしているのはそなただけでしょう」

皇太后は首を振った。

「奈良麻呂はわたしの甥、大伴古麻呂も身内同然の者です。その者たちが責め苦を負わされるのは辛すぎます」

仲麻呂は唇を嚙んだ。また、女人の情けというやつだ。理屈では謀反を企んだ者たちを排除すべきだとわかっているくせに、情に重きを置く。

「わたしと阿倍が詔を出し、その者たちを戒めます。皇太后と天皇に控えろと言われれば、その者たちも矛を収めるでしょう」

「わたしにはそう思えません」

仲麻呂は言った。

「やつらは、長い間謀反の企みを温めていたと申し上げたではありませんか。これまでに、そのふたりが戒めた不敬な企みを捨てる機会は幾度もあったのです。しかし、そうはしなかった。おふたりが戒めたところで耳を貸すような輩ではありません」

「やってみなければわからないではありませんか」

突然、天皇が声を上げた。

「阿倍様……」

「わたしが天皇なのです。わたしの治世の間に夥しい血が流れるなど、我慢なりません」

「しかし、放っておけば、血を流すのはわたしになるかもしれないのです」

「紫微内相」

皇太后が口を開いた。吹雪のように冷たく、容赦のない声だった。名前ではなく役職を口にするということは、これ以上の有無は言わせないという意思表示だ。

「は――」

「皇太后と天皇の言葉に異を唱えるのですか」

「そのようなことはございません」

「ならば、口を閉じて我らに従うがよい」

「畏まりました」

仲麻呂は平伏した。屈辱に体が震えそうになったが、なんとかこらえた。

「下がれ」

皇太后に命じられ、仲麻呂は退室した。廊下で待っていた石川年足が近づいてきた。

ただちに勅を受け、橘奈良麻呂たちを捕縛するつもりでいたのだ。

「どうなりました」

石川年足が小さな声で訊いてくる。

「詔を出して謀反人たちを戒めるそうだ」

「そ、そのような……」

石川年足が言葉を失った。謀反の企みが明らかになったのに、その者たちを罰しないなどあり得ないからだ。

「連中を放っておくのですか」

「いや」

「しかし、皇太后様と天皇が――」

「あの方たちの目に、現実を突きつけてやるのだ」

「どのように――」

「中衛(ちゅうえ)舎人の上道斐太都(かみつみちのひたつ)を呼べ」

仲麻呂は言った。上道斐太都は備前(びぜん)の出だ。以前、備前守だった小野東人とは親しい間柄だった。

「上道を……」

「小野東人のところに遣わし、わたしに対する不満を口にさせるのだ。そうすれば、小野東人は上道を謀反に加わるよう誘うだろう。その後に、上道に上訴させる」

「それはまた、見事な策にございまするな」

「なんとしてでも、この機を逃してはならん」

豊成を追い詰めるためにも、この謀反の企みは公にしなければならなかった。

「頼んだぞ、年足殿」

「お任せあれ」

石川年足は若人のような軽やかな足取りで立ち去っていった。

＊　＊　＊

仲麻呂は逸る心を抑えながら皇太后のもとに参じた。

「なにごとですか」

皇太后はたいそう機嫌が悪い。仲麻呂に背を向けたまま、振り向こうとしなかった。仲麻呂は平伏した。

「中衛舎人の上道斐太都という者が、小野東人を訴え出ました」

皇太后がやっと振り返った。

「謀反に加わらぬかと誘われたそうにございます」

皇太后の唇がわなないた。

「なんと不埒な……」

「討伐の命をお出しください」

仲麻呂は言った。皇太后が眉をひそめた。

「そなたは、実の兄も討伐するつもりですか」

冷たく固い言葉に、仲麻呂はたじろいだ。

「右大臣、藤原豊成は謀反の企みを知りながら、手を打とうとはしませんでした。謀反に加わったも同じにございます」

「実の兄を討ち、藤原の氏上になったとして、そなたは周りの者にどう思われますか」

「そのようなことは気にしません」

仲麻呂は答えた。

「気にするべきです。政を担う者は、そうすべきなのです。人はそなたのように理だけでは動きません。情で動くのです。情をないがしろにする者に、だれが従いましょうか」

「しかし――」

「豊成に手を出してはなりません。よろしいですね」

仲麻呂は唇を嚙んだ。

「仲麻呂――」

「心得ました」

仲麻呂は唇を舐めた。舌の上に血の味が広がっていく。

「謀反に関わった者たちを捕らえなさい。ただし、殺生はなしです。阿倍が悲しみますから」

「皇太后様、それでは――」

「そなたなら、速やかに逆徒たちを捕らえることも簡単でしょう」

「皇太后様と天皇に弓を引こうとした連中です。情けをかけたとしても、また同じことを繰り返すでしょう」

「わたしの言葉が聞こえなかったのですか」

皇太后に見据えられ、仲麻呂は俯いた。

「ただちに、逆徒どもを捕らえさせます」

「よろしい。下がりなさい」

「失礼いたします」

仲麻呂は皇太后の居室を辞した。

「いかがでしたか」

廊下で待機していた石川年足が訊いてきた。

「高麗福信（こまのふくしん）に兵を率いさせ、逆賊どもを捕らえよ」

仲麻呂は言った。高麗福信は中衛少将（ちゅうえのしょうしょう）であり、信頼の置ける男だった。

「全員を捕らえるのですね」

「右大臣は放っておけ」

石川年足が目を見開いた。

「なぜですか。これを機に、右大臣を討てば、紫微中台と太政官を仲麻呂様が握れるというのに」

「右大臣に手を出してはならぬという皇太后様の命だ。致し方ない」

「なんと……」

石川年足がきつく目を閉じた。

「殺すことはできなくても、兄上の力を奪うことはできる。急げ。一人残らず捕らえるのだ」

「承知しました」

「それから、永手を呼んでくれ」

「中納言にございますか。畏まりました」

石川年足が足早に去っていく。仲麻呂は暗い表情を浮かべて自分の執務室へ移動した。さほど待つこともなく、藤原永手が姿を見せた。

「お呼びでしょうか」

「座れ」

仲麻呂は命じ、永手の顔を凝視した。永手は緊張した面持ちで仲麻呂の正面に腰を下ろす。

永手は藤原房前の次男だった。長男の鳥養（とりかい）が夭折（ようせつ）したため、実質的に藤原北家を率いる立場にあったが、聖武天皇と橘諸兄に寵愛された八束が官位を上げるのとは対照的に不遇をかこっていた。

そんな永手を引き上げたのは皇太后と仲麻呂だった。橘諸兄に対抗するためではあったが、今では永手の力量に一目置いている。

「謀反の話は耳に入っているな」

仲麻呂は言った。

「聞き及んでおります」

永手がうなずいた。

「配下の者が兵を率いて逆徒どもを捕らえに行っている。すぐに事態は収束するだろう」

「仲麻呂殿が兵権を掌握し、人事を変えたのも、すべては謀反に対するためだというのはだれの目にも明らかでしょうに、愚かな者たちです」

「謀反を主導した者たちの取調べをそなたと右大臣に任せようと思っている」

永手の目尻が痙攣した。

「わたしと豊成殿が」

「兄上はおそらく、手ぬるい取調べをするだろう。謀反の企みが進んでいることを知っていたのだからな」

「まさか、そのようなことは――」

「知っていたのだ。知っていながらなにもしなかった。ゆえに、自分に累が及ぶ前に事を収めようとするはずだ」

「豊成殿はなにゆえにそのようなことを」

「さて。謀反が成って、わたしが没落する様を見たかったのかもしれん。そなたもわかるだろう。たとえ血を分けた兄弟であったとしても、進む道は異なるのだ」

永手が唇を舐めた。

「皇太后様と天皇様も、兄上のやり方に賛同するはずだ。橘奈良麻呂は皇太后様の身内でもある。穏便にすませようとする」

仲麻呂は言葉を切り、永手の様子を探った。永手は石像のように身じろぎもせずに座っている。天秤がどちらに傾くかわかるまで、自ら動くつもりはないのだ。

仲麻呂は頬を緩めた。さすがは、不比等の血を引く男だ。政のなんたるかを心得ている。

「なにがおかしいのですか」

永手が口を開いた。

「そなたがわたしの兄弟だったらと思ってな――それはさておき、皇太后様のお考えがどうであろうと、わたしは断じて連中をゆるさぬ」

「それが藤原仲麻呂にございますね」

永手が嘆息した。

「兄上が目論見どおりに事が進んでいると安心したところで、わたしはもう一度詮議を命じる。そなたがそれを主導するのだ」

「豊成殿を追い落とすためですね」

「さよう。謀反に肩入れしていたからこそ、兄上は詮議の手を抜いた。朝堂や民にそれを示すのだ」

「豊成殿を殺すのですか」

仲麻呂は肩から力を抜き、首を振った。

「皇太后様がゆるしてはくれまい」

「それでよいのです。もし、豊成殿を殺せば、仲麻呂殿には終生、兄殺しの汚名がついて回ります」

「皇太后様と同じことを言うのだな」

「仲麻呂殿はそのように呼ばれても気にはなさいませんでしょうね。しかし、周りに必要以上の畏れを抱かせるのはいかがなものかと思います。窮鼠猫を嚙むと申すではありませんか」

「時が無限にあるのならば、ゆったり構えてもいいのだが――」

仲麻呂は顎を掻いた。

「不比等も志半ばで倒れた。我らの父たちも、疫病で突然、この世を去った。今できることは今やるべきだとわたしは思っている」

「お気持ちはわかります。しかしそれでも、政には時として辛抱が必要かと」

「兄上は殺さぬと申したではないか」

永手がうなずいた。

「詮議の件、よろしくやってくれるな」

「仰せのとおりに」

永手が頭を下げた。

「拷問(ごうもん)も厭うな。なにがなんでも謀反の全容を吐かせるのだ」

「心得ております」

永手が顔を上げた。漆黒の瞳には微塵の躊躇(ためら)いもなかった。

＊　＊　＊

思っていたとおり、豊成の詮議は手ぬるいものだった。小野東人をはじめとする多くの者が無実を訴え、豊成はそれを受け入れたのだ。

橘奈良麻呂の他、主立ったもの数名を処分して幕引きにしようという魂胆があらわだった。

豊成の報告に、皇太后と天皇が耳を傾けている。ふたりの顔にも安堵の色が浮かんでいる。処断すべき者が少なければ少ないほど、天皇の心痛も少なくてすむというわけだ。

そうはいかぬ——仲麻呂は豊成の横顔を睨んだ。

謀反に関わった者たちをすべて断罪し、豊成を太政官から追放する。

それが成ってはじめて、思いどおりの政を進めることができるようになる。

天皇は祭祀を司り、皇帝は政を司る。

呼び名はなんでもいい。天皇をも上回る力を手に入れ、この国を唐と比肩しうる強く豊かな国に造り替えるのだ。

「つまり、謀反を企んだのは奈良麻呂、大伴古麻呂、塩焼王、安宿王、黄文王の五人だけだと申すのですね。他の者たちはこの五人に惑わされただけだと」

報告を聞き終えた皇太后が口を開いた。

「さようにございます」

豊成が顔を上げた。皇太后が溜息を漏らす。

「紫微内相、筆を持ちなさい。詔を出します」

「畏まりました」

仲麻呂はあらかじめ用意されていた筆を手にした。

「謀反ありの報告を聞いたが、わたしにはまったくもって信じられないことである。これはなにかの間違いに相違ない。しかしながら、誤解されるような行いをした者にも非はある。それぞれが己のこれまでの行いを見つめ直し、悔い改めよ」

皇太后が口を閉じた。

「それだけにございますか」

仲麻呂は筆を宙に浮かせたまま、皇太后を見上げた。

「これだけです」

「処罰はいかがいたしますか」

「処罰もなにも、これは誤解が招いたこと。そもそも罰するべき罪がありません」

　予想していたとおりだ。皇太后はこの謀反をなかったことにしようとしている。

「捕らえられた五名を天皇のもとに連れて行き、悔恨の言葉を述べさせ、天皇に対する変わらぬ忠誠を誓わせなさい。その後、釈放するのです」

「仰せのままに」

　豊成が平伏した。その横顔に一瞬、笑みが浮かぶのを仲麻呂は見逃さなかった。

「みな、下がりなさい。疲れました」

　皇太后が背を向けた。それを合図に、仲麻呂と豊成は腰を上げた。背中を向けたままの皇太后に一礼し、部屋を出る。

「やはり、皇太后様は素晴らしいお方だ。この国の行く末を見据えてご決断なさる」

　廊下を歩みながら豊成が言った。

「まさか、これで終わりだとお思いですか、兄上」

「皇太后様がこれで幕引きにせよと仰せられたではないか」

　豊成が不快そうに顔を歪めた。

「あの者たちはこのわたしに牙を剝いたのです。そして、兄上はそれを知りながらなにもしなかった。決してゆるしません。これで幕引きどころか、これからがはじまりです」

「そなたは皇太后様のお言葉をなんと心得る」

「謀反の詳細がつまびらかになれば、皇太后様も考えをあらためましょう。なにしろ、あまりにも多くの者が関わっておりますからな。事の次第を突き止めることなくこたびの件を終わらせようとした兄上もただではすみませんぞ」

「仲麻呂、そなたこそ謀反を起こそうとしておるのではないか」

豊成の眦（まなじり）が吊り上がった。

「わたしは紫微内相。皇太后様と天皇から政の全権を預かっているのです」

「馬鹿を申せ。そなたは皇太后様の命に逆らおうとしているのだ。これが謀反でなくてなんであろう。皇太后様に報告するぞ」

豊成は方向を転じようとして足を止めた。背後に石川年足が迫っていた。

「紫微内相の命により、謀反に関わった者たちの詮議が終わるまで、右大臣の身柄を兵部省（ひょうぶしょう）が預かります」

石川年足が言った。石川年足は数名の授刀舎人を従えている。

「そなたはなにを申しておるのだ。わたしは右大臣だぞ」

豊成が顔色を変えた。だが、石川年足は豊成の言葉を聞き流し、後ろに控える舎人たちに向かってうなずいた。

舎人たちが豊成を取り囲む。

「仲麻呂、正気の沙汰ではないぞ」

「わたしはいたって正気です。血の繋がった弟を血祭りにあげようとしていた輩をかばう兄上こそ、血迷ったとしか思えません」

「仲麻呂――」

「連れて行け」

なおも言い募ろうとする豊成を遮り、石川年足が舎人たちに命じた。

「離せ。離さぬか」

抗う豊成を、舎人たちが両脇から抱え上げ、連れ去っていく。

「逆徒どもはどうなっている」

仲麻呂は石川年足に訊ねた。

「すでに中納言が詮議をはじめております」

「そうか……」

仲麻呂はうなずき、庭に目をやった。空は雲に覆われ、月明かりも星明かりも閉ざされている。庭には濃い闇が広がるだけだった。

＊　＊　＊

夜通し続いていた悲鳴も、明け方にはほとんど聞こえなくなった。逆徒たちは耐えがたい拷問に己の罪を白状するか、死んでいったのだ。

朝餉(あさげ)を腹に入れていると、石川年足がやって来た。目の周りに隈ができているのは、夜通し起きていたからだろう。

「橘奈良麻呂が獄死いたしました」

「罪は認めたのか」

「それが……」

石川年足が言葉を濁す。

「はっきりと申すがよい」

「紫微内相の非道をあげつらうだけでございまして、罪を認める前に……しかし、他の逆徒どもの言葉で、あの者の罪は明らかでございます」

石川年足が懐から折り畳んだ紙を取り出した。仲麻呂はそれを広げた。

永手の筆による逆徒たちの罪の内容が記されていた。

逆徒たちは一昨日の夜、謀反を決行する心構えでいたらしい。機先を制することができたのは僥倖（ぎょうこう）だった。

計画によると、兵四百で田村第を取り囲み、仲麻呂を殺し、大炊王の身柄を拘束する。次いで皇太后宮に進軍して駅鈴と内印を奪う。

駅鈴と内印は天皇の命を発布するのに必要なものだ。このふたつを手に入れれば謀反は成功したも同然になる。

その後、逆徒どもは豊成を朝堂の首班に据え、今上天皇を廃し、塩焼王をはじめとする四人の王の中から次の天皇を選ぶ腹づもりだったらしい。

「だれを次の玉座に据えるか、決めていなかったというのか」

仲麻呂は首を振った。杜撰（ずさん）とすら呼べないような計画だった。

「そのようにございます。所詮は烏合(うごう)の衆。仲麻呂様憎しの一念で集まったのでございましょう。それ以外は目指すところも違う者同士。浅はかに過ぎますな」

　石川年足も嘆息した。

　仲麻呂は腰を上げた。

「どちらへ」

「内裏だ。皇太后様に事の顚末(てんまつ)を報告せねば」

「女官によれば、皇太后様はたいそう立腹されているとか。もう少し時間をあけた方がよいやもしれません」

「わたしが意に逆らい、その上、夜通し逆徒どもの悲鳴を聞かされたのだ。それは腹も立つだろう。だが、急がねばならん。これを機に、我らに異を唱える者どもを朝堂から一掃するのだ」

　仲麻呂は石川年足を従えて邸を出、内裏に向かった。京は静まりかえっている。逆徒どもの悲鳴に、だれもが悪夢にうなされ、家の奥に引きこもっているのだ。

　皇太后宮に入ろうとすると、女官たちに止められた。

「皇太后様は、紫微内相様にお会いしたくないそうにございます」

「どけ」

　仲麻呂は怒気をあらわにして女官たちを睨んだ。

「皇太后様の命に逆らうのでございますか」

「おまえたちに政のなにがわかる。どかねば処罰されることになるぞ」

女官たちの間に動揺が走った。

「紫微内相様がこれ以上お怒りになる前にどくがいい。皇太后様は決してそなたたちを罰したりはせぬ」

石川年足が幼子を諭すような口調で言うと、女官たちが退いた。

「皇太后様、仲麻呂にございます」

仲麻呂は大音声を発した。

「そなたには会わぬ。帰りなさい」

「大事な話があるのです」

「わたしの命に背いておいて、よくもおめおめと――」

「右大臣の報告は嘘偽りだったのです。右大臣もまた、この謀反に関わっておりましたゆえ。お会いくださらねば、この仲麻呂は実の兄に対して極刑で臨むことになります」

返事はなかった。

「皇太后様」

「入りなさい」

くたびれた声が返ってきた。仲麻呂は部屋に入り、一礼した。皇太后の冴え冴えとした目の奥に怒りの焔が揺らいでいた。

「わたしはだれですか」

皇太后が言った。

「皇太后様にございます」

「わたしの夫はだれですか」

「聖武天皇にございます」

「わたしの父はだれですか」

「藤原不比等にございます」

「わたしの母はだれですか」

「橘三千代にございます」

「わたしはそなたのなんですか」

「叔母上にして、皇太后様にございます」


皇太后の目尻が痙攣した。


「そなたは皇太后であり、叔母であり、聖武天皇の妻であり、不比等と三千代の娘であるわたしの命をないがしろにしました。どういうつもりですか。わたしなどいなくても、政はすべて自分の掌中にあるとお思いですか」

「とんでもございません」


仲麻呂は膝をつき、平伏した。


「皇太后様のお怒りはごもっとも。しかしながら、右大臣、藤原豊成のお言葉を信じたのは解せませぬ」

「なにゆえですか」

「右大臣はこの謀反のことを知っていたと申したではありませんか。知りながら、なにひとつ手を打とうとはしなかった。それどころか、皇太后様とわたしが逆徒の手にかかればいいとさえ思っていたかもしれません」

「仲麻呂——」

「それが証拠に、右大臣は詮議において手を抜きました。自分に厄災が降りかからぬようにしたのです。それゆえ、謀反の首謀者はたったの五名というどう考えても納得のいかぬ結末を皇太后様に押しつけたのです」

仲麻呂は言葉を切り、顔を上げた。皇太后が瞬きひとつせずに見下ろしている。

「続けなさい」

「昨晩、右大臣以外の者に再び詮議をさせたところ、大勢の逆徒が罪を白状いたしました。このような謀反が、五人だけの考えで起こせるはずがないのです。無数の同調者がおり、その者たちが互いに手を取り、皇太后様と天皇に弓を引こうとした。これが、こたびの謀反の成り立ちです。ゆめゆめ、首謀者の五人をゆるしてはなりませんし、それに同調した者どもにも厳しい罰を与えるべきです。これをご覧くださいませ」

仲麻呂は懐に忍ばせていた紙を押しいただき、皇太后に渡した。

「逆徒どもは事が成った暁には、右大臣を朝堂の長にいただき、阿倍様を廃し、自分たちに都合のよい者を王座に就ける腹づもりだったのです。これは右大臣が謀反に加担していたという証左ではありませぬか」

書面に目を通していた皇太后が顔を上げた。

「そうまでして兄を殺したいのですか」

「わたしの意志は関係ありません。兄は罪を犯した。その罪に相応しい罰を受けるべきです」

仲麻呂は静かに応じた。

「ならば、そなたも罰を受けるのですね」

仲麻呂は両手を握りしめた。皇太后がそう出てくるであろうことは察していた。要は、落としどころなのだ。

「わたしに罪があるとおっしゃるのですか」

「皇太后の命に背いたのです。それこそ、謀反ではありませぬか」

「決してそのようなつもりではありませぬ」

「わかっています。しかし、右大臣の罪を問うと言い張るのなら、自分の罪もまた引き受けねばなりません」

「どうしろとおっしゃるのですか。すでに逆徒どもは罪を認め、謀反の中身を吐露しました。右大臣の罪も暴かれたのです。なかったことにはできません」

「殺してはなりません」

皇太后の声は静かだが、有無を言わせぬ響きがあった。

「しかし――」

「そなたのためでもあるのです。決して、豊成を殺してはなりません」

仲麻呂は口をつぐんだ。

「そなたの父と叔父たちは、謀略の末、長屋王を殺しました。その後はどうなりましたか」

「まさか、長屋王の呪いで死んだなどとは――」

確かに、疫病で武智麻呂をはじめとする四兄弟が相次いで死んだときは、長屋王の呪いだという噂が巷に溢れていた。だが、疫病は疫病だ。あれが長屋王の呪いであるならば、なぜ、長屋王に与していた者たちも病に倒れ、死んでいったというのか。長屋王を陥れることに最後まで反対していた房前も、同じ病に倒れたのだ。

「仏罰が下ったのです。非道な行いをした者は、必ずその報いを受けるのですよ」

「あれは疫病で――」

「原因はどうでもいいのです。長屋王を非道に殺した報いを受け、みな死んだ。それがすべてです。そなたも仏を信じる身なら、因果応報を恐れるべきです」

仲麻呂は小さくうなずいた。なるほど、皇太后が恐れていたのは仏罰か。だれよりも信仰の篤い人だ。それもむべなるかな。笑い飛ばすことはできそうになかった。

「ならば、右大臣には大宰に出向いてもらうしかありません」

「大宰……大宰帥になれと」

「右大臣が京から去るのであれば、多くの者も納得しましょう」

「そなたも納得すると申すのですか」

「はい」

仲麻呂は頭を下げた。できることなら殺したい。今は力を奪えたとしても、放っておけばまた力を蓄える。それが藤原の者だ。

「他の罪人たちのことはそなたに任せます」

「畏まりました。ただちに、逆徒どもの処罰を検討させます」

「奈良麻呂が死んだそうですね」

皇太后が言った。

「はい。最後まで罪を認めず、皇太后様に対する雑言(ぞうごん)を喚(わめ)いていたとか」

「母の――橘三千代の血を引いているのです。あの者も、業が深い。欲が深すぎて、目の前にある道が見えないのです。そなたも、欲はほどほどになさい」

「心得ております」

「下がりなさい」

皇太后が睫(まつげ)を伏せた。瞳はなんの感情も映し出さず、ただ黒い色を湛(たた)えているだけだった。

*　*　*

天皇は胸を押さえ、目を閉じた。夜通しやむことのなかった罪人たちの魂消(たまげ)るような悲鳴が耳の奥に残っている。

皇太后がゆるすという詔を出したというのに、仲麻呂がそれに背を向け、罪人たちを再び詮議にかけたのだという。

恐ろしい。

皇太后の命（めい）にさえ背くのなら、自分の命（いのち）など歯牙にもかけないだろう。

仲麻呂の意に背けば、天皇の座も廃され、いずこともしれぬ島に流されることになるのかもしれない。

いや、命があるだけましではないか。

夜の内に幾人もの逆徒が命を落としたという。自分を廃したところで、仲麻呂に牙を剝く輩が担ぎ出す恐れがあるなら殺してしまえ。

仲麻呂はそのように考える男ではないか。

天皇は衣の襟を握った。寒くてたまらない。幾重にも衣をまとっても体は震え、歯の根が合わないのだ。

「皇太后様のお成り」

廊下で女官の声が響いた。

天皇は慌てて居住まいをただし、平伏して皇太后——母を迎えた。

「天皇がそのような真似をせずとも」

皇太后が平伏する天皇を見て眉をひそめた。

「母上、恐ろしくてなりません。仲麻呂は、わたしを殺すつもりなのではないでしょうか」

「愚かなことを……おまえあっての藤原仲麻呂なのです。大切に思いはすれ、殺すなどと」

「大炊王が玉座に就けば、わたしは用無しではありませんか。わたしを廃し、大炊王を天皇にすれば、仲麻呂にはもう恐れるものはなにもありません」

「そのようなことにはなりません」

皇太后の口調は穏やかだった。

「なぜそのように落ち着いていられるのですか、母上。仲麻呂は母上の命に背き、橘奈良麻呂を殺したのですよ」

「仲麻呂があのように動くであろうことは察していました」

「母上――」

天皇は絶句し、唇をわななかせた。母とはいえ、なんと恐ろしい女人なのだろう。自分は到底敵わない。無情であり無慈悲でなければ玉座に就く資格がないというのであれば、自分は玉座を降りるまでだ。

「そなたは大炊王に譲位するのです」

皇太后が言った。天皇は口を開けた。

「そなたは太上天皇の位に就き、わたしと共に大炊王を支え、助けるのです。どうです。少しは肩の荷が下りるのではありませんか」

「そのようなことが本当にできるのですか」

「意のままになる大炊王が玉座に就くのです。仲麻呂は諸手を挙げて賛成しましょう。今や、政は仲麻呂のもの。仲麻呂が同意すれば、譲位はすぐになります」

天皇はほっと息を吐いた。やっと、玉座という重荷から解放されるのだ。

「こたびの件も譲位のため。そう思えば、少しは気も晴れるのではありませんか」

「他の者の血を流してまで、自分の思いを貫こうとは思いませぬ」

「たとえ多くの血が流れようと、正しいと思うことを貫くのが我らの務めです」

皇太后の目が刃のように細くなった。

「よいですか、阿倍」

皇太后が膝をつき、天皇の手を取った。

「わたしがいつまでもそなたを守ると思ってはいけません」

「母上――」

「わたしもいつか、大君の元へ参るときが来るのです。そのとき、そなたはひとりで仲麻呂と対峙しなければならないのですよ」

「わたし、ひとりで……」

天皇は生唾を呑み込んだ。

「強くならなければなりません。仲麻呂よりも強くなるのです。あれは今は我らと手を結んでいますが、意に染まぬとなれば、そなたには牙を剝いてくるやもしれません」

天皇はうなずいた。恩のある皇太后の命にさえ背いたのだ。

「藤原のため、父、不比等の悲願をかなえるためとはいえ、仲麻呂に力を与えすぎたかもしれません。あれは、炎のような野心を胸の奥に抱えているのです」

「まさか、自らが天皇になろうとするのでは――」

皇太后が首を振った。

「あれは愚か者ではありません。力で天皇の座を簒奪(さんだつ)したところで先がないことは心得ているはずです。しかし――」

皇太后は言葉を切り、目を伏せた。

「とにかく、わたしが死ねば、仲麻呂と向き合えるのはそなただけになるのです。強くなりなさい、阿倍。それしか、そなたが進むべき道はないのです」

天皇は皇太后の手を握った。皇太后の言わんとするところはよくわかる。自分に逃げ道がないのもわかっている。

だからこそ、恐ろしい。

「長生きしてください、母上。いつまでもいつまでも、わたしのそばにいてください」

天皇は呪文のように訴えた。

「命ある者はみな等しく、いつか死ぬのです。この母の身にもやがて順番が回ってくるでしょう。心しなさい」

皇太后が微笑んだ。それは幼き頃にいつも見上げていた母の笑顔だった。強く、優しく、慈愛に満ちた笑顔。母が微笑むと、いつも温かいものが胸にこみ上げてきたものだ。

だが、今は母の微笑みを目にしても恐ろしさが勢いを増すばかりだった。

七

「紫微内相様」

石川年足が部屋に入ってきた。石川年足は今では太政官になくてはならぬ人物となっている。

「どうであった」

仲麻呂は筆を置き、石川年足に座るように勧めた。

「相変わらず、邸に閉じこもったままにございます」

「兄上にも困ったものだ」

仲麻呂は口を歪めた。

兄の豊成は右大臣の職を罷免され、大宰に赴くように勅命を受けたにもかかわらず、病を理由に邸にとどまり続けている。

「無理矢理大宰に送るわけにも参りませぬ」

石川年足の言葉に、仲麻呂はうなずいた。

「瑞字の件でございますが、準備万端整いましてございます」

石川年足が話題を変えた。

「さようか」

仲麻呂は微笑んだ。今上天皇から大炊王への譲位が速やかに行われるよう、大和郷（やまとごう）の大和（やまと）神社の藤に瑞字が現れたと報告させることになっている。

「大炊王様が玉座に就けば、紫微内相様は尊父ということになります。すでに並び立つ者はおりませぬが、なおいっそうの高みに昇られるのですな」

「そなたもわたしと共に高みに昇るのだ」

「すでに十分なほど昇っております」

石川年足が苦笑した。

「皇太后様の健康はどうだ」

仲麻呂は訊ねた。

「優れぬ日が多いようです。日がな一日、床に伏せっていることもままあるようで」

「そうか」

ここのところ、皇太后は体調を崩すことが多かった。もうすぐ六十歳になる身で、忍び寄ってくる老いの魔手を振り払うことが困難になっている。

仲麻呂の力の基盤は皇太后だ。橘奈良麻呂の件で敵対する者たちを朝堂から一掃したとはいうものの、皇太后が崩御すれば、またぞろ仲麻呂の寝首を掻こうという者どもが蠢きだすだろう。

自分の政に恨みを持つ者が多いことはわかっている。もっと時間をかけるべきだということもわかっている。

しかし、そうするには時が足りなすぎた。孔子の教えを基本とした仁と徳の政をこの国に根づかせ、民の暮らしを豊かにすることこそが、唐のような大きな国に近づく第一歩だ。いたずらに時を費やしている余裕はなかった。

そして――天皇は祭祀を司り、皇帝は政を司る。

己に唐の皇帝同様の権威をまとわせ、その力を子々孫々に伝えるための準備も急がねばならなかった。

そのためにも、皇太后がいなくなった後のことを進めておかなければならない。大炊王を玉座に就かせることが一番の早道だった。

「例の件はどうなっているのだ」

仲麻呂は石川年足に訊いた。

「大方の名称はできあがってまいりました」

石川年足が持参した紙を広げた。

「太政大臣が太師（たいし）、左大臣が太傅（たいふ）、右大臣が太保（たいほ）。これは紫微内相様のお考えのとおりに」

仲麻呂はうなずき、紙に目を落とした。

太政官は乾政官（けんせいかん）、紫微中台は坤宮官（こんぐうかん）、中務省（なかつかさしょう）は信部省（しんぶしょう）――以下、百官の新しい名が記されている。そのほとんどは唐や渤海（ぼっかい）の名に倣ったものだ。

皇帝を立てるなら、それに相応しい名が必要だ。昔ながらの名を使い続ければ、やはり、天皇こそが至高の権威だと考える者が後を絶たないだろう。

「これが発布されるのと同時に、仲麻呂様は太保様ということになるのですな」

「大炊王が玉座に就けば、いずれは太師ということになる」

「太師にして正一位。となれば、皇族の血を引かぬ者としてはだれも昇ったことのない高みに立つことになりますな。共に歩んできた者とすると、感慨深いものがあります」

まだだ——仲麻呂は喉元まで迫り上がってきた言葉を飲み込んだ。

足りぬ。それではまだ足りぬ。

祖父の不比等を見よ。この国をだれも見たことのない世界へと導いたのに、志半ばで斃(たお)れた。残された息子たちはまだ若く、官位も十分ではなく、父の遺志を引き継ぐ力を得るために雌伏の時を余儀なくされた。

父の武智麻呂を見よ。辛苦の末に長屋王を斃し、政の中枢に座ったというのに疫病にそのすべてを奪われた。

人臣の身ではそのようなことが多々起こるのだ。

それを避けるには、だれもがひれ伏す権威が必要だ。天皇家のように、次代に引き継ぐことができる権威。まだ若いからと軽んじられることのない権威。天皇に並び立つ権威。

太師となり、正一位の位を手にするのはそのための第一歩に過ぎない。

自分が生きている間に、揺るぎない権威を手に入れるのだ。

「皇太子様がお見えです」

廊下で声が響き、仲麻呂と石川年足は慌てて腰を上げた。部屋の端に退き、頭(こうべ)を垂れて皇太子を迎え入れる。

「父上、そのような真似はよしてください」

部屋に入ってきた皇太子が顔色を変えた。

「なにをおっしゃいますか。臣下が皇太子に礼をするのは当然の礼儀にございます」

「確かにわたしは皇太子ですが、その前に、父上の息子なのです。いついかなるときも親を敬い、親の心を安んじる。孔子の教えではありませんか」

「それはそうですが」

「臣下は中納言しかおらぬのです。どうか、頭を上げて、父と息子としてくつろぎましょう」

「では、お言葉に甘えて」

仲麻呂は顔を上げ、それまで自分が座っていた場所に座るよう皇太子を促した。自分は皇太子の向かいに腰を下ろす。石川年足は部屋の隅に座った。

「今日は何用ですか」

仲麻呂は訊いた。

「はい、それが……昨夜、中務省の者が、近々譲位が行われると話しているのを耳にしたものですから」

「ほう」

「それはまことですか」

「いずれ、譲位は行われるでしょうが、それがいつになるかは、天皇のお心ひとつ。わたしにはなんとも答えようがありません」

仲麻呂は言った。

「父上――」

「本当にお答えできないのです。さすがのわたしも、天皇の心を見透かすことはかないません」

「そうですか……それでも、天皇はいつか譲位するとお考えなのですね」

「あの方は、玉座に就いたそのときから、玉座を降りることばかり考えておいででした」

「畏れ多い。わたしになど、天皇が務まりましょうか」

「わたしがお支えいたします。ご安心を」

「よろしくお頼み申し上げます、父上」


皇太子の顔が上気している。玉座に就いた後、自分が推し進めるだろう政を頭に思い描いているようだ。

天皇はどうあるべきか、この国を唐にも負けぬ強い国にするためにはどうすべきか、時間をかけて教え、諭してきた。

皇太子は仲麻呂と共に歩み、仲麻呂の望みにはなんでも応えようとするだろう。仲麻呂の望む、完璧な天皇が生まれるのだ。

＊　＊　＊

「どういうことですか」

天皇は眦を吊り上げた。

「今、ご説明申し上げたとおりにございます」

仲麻呂が答える。天皇はその涼しげな顔を切り裂いてやりたいという衝動をこらえた。

「天皇の位は親から子に受け継がれるもの。ならば、大炊王はわたしの養子になり、息子として玉座に就くのが筋ではありませんか」

「皇太后様のたっての希望なのです」

天皇は唇を噛んだ。諸官を納得させるため、立太子の際、皇太后が大炊王を「我が子」と呼んだのがわかっている。皇統から遠い存在だった大炊王が皇太子になれたのはそのためだ。

だが、聖武天皇と皇太后の息子であることが玉座に就くために必要な条件だとしたら、自分はどうなるのか。ただただ、父亡き後、仲麻呂が力を得るための時を稼ぐためだけに玉座に座っていたとするのなら、あまりに理不尽ではないか。

せめて、皇太子を自分の養子にと考えたのだが、仲麻呂は即座に否定した。皇太后が我が子と呼ぶ皇太子を、皇太后の娘である天皇が養子にとるのは無理があるというのだ。

ありとあらゆるところで無理を通してきた男がなにを言うのだろう。

仲麻呂に対する恨みと憎しみが、日々、募っていく。

「阿倍様のお気持ちはよくわかります。しかし、皇太后様の体調が優れぬようですので、一刻も早い譲位を進めるべきかと存じます」

「それはわかっている」

できるだけ早く玉座から退きたい。だが、自分は天皇なのだ。その位に相応しい名分が欲しい。

「そなたはわたしが憎いのですか」

天皇は言った。

「滅相もないことでございます」

仲麻呂が頭を下げる。

「そなたはわたしの望みをなにひとつかなえてはくれない。わたしが憎いからではないのですか」

「わたしは阿倍様を敬愛いたしております。ただ、政においては、意に染まぬことも多々あるのです。おわかりください」

「もうよい。そなたの望みどおりに振る舞おう。それでよいのであろう。下がるがいい」

「それでは失礼いたします」

仲麻呂は優雅に一礼し、出ていった。

「忌々しい」

仲麻呂の気配が遠ざかると、天皇は口元を歪めた。

今や、この国は仲麻呂のものと言っても過言ではない。紫微中台だけではなく太政官すらその掌中に収め、間もなく、仲麻呂を尊父と呼ぶ者が天皇の位に就く。

大炊王は仲麻呂を太政大臣に据えるだろう。正一位の位階も与えるに違いない。

皇太后と太上天皇、そして天皇が仲麻呂の後ろに控えるのだ。だれも仲麻呂に逆らおうとは思うまい。

しかし――

天皇は唇を舐めた。皇太后が死に、自分が背を向けたら仲麻呂はどうなるのだろう。

顔には出さずとも、心の奥底で仲麻呂を恨んでいる者は多いと聞く。仲麻呂が後ろ盾を失えば、その者たちは一斉に牙を剝くだろう。

力の頂点から真っ逆さまに落ちていく仲麻呂の姿を想像すると、全身の肌が粟立った。おぞましくも甘美な喜びがぞろり、ぞろりと首筋を舐め上げていく。

廊下で女官たちが動く気配がした。

天皇は慌てて空咳をした。

母の死を願うとは不孝も甚だしい。数珠を持って手を合わせる。

仏のゆるしを乞うため、経を諳んじはじめた。

＊　＊　＊

大極殿の中央に座す新しい天皇の顔はいくぶん、青ざめていた。

「藤原仲麻呂は広く恵を施す美徳が他のだれよりも強い。よって、今後は藤原の氏名に恵美の二字を加えるがよい」

詔が朗々たる声で読み上げられる。

「また、暴虐の徒を鎮め、兵乱に打ち勝ったゆえ、押勝と名乗るがよい。藤原恵美朝臣押勝である」

大極殿に居並ぶ諸官たちの間にざわめきが起きた。

「藤原恵美朝臣押勝は、わたしの重臣の中でだれよりも尚い。ゆえに尚舅と呼ぶことにする」

天皇は言葉を切り、諸官を見渡した。異を唱える者はひとりもいない。

新しい天皇が名を与え、尚舅と呼ぶと宣言したのだ。仲麻呂の権威はいやが上にも高まる。皇太后がいずれ死ぬことになるとしても、仲麻呂の力を奪うことはだれにもできないのだ。

「光栄至極に存じます」

仲麻呂は声を張り上げ、天皇に平伏した。

「そなたの功を讃え、功封三千戸、功田百町を与える。また銭を作ること、挙稲もゆるす。さらには、恵美家の印を使うこともゆるそう」

ざわめきがさらに大きくなった。鋳銭や、稲や銭などを利息付きで貸しつける挙稲や印の使用がゆるされたことはこれまでにないことだった。

天皇は祭祀を司り、皇帝は政を司る。

皇帝が座す北辰の門が音を立てて開いたのだ。

天皇が大極殿を後にすると、諸官が立ち上がった。それぞれがそれぞれの思いを口にしながら立ち去っていく。仲麻呂は座したまま、大極殿を見つめていた。

「父上」

声に振り向くと、息子の真先が満面の笑みを浮かべて近づいてきた。

「なんという光栄でしょう。天皇自らが父上の功績を称え、新しい名まで与えてくれるとは」

「そなたは藤原恵美朝臣真先となり、さらには兵部大輔(ひょうぶたいふ)として天皇にお仕えすることになる」

「わたしが兵部大輔に……」

真先の目が大きく開いた。

「自らの義務を果たし、率先して天皇に尽くせ。すぐに太政官に席を得ることになろう」

「心得ております。いずれ、太政官に列して父上の力となる。それがわたしの役目です」

仲麻呂は首を振った。

「それだけではだめだ。そなたはいずれ、わたしの後を継ぐ。そのために力を蓄えるのだ」

「はい」

真先がうなずいた。

「尚舅様――」

柔らかい声が響いた。天皇に傅く女官のひとりがこちらに向かってくる。

「天皇がお呼びです」

「わかった」

仲麻呂は腰を上げた。

「天皇によろしくお伝えくださいませ」

真先が頭を下げた。天皇は皇太子になる前、田村第で暮らしていたから、真先とも頻繁に会っていた。

女官について歩きはじめると、どこからともなく石川年足が姿を見せて、仲麻呂のすぐ後ろを歩きはじめた。

「藤原永手ですが――」

石川年足が低い声で言った。

「どうした」

「病を得たと申して、このところ邸に引きこもっております」

「そうか」

橘奈良麻呂らの企んだ謀反の件では仲麻呂の意のままに動き、小野東人らの自白を引き出した永手だが、ここのところ妙によそよそしい。どうやら、仲麻呂と距離を置く腹づもりのようだった。

永手といい八束といい、藤原北家の者たちは、仲麻呂の世が続く間、息を潜めているつもりなのか。

「そうしている間に、我ら南家は何百里も先を行くことになるぞ」

仲麻呂は呟いた。

「今、なんとおっしゃいましたか」

「なんでもない。それより、年足、わたしは近々、太保に任じられることになるだろう。そなたを空席となる大納言に据えようかと思うのだが――」

「滅相もございません。わたしは今の中納言で十分です」

「欲がないのだな」

「仲麻呂様、いえ、押勝様のように藤原の一族を背負うお方なら、太保にでも太師にでもなるべきかと思いますが、わたしがこれ以上の高望みをすると、他の者たちの妬みを買うことになります。それは押勝様にとっても得にはなりません」

「なるほど。それももっともだ」

仲麻呂はうなずいた。

天皇の居室が近づくと、石川年足は仲麻呂との距離をとった。廊下の端で足を止め、膝をつく。

女官が仲麻呂の来訪を告げると、すぐに居室の戸が開いた。

「入るがよい、尚舅」

天皇の若々しい声が響く。

「失礼いたします」

仲麻呂は一礼して室内に足を踏み入れた。中にいるのは天皇だけだった。戸が閉まると天皇が立ち上がった。

「父上、こちらへどうぞ」

自分が座っていた場所に仲麻呂を誘おうとする。

「わたしはここで結構です」

「なにをおっしゃるのです。わたしを親不孝者にするおつもりですか」

「女官たちが聞き耳を立てているやもしれません。なにとぞ――」

仲麻呂がかたくなに固辞すると、天皇はいたたまれなそうに首を振った。

「父上がそうおっしゃるのなら……」

仲麻呂は天皇の向かいに腰を下ろし、平伏した。

「こたびは新しい名前だけでなく、尚舅という称号までいただき、光栄至極に存じます」

「そんなに畏まらないでください、父上。わたしは息子として当然のことをしたまでです」

「それで、どのようなご用でしょう」

仲麻呂は頭を上げた。

「相談したいことがあるのです」

「なんでございましょう」

「父上のおかげで玉座に就けた身でこのようなことを願うのはおこがましいのですが……わたしの実の父、舎人親王に尊号を追贈することはできますでしょうか」

「時期尚早です」

仲麻呂は間髪を容れずに答えた。天皇の父にもまた、天皇に相応しい地位と権威が必要だという考えから、天皇ではなかった者に尊号を追贈した例はある。天皇もそれに倣って実の父の恩に報いたいのだ。

「まだ即位されたばかりではございませんか。天皇の正統性に疑問を抱いている者もおります。ここで尊号のことを持ち出せば、やはり、今上天皇は玉座に相応しい血筋ではないと言い立てる者がいや増すでしょう」

「さようですか……」

天皇がうなだれた。

「しかしながら、在位が一年を過ぎれば、そのような者たちも正統性をあげつらったとて無駄だと悟りましょう。玉座は座り続けてこそなのです。どのような出自であろうと玉座を死守していれば、いずれはそこに座る者が玉座の正統な主だと見なされるようになります」

「それまで待てとおっしゃるのですね」

「いたずらに事を急いではなりません。それこそが政の要です」

「わかりました。お言葉、肝に銘じます」

「尊号の追贈はいずれ成ります。それまで、しばしのご辛抱を」

「はい。身勝手な相談に乗っていただき、まことにありがとうございます、父上」

「ご用のときは、いつでもお呼びください。すぐに馳せ参じます」

仲麻呂は再び平伏し、天皇の居室を後にした。廊下で待っていた石川年足と共に官衙に戻る。

「どのような話だったのですか」

石川年足が囁くような声で訊いてきた。

「実の父である舎人親王に尊号を追贈したいそうだ」

仲麻呂は鼻を鳴らした。

「そのうち、実の母には大夫人（だいぶにん）を、兄弟たちには親王の称号をと言い出すだろう。だれのおかげで玉座に就けたと思っているのだ」

「仲麻呂様への恩を忘れたわけではないでしょう。それが人の情というものでございます」

「情などは、政には不要だ」

仲麻呂は断じた。

「情のない人間にはだれもついてまいりません」

「そなたはわたしに付き従っているではないか」

「大恩あるお方ゆえ」

石川年足が言った。

「しかし、この世にいるのはわたしのような者ばかりではございません」

「わかっている」

仲麻呂は吐き捨てるように言い、足を速めた。

＊　＊　＊

庭の黄葉(もみぢ)を愛(め)でる皇太后の横顔を見て、仲麻呂は言葉を失った。目尻の皺が増え、肌は艶(つや)を失っている。血の気の薄い皮膚の色は病人のそれだ。

老いた。

皇太后は老いてしまった。

「仲麻呂ではありませんか」

皇太后が仲麻呂に気づき、笑みを浮かべた。

「ご機嫌伺いにまいりました」

「そなたが……珍しいことですね。だれかに、なにかを吹き込まれましたか」

「滅相もございません。しばらくお顔を見ていなかったものですから、お会いしたくなったのです」

「嬉しいことを口にするのですね」

皇太后は微笑みながら、再び目を黄葉に移した。

「今年の黄葉はいつになく色鮮やかだと思いませんか」

仲麻呂は皇太后の視線を追った。庭に生える大きなもみじの葉が緑、黄色、赤といくつもの色を重ねながら日差しを浴びて輝いている。

「確かに、今年は一段と艶やかです」

「新しい玉座の主を草木も寿(ことほ)いでいるのかもしれませんね」

皇太后は言葉を切り、咳き込んだ。女官たちが慌てて近づき、背中をさする。

「皇太后様、外の空気は冷たすぎます。そろそろ中に戻られては」

仲麻呂は言った。

「そうですね。言われてみれば、指の先が氷のように冷えています」

皇太后は右の指先を頬に当て、顔をしかめた。女官たちに支えられるようにして部屋に戻っていく。仲麻呂は後を追った。

皇太后はあらかじめ用意されていた白湯（さゆ）の入った器で指先を温めはじめた。

「そなたも白湯をいかがですか」

「わたしは結構です。お体の具合はいかがですか」

「具合が悪いのが常になってしまいました。いずれ、大君の元に行くことになるのでしょうね」

「まだ早すぎます」

仲麻呂は言った。

「皇太后様には長く健やかでいてもらわねば」

皇太后が笑った。

「そなたは太保。太政官と紫微中台を束ね、後ろには太上天皇と天皇がついている。そなたの進む道を遮る者はおらぬではありませんか」

「わたしのことはどうでもいいのです。ただ、できるだけ長く皇太后様にお仕えしたく」

「阿倍の機嫌を取りなさい。あの子は、今上をわたしの子として玉座に就けたことを根に持っているようです」

「はあ――」

仲麻呂は顔をしかめた。

「大君の子は自分だけだと思っているのです。それなのに、舎人親王の子を大君の子として玉座に就けた。自分の存在をないがしろにされたと思っているのでしょう。長いこと辛い思いを押し隠してきただけに、なおさら恨みは募るというもの」

「しかし、それは致し方のないこと」

「女人に致し方ないは通じないものです」

皇太后は白湯の入った器を置いた。

「わたしがいなくなれば、阿倍がだれよりも強い力を持つようになるのです。阿倍との絆をより一層強めねば」

仲麻呂はこのところ、太上天皇のもとに通うのを避けていた。皇太后と天皇がいれば事足りるのだ。なにも、太上天皇の機嫌を取る必要はない。

だが、皇太后の衰えを見てしまった今となっては、その考えをあらためるべきだった。

「心得ております」

「わかっているのならいいのです。少し疲れました。下がりなさい」

皇太后の声は小鳥のさえずりのようだった。美しいが細い。

「次は、渤海の使者が持ってきた滋養強壮に効くという薬を持参しましょう。なにとぞ、お体を労りください」

仲麻呂は言った。皇太后の返事はない。座ったまま眠ってしまったようだった。

その無力な様子に仲麻呂は慄然とした。自分が思っているほど時は残されていない。皇太后が崩御する前に、盤石な備えをしておくことが必要だ。

皇太后あっての自分なのだ。強く、美しく、威厳に満ちた女人。夫の聖武天皇が王座に就いているときでさえ、臣下たちは皇后の顔色をうかがった。藤原不比等と橘三千代の血を受け継いだその身には、天皇さえ上回る生まれながらの権威が備わっていたのだ。

その皇太后がいなくなれば、わずかではあったとしても仲麻呂の力も削がれることになる。

小さな雨粒がやがて大河を氾濫させるように、これまでは閉じ込められていたひとつひとつの小さな不満や恨みが一斉に芽吹くかもしれない。

急がねばならない。これまで以上に急ぐのだ。

仲麻呂は皇太后を起こさぬよう、息を殺して外に出た。廊下に侍る女官のひとりを廊下の端に連れて行く。

「皇太后様のお加減はいかがなのだ。先ほどは咳き込んでおられたし、今は座ったまま眠ってしまわれた」

「体調の優れぬ日が多いようにございます。よく咳き込みますし、すぐにお疲れになられるご様子で……」

「医師には診せているのか」

女官がうなずいた。

「新羅（しらぎ）から渡来した医師が足繁く通ってきております。その医師が煎じた薬を毎日飲んでいるのですが……」

「わかった。皇太后様を、これまで以上に労るのだ。よいな」

「はい」

仲麻呂はその場を離れた。大きく息を吐き出し、足を速める。

歩きながらふと考えた。

皇太后がもし男だったらどうしていただろうか。不比等と三千代の息子として、臣下の頂を極めようとするか。あるいは——

自分のように天皇をも超える頂を目指すのか。

仲麻呂は苦笑した。

答えの出ないものを考えても意味はない。自分は自分の道を進むしかないのだ。

* * *

太上天皇は平伏する仲麻呂を見下ろした。

玉座を降りて肩の荷が下りるかとほっとしていたというのに、皇太后の体が優れないという。

母が身罷ることになれば、結局は自分が大きな責任を負うことになるのだ。これでは玉座に座っていた時となにも変わらない。

「従一位(じゅいちい)、太師にせよと言うのですか」

「皇太后様はお体が優れませんゆえ、これまでのように政に関わるのは難しくなっていくと思われます。ならば、この国の舵は太上天皇様とわたしで握らねばなりません。そのためには、どうしてもその官位が必要なのです」

「太政大臣は皇族しかその位に就けないことはしきたりで決まっているのではありませんか」

「わたしは臣下の身ではありますが、天皇より恵美押勝の名前をいただき、また、尚舅の号もいただきました。わたしが太師になっても異論は出ないかと存じます」

「そなたが異論を封じ込めるのですものね」

「阿倍様、何卒――」

仲麻呂が床に額を押しつける。このまま立ち去れば、この男はどれほどの屈辱にまみれるのだろう――暗い想像が頭の中を駆け回った。

「いいでしょう。太師でもなんでも、好きな位に就くといい」

太上天皇は立ち去る代わりに仲麻呂の望みを受け入れた。

「ありがたき幸せ。このご恩、終生忘れはいたしません」

仲麻呂の大袈裟な言葉が耳を素通りしていく。仲麻呂の言葉には実がない。自分が太上天皇だからへつらっているだけだ。これがただの幼馴染みなら、顧みることすらしないだろう。仲麻呂の胸の奥にあるのは飽くことのない野心だけだ。

「下がりなさい」

太上天皇は言った。

「まもなく、医師が来る刻限です」

「医師ですか。太上天皇様もどこかお加減が悪いのですか」

「最近、とみに疲れるのです。医師の見立てでは気の疲れが体にも及んでいるのだろうと」

「何卒ご自愛ください」

皮肉のつもりで気の疲れと言ってみたのだが、仲麻呂には通じなかった。空疎な心を持って生まれた人間には、他人の言葉が響かないのだ。

「それでは、失礼いたします」

仲麻呂が身を翻して出ていった。

太上天皇は仲麻呂が平伏していた場所を睨んだ。

「いつか……いつか……」

その先の言葉が出てこない。

太上天皇は唇を噛み、呪いの言葉を呑み込んだ。

＊　＊　＊

仲麻呂は門の外に出た。侍従や女官、中衛府の舎人たちが作る長い列が宮からこちらへ向かってくる。

正月だというのに、どこかから集まってきた民たちがその行列を眺めていた。

今日から数日、天皇は仲麻呂の邸——田村第に滞在するのだ。正月に天皇が臣下の私邸を訪れるなど前代未聞だが、新しい年を祝うため、息子が父の家を訪れるという名分があった。

百官はもちろん、政を知らぬ民たちも、天皇が仲麻呂に絶大な信頼を寄せているという事実を目の当たりにしているのだ。

この国の政は仲麻呂を中心に回っている。

いずれ、すべてを仲麻呂が動かすようになってもだれも驚かず、異論を口にすることもなくなるだろう。

「ようこそいらっしゃいました」

天皇が輿（こし）から降りてくると、仲麻呂は仰々しく頭を下げた。父が息子に平伏するのはおかしいと天皇が言い張ったからだ。

「父上、しばしお世話になります。田村第はわたしの家も同然ですから、気が休まります」

「新しい年を迎えるにあたって、天皇と共に過ごせる光栄、ありがたきことにございます」

仲麻呂の後ろにいた真先が声を張り上げた。その横には三男の訓儒麻呂（くずまろ）、四男の朝狩（あさかり）がいる。どの顔も誇らしげだった。

「真先殿をはじめ、我が兄弟たちも健やかでありましたか」

天皇の言葉に、息子たちの顔が紅潮する。

「兄弟などとはとんでもない。我ら仲麻呂の息子たちはみな、天皇の臣下にございます」

「この邸で長い時を過ごしてきたのです。それに、わたしは尚舅を父と思っております。ならば我らは兄弟も同然」

「ありがたきお言葉――」

息子たちが頭（こうべ）を垂れた。

「外は寒うございます。中に入られませ。昔使っておられた部屋をそのままにしております」

仲麻呂は天皇を誘い、邸の中に入った。宴に使う大きな部屋には、色とりどりの酒肴(しゅこう)が並べられている。天皇を上座に座らせ、仲麻呂もそのすぐそばに腰を下ろした。

「まずは、新しい年を寿(ことほ)ぎましょう」

天皇の盃(さかずき)に酒を満たす。仲麻呂の盃には真先が酒を注いだ。盃を掲げ、一息に飲み干すと、天皇の顔に笑みが広がった。

「やはり、田村第は落ち着きます、父上」

「内裏は居心地がよくありませんか」

「そういうわけではないのですが……」

天皇が言葉を濁した。表情も曇っている。

「なにかあるのなら、この尚舅に申してください。天皇の心にさざ波を立てる不届き者を懲らしめてくれましょう」

「人払いをお願いできますか」

天皇がか細い声で言った。仲麻呂はうなずいた。

「おまえたちはしばし、席を外せ」

真先たちに命じる。

「実は――」

部屋から人がいなくなるのを待って、天皇が口を開いた。

「太上天皇様が、わたしを嫌っておいでのようなのです」

仲麻呂は手にした盃の中を覗きこんだ。

「なにか、そう思われるようなことがあったのですか」

「特にこれというようなことはありません。ただ、言葉の端々に棘(とげ)を感じるのです。それに、わたしを見る目もどこか冷たくて」

「それは気の迷いでしょう。皇太后様が大炊様を玉座に就けると決め、阿倍様もそれに従ったのです。大炊様の治世が滞りなく行われるよう心を砕きこそすれ、疎むようなことは……」

「気の迷いならよいのですが、内裏にいると心が安まりません」

「強くならなければ」

仲麻呂は言った。

「座り心地のよい玉座など、この世にはありません。そこに座る者には苦難の道が用意され、その苦難を乗り越えた者こそ、聖君と讃えられるのです」

「わたしはそのような器ではありません。皇太后様と父上の支えがあって、なんとか玉座に座っているのです」

「いずれ、皇太后様もわたしも、この世に別れを告げるときが来ます。そのときは、大炊様が自らの力でこの国の舵取りをしなければならないのです。そのためにも、強くあらねば」

「わたしに舵取りなどが務まるでしょうか」

天皇は溜息と共に言葉を吐き出した。

「務まりますとも。そのために、この邸でわたし自らが大炊様に政道を教えたのです」

「そうですね。父上の教えを守っていれば、きっとわたしも歴代の天皇に恥じぬ天皇になれるはず」

天皇の顔にわずかばかりの笑みが浮かんだ。仲麻呂は退席していた息子たちを呼んだ。

宴が再び始まる。朝狩が歌を詠み始め、天皇もそれに応じた。

仲麻呂は笑顔で酒を飲み、天皇と息子たちの歌詠みに称賛を送った。

だが、頭の奥は冷えに冷えていた。

太上天皇が天皇を疎んでいる。おそらく、それに間違いはあるまい。あの女人は、大炊王を皇太后の息子と位置づけて玉座に座らせたことが不満なのだ。

聖武天皇の子は自分ひとり。

それが玉座で孤独をかこっていたひとりのか弱い女を支えた矜持（きょうじ）だったのだろう。

「くだらぬ」

仲麻呂は呟いた。

情に流される人間の、なんとくだらないことか。この世を統べるのは理であって情ではない。

どうしてそんな簡単なことがわからないのか。

どう手を打つべきか。

皇太后が崩御すれば、太上天皇が至上の権威となる。太上天皇はそれを笠に着て仲麻呂を圧迫するだろうか。

否。

あの女人にそんなことができるわけがない。責任の重さと孤独に耐えかねて仲麻呂に泣きついてくる様がありありと見える。

太上天皇の嫉妬など捨てておけ。

いずれ太師になり、大炊王の治世が滞りなく続けば、だれも太上天皇には見向きもしなくなる。

仲麻呂は盃の酒を飲み干し、晴れやかな笑みを浮かべた。

八

「藤原恵美押勝を太師に任じ、従一位の位を授ける」

詔が内裏に響き渡った。驚く者はおろか、異を唱える者もいない。

この一年、今上天皇の治世は安定し、その正統性に疑義を挟む者もいなくなった。皇太后は日に日に衰えているが、太上天皇と天皇が肩を並べて仲麻呂を太師に任じたのだ。

この日がいつか来ることを、百官もわかっていただろう。

新年の行事があらかた終わると、太上天皇と天皇が退席した。

仲麻呂は隣に目をやった。石川年足がまだ平伏している。

「もうお二方は去ったぞ」

仲麻呂は声をかけた。石川年足が頭を上げた。その目がうっすらと潤んでいる。

「なんと申してよいか……身に余る光栄です」

仲麻呂に続き、石川年足は御史大夫に任じられたのだ。御史大夫は大納言である。

「そなたはよく働いている。太上天皇様も天皇も、その功績に報いたかったのだ。胸を張るがよい、年足。これは、そなたが自分の力で手に入れた栄華だ」

「滅相もない」

石川年足が首を振った。

「押勝様あっての石川年足にございます」

「わたしとて、そなたがいなければなにもできん。石川年足あっての恵美押勝だ」

「なんというもったいないお言葉」

「さあ、行こう。政務が我らを待っている」

仲麻呂は石川年足を促し、腰を上げた。

「新羅征伐の方はどうなっている」

石川年足に水を向ける。

一昨年、遣渤海大使として渤海に赴任していた小野田守が帰国した。小野の報告によれば、現在、唐では安禄山と史思明という者どもが乱を起こしており、国の至る所が混乱しているということだった。

唐にはよその国に目を向ける余裕がない。

ならば、新羅を討ってしまえ。

仲麻呂の頭には咄嗟にその考えが浮かんだ。

ここ数年、新羅の高慢な態度には多くの臣下が腸(はらわた)の煮えくりかえる思いを抱いていた。唐の手前、思い切った行動は取れずにいたのだが、これは千載一遇の機会ではないか。

天皇の了解を取り付け、石川年足に新羅征伐の準備を整えよと命じたのだ。

「大宰におります吉備真備と小野田守に行軍式(こうぐんしき)を作らせました」

吉備真備の名に、仲麻呂は顔をしかめた。真備は今も大宰に赴任している。その学識が京に必要だという声が根強いが、仲麻呂は耳を貸さなかった。

あの男の知恵は危険だ。

頭の奥でだれかがそう囁くのだ。

大宰からも追放してしまいたいと思うのだが、新羅征伐には欠かせない人物でもあった。

「新羅に兵を送るには、膨大な数の船が必要になります。もちろん、兵士も各地から徴発することになりましょう。今から怨嗟(えんさ)の声が聞こえてくるようです。本当に新羅を征伐するおつもりですか」

石川年足は当初から新羅征伐には懐疑的だった。無理もない。戦は国力を疲弊させる。仲麻呂にしても、時機が違えば征伐は躊躇しただろう。

だが、唐で乱が起こっているのは吉兆に思える。

新羅征伐に成功すれば、仲麻呂の権威はいやが上にも高まるだろう。そのときこそ、北辰の門が大きく開くのだ。

天皇は祭祀を司り、皇帝は政を司る。

天皇家と肩を並べる存在として恵美家を押し上げるには、戦での大勝利が必要だ。

「新羅がこれまでに働いてきた数々の無礼、そなたも忘れたわけではあるまい」

「それはもちろんですが――」

「これは天が与えてくれた機会なのだ。なんとしても新羅を討つ。そなたにはそなたの考えがあるだろうが、これまでどおり、なにも言わずにわたしに従ってくれ、御史大夫」

「もちろんでございます――」

石川年足がよろけてたたらを踏んだ。

「だいじょうぶか」

仲麻呂は石川年足の体を支えた。

「申し訳ありません。最近、足腰が弱ってきておりまして。寄る年波には勝てませんな」

石川年足は寂しそうな笑みを浮かべた。

確かに、石川年足にも老いの影が忍び寄ってきている。かつての肌の張りは失われ皺が目立つ。髪の毛にも白いものが増え、腰もわずかに曲がっている。

自分も同じだ。足音も立てずに忍び寄ってくる老いへの恐怖に、夜中に突然目が覚めることもある。

時が足りない。

自分が生きている間に、恵美家を絶対的な権威の家門に高めるため、なにがなんでも新羅征伐は成し遂げるのだ。

＊　＊　＊

戸が開き、医師が皇太后の居室から出てきた。廊下で座していた仲麻呂は立ち上がった。

「皇太后様のご様子は」

「気力、体力ともに衰えております。煎じ薬で気の流れを補っておりますが……」

医師は口を濁した。

「どれほど高価でもかまわぬ。ありとあらゆる薬を使うのだ」

仲麻呂は言った。

「されど、尚舅様、今、皇太后様に使っている薬こそ、最上の薬なのでございます」

仲麻呂は唇を噛んだ。

「まことに申し訳ありません」

「なんとしてでも皇太后様の病を治すのだ。よいな」

背後から足音が聞こえ、仲麻呂は振り返った。太上天皇が女官と共に姿を現した。

「太上天皇様」

仲麻呂は頭を下げた。

「母上の具合はどうなのですか」

太上天皇の目尻が吊り上がっている。

「今はまだなんとも」

仲麻呂は答えた。

「母上に会います」

「薬を飲んでおやすみになられているところです。時を置いた方が――」

「わたしの母なのですよ。そこをどきなさい」

太上天皇の剣幕に、仲麻呂は後ろへ退いた。太上天皇が皇太后の居室に入っていく。戸が開いた瞬間、煎じ薬と膏薬が入り混じった匂いが漂ってきた。皇太后に仕える女官たちが経を唱えている。

仲麻呂は舌打ちしてその場を離れた。

そう遠くない時期に皇太后は崩御する。それを見越して太師の座に就いた。仲麻呂に牙を剝きそうな連中は朝堂から追い出し、息のかかった者たちで政の中枢は固めてある。太上天皇と天皇の支持もある。

たとえ皇太后がいなくなったとしても、なにも問題は起こらないはずだ。

だが、不安は募る。

もう少し――もう少しだけわたしのそばにおいでください、皇太后様。

仲麻呂は祈った。

そんなふうに祈ったのは、父の武智麻呂が疫病に倒れたとき以来だった。

＊　＊　＊

乙麻呂の邸では子どもたちの啜り泣く声が聞こえるだけだった。

家人たちは湯を沸かしたり薬を煎じたりと忙しく立ち働いている。乙麻呂の部屋は戸が閉じられ、重々しい雰囲気が立ちこめていた。

春先から西で疫病がはやりだした。その魔の手が京にも伸びてきたのか、乙麻呂もまた疫病に倒れたのだ。

「父上の二の舞か」

仲麻呂は吐き捨てるように言った。乙麻呂は兵部卿として軍権を担っていた。皇太后もまた病に冒されている今、乙麻呂を失うことは仲麻呂にとって大きな打撃だった。

「乙麻呂の具合はどうなのだ」

仲麻呂は近くにいた家令を呼び止め、訊いた。

「医師の話では、今日明日が峠ということでございます」

家令の言葉は歯切れが悪い。

「会うことはかなわんのか」

「疫病ですゆえ、余人が部屋に立ち入ることは一切まかりならんと。尚舅様はこの国を担うお方。万一のことがあってはなりません。乙麻呂様に会いたいというお気持ちはわかりますが、決して部屋に立ち入ってはなりません」

「わかっておる」

仲麻呂は顔をしかめた。

「わたしはこれから宮へ出向く。なにかあったらただちに報せをよこすのだ。よいな」

「畏まりました」

頭を下げる家令に背を向け、仲麻呂は邸を後にした。

皇太后の病も重い。政務につく前に立ち寄って様子を見ようと思っていたところに、乙麻呂が危篤だという報が届いたのだ。

刀を佩(は)いた資人たちに囲まれて皇太后宮へ向かう。警護にしては大仰だと言ったのだが、皇太后が死の瀬戸際にある今、不埒なことを企む者が万が一にもいるかもしれないと石川年足が言い張ったのだ。

仲麻呂は折れ、警護をつけることを承諾した。

「恵美押勝様が通る。道を空けよ」

先頭を行く資人が大音声を発し、民たちを道からどかせていく。仲麻呂は逸る心をなだめながら足を速めた。

まだです。まだ早すぎます。

頭に浮かぶ皇太后に言葉をかける。

まだだ。兄より先に逝くとはなにごとだ。

ついで頭に浮かぶ乙麻呂を叱咤(しった)する。

内裏も異様な静寂に包まれていた。だれもが沈痛な表情を浮かべ、押し黙っている。皇太后の居室に近づくと、僧と女官たちが経を唱える声が聞こえてきた。

「押勝様」

廊下を進む仲麻呂の前に、妻の袁比良(おひら)が姿を現した。袁比良は尚侍(ないしのかみ)として代々の天皇に仕えてきた。今は、仲麻呂と太上天皇の間を取り持ってくれている。太上天皇が仲麻呂の言葉に渋々ながらうなずくのは、袁比良のおかげだと言ってもいい。

「皇太后様は」

「熱にうなされております。阿倍様がつきっきりで看病をなされておられます」

「医師はなにをしている」

「押勝様が渤海より取り寄せられた薬を煎じて飲ませているのですが、一向に熱が引かないのです」

仲麻呂は唇を嚙んだ。

「僧侶が経を唱え、御仏に皇太后様のご快復を念じております」

「読経(どきょう)の声を聞けばわかる」

袁比良と共に廊下を進み、部屋の前に侍る女官たちを無視して中に入った。

太上天皇が皇太后の手を取り、「母上、母上」と悲痛な声で呼びかけている。その横に座る天皇は呆然としているようだった。

「皇太后様――」

仲麻呂はその場に立ち尽くし、床に伏せる皇太后を見下ろした。顔には血の気がなく、唇は干からびている。額に浮き出る汗と、かすかに上下する胸が、皇太后が辛うじて生と繋がっていることを示していた。

「遅いではないですか、仲麻呂」

太上天皇が眦を吊り上げて仲麻呂を睨んだ。

「申し訳ありません。乙麻呂が危篤だという報せが入ったもので」

「皇太后様より弟の方が大事だというのか」

「滅相もありません」

仲麻呂は頭を垂れた。

「太上天皇様、尚舅は弟より皇太后様を思われてこちらに来たのです」

天皇が言った。

「そなたは黙りなさい」

太上天皇の剣幕に口を閉じるしかないようだった。

天皇は口を開く代わりに数珠を取り出し、経を唱えはじめた。仲麻呂も部屋の隅に座し、それに倣う。太上天皇も泣きながら経を口にしはじめた。

皇太后がいなくなる――そのことがやっと胸に染みこんできた。

藤原不比等と橘三千代の娘として生まれ、臣下の娘として初めて皇后の座に昇りつめ、夫である天皇を支え、娘を天皇にし、甥の仲麻呂に力を与えた。

長きに亘って内裏と朝堂に君臨してきた女傑が、とうとうこの世を去るのだ。

——叔母上、これまでのご恩は決して忘れません。

仲麻呂は経を唱えながら心の奥底で呟いた。

——その恩に報いるためにも、この仲麻呂、必ずやだれも昇ったことのない頂に立ってみせます。

「母上、母上」

太上天皇が突然、声を張り上げた。読経がやんだ。

「母上、母上」

太上天皇が皇太后に覆い被さる。

仲麻呂は医師を見た。医師が首を振った。

皇太后が息絶えたのだ。

「なりません、母上。わたしをひとりにしないでください——」

太上天皇が声を上げて泣きはじめた。

「皇太后様、ご崩御」

部屋の隅にいた袁比良が声を張り上げた。部屋の外で、女官たちが泣きはじめる。

仲麻呂は皇太后の亡骸(なきがら)に向かって平伏した。胸の奥にぽっかりと穴が空き、冷たい風が吹き抜けていく。

涙は出ない。泣く代わりに、頭の奥がもぞもぞと動き出す。

皇太后逝去の報は、瞬く間に宮を駆け抜けるだろう。これまで息を潜めていた者どもは小躍りするに違いない。

石川年足に、そうした者どもを見逃すなと命じてある。

疫病は太師の政のせいだと仲麻呂を批判した右大舎人大允（みぎのおおとねりだいじょう）の大伴上足（おおとものかみたり）を追い払ったばかりだ。追随する者が出てくるに違いない。

仲麻呂は頭を上げた。部屋の中は嗚咽で満ち溢れていた。そっと腰を上げ、部屋を辞する。

石川年足が待ち構えていた。

「宮の様子はどうだ」

「さすがに、喜びを顔に出す者はおりませんが、用心に越したことはございません」

「皇太后がおらずとも、恵美押勝にはだれも逆らえんということを知らしめるのだ」

「心得ております」

官衙に戻り、今後のことを石川年足と話し合った。格別、すべきことはない。この日が来ることはわかっていた。そのために、打てる手はすべて打ってきた。

「父上、父上」

廊下を走る足音と共に、真先の声が響き渡った。

「なにごとだ」

部屋に飛び込んできた真先を叱責する。真先の顔は蒼白だった。

「たった今、報せがまいりました。乙麻呂叔父上が逝去されたそうにございます」

「乙麻呂がか」

仲麻呂は手にしていた書面を取り落とした。

皇太后に呼び寄せられるようにして乙麻呂までもが逝ってしまった。

そなたの野心もここまでにしておきなさい——皇太后の声が聞こえたような気がした。

＊　＊　＊

皇太后の四十九日があけてしばらくすると、太上天皇と天皇が大和国内(やまとのくに)の小治田宮(おはりだのみや)に行幸した。仲麻呂の指示だった。

このところ、太上天皇が政に口を出してくることが度重なっている。さすがに天皇が太上天皇に対して異を唱えることはできない。ならば、太上天皇には平城京を離れてもらう方がいいと思ったのだ。

多くの者がこれをただの行幸と考えているが、仲麻呂には別の考えがあった。これを機に京を改作、あるいは新たな京を築くことも視野に入れている。

新たな権威のためには、新しい京が必要ではないか。平城京は太上天皇の影響が強すぎる。新京こそ、恵美押勝が統べる新たな国の舞台に相応しい。

すでに近江国に宮の造成をはじめさせている。近江は藤原氏と繋がりの深い土地で、仲麻呂は近江守(おうみのかみ)を兼任していた。

藤原家が皇室に勝るとも劣らない権威として君臨するには、これ以上の場所はない。

遷都し、新羅を征伐し、この国の最も高い頂に立つのだ。

そのために準備は徐々に整いつつある。政の重職に親族や息のかかった者たちを据え、軍権も掌握した。

出世を妨げられた者たちは怨嗟の声を上げているらしいが、知ったことではない。出世したければ自分に与すればいいのだ。それをしないのは、自分で自分の道を塞いでいるに等しいではないか。

太師は政を恣にしているという声があるとも聞く。

なにを言っているのか。政を意のままに動かしたいから、茨の道をここまで進んできたのだ。

民を安んじるための施策もいろいろと手を打ってきた。間違いなく、自分が大臣になる以前より民の暮らしは楽になっている。

孔子の教えをもとに国を立て直す。自分の目指す政は決して間違いではない。

いずれ、民たちは仲麻呂を讃え、崇めるようになるだろう。不満を漏らすのは額に汗することもなく、京でふんぞり返っている者たちだけだ。

皇太后がいなくなっても、なにも変わらない。いや、それどころか仲麻呂の地位はますます強まっている。

北辰の門をくぐり、皇帝の場所たる紫微垣へと歩を進めるだけだ。そこへ至る道はすでに整えられている。行く手を遮る者は容赦なく排除するだけだ。

九

女官の開けた戸の向こうに、琵琶湖（びわこ）が見えた。

天皇と共に、新たに造成された保良宮（ほらのみや）に行幸してきたのが十月のことだった。すぐに体の具合が悪くなり、床に伏せるようになった。悪寒と熱気が交互に襲いかかってきて、体に力が入らない。

医師たちが入れ替わり立ち替わりやって来ては苦い薬を飲ませていくが、一向に快復する気配がなかった。

母のようにわたしも逝くのか——伏せった床の中で何度もそう思った。

そのたびに、このまま逝くのは口惜しすぎるという感情が湧いてくる。天皇だったときも、太上天皇になってからも、自分は母と仲麻呂の操り人形にすぎなかった。

玉座に就いた当初は、それも致し方ないと思っていた。そもそも、自分は天皇になるはずではなかったのだ。父の血を玉座に繋げるために仕方なく座らされた。ならば、母の言うとおりにしていればよい。

若かったのだ。右も左もわからなかった。

だが、今は違う。自分は聖武天皇と光明（こうみょう）皇后の血を引く唯一の者だ。かつては天皇であり、今では太上天皇なのだ。

自分の意志で政を行い、国を動かすべきではないのか。仲麻呂の好き勝手にさせたままでいいのか。

そう考えるたびに腹の奥がかっと熱くなる。

死んではならぬ。まだ死ぬわけにはいかぬ。

そう思ったときに、道鏡の名が頭に浮かんだ。苦行を積んで、病を癒やす神通力を得た僧だ。

仏道の師である良弁からその名は度々聞かされていた。

宿曜という秘儀を用いて人の病を癒やすのだという。

道鏡はその力を認められ、宮中の仏殿である内道場に仕えているという。

太上天皇は保良宮に道鏡を呼び寄せるように命じた。

その道鏡が保良宮に到着したのが昨日。宿曜の秘儀を行うためだ。

「太上天皇様、僧道鏡がまいりました」

「通せ」

太上天皇は窓際から離れた。衣の乱れを直し、腰を下ろす。

「失礼いたします」

戸が開くのと同時に香の匂いが部屋の中に流れ込んできた。これまで嗅いだことのない独特な香りだ。

道鏡は真新しい僧服に身を包んでいた。頭は綺麗に剃り上げ、髭のない顔は年に似合わずつるんとしている。齢は六十をいくつか過ぎていると聞かされていたが、ずっと若く見える。

「道鏡にございます」

道鏡が平伏した。

「面(おもて)を上げよ」

道鏡が顔を上げた。やはり、若々しい。それも宿曜の秘儀のおかげなのだろうか。

「具合が悪いと聞きましたが、いかように悪いのでしょうか」

「熱が下がらず、体の疲れも癒えぬのです」

太上天皇は答えた。

「失礼ながら、お体に触れてもよろしいでしょうか」

「必要なのですか」

道鏡がうなずいた。

「どのように体が弱っているのか、知る必要がございます」

「好きにしてください」

「では、失礼して――」

道鏡が膝を立て、にじり寄ってきた。左手をとられる。反射的に手を引っ込めようとして、太上天皇は自制した。

道鏡が手首の内側に触れた。背中の皮膚がぞわぞわと粟立っていく。それは甘美な感覚だった。

「脈が速いですな」

道鏡が言った。

「そなたが触れているからです。男に触れられることは滅多にありません」

「そうですか」

道鏡の顔にあるかないかの笑みが浮かんだ。手首から手を離し、右手を太上天皇の顔に近づけてくる。

太上天皇は目を閉じた。額に、冷たい掌（てのひら）を感じた。

「確かに、熱がおありです」

掌が離れていく。

「医師が煎じる薬を飲んでも一向によくならないのです」

「薬の効く病ではないからですな」

「薬が効かぬとは」

「気の病だからです。失礼ながら、太上天皇様からは孤独の気が漂ってきております。長い間、おひとりでその肩に重荷を背負ってきたからでございましょう」

「孤独の気……」

太上天皇は自分の掌を見つめた。父が死んでからはずっと孤独だった。母が死んでからは、その孤独はますます深まった。

「唐などでも、貴いお方はそのような病に罹（かか）ることが多いようです」

「薬が効かぬというなら、どうやって治すのですか」

「宿曜の秘儀にて」

道鏡が答えた。

「良弁から聞いたことがあります」

「宿曜とはすなわち星の動き。わたしが苦行によって身につけた法力をもって太上天皇様と縁の深い星の動きに働きかけ、病を癒やすのでございます」

「わたしに関わりの深い星……」

「北辰。天子の星にございます」

北辰とは北極星のことだ。他の星々は北極星を中心に天を回る。ゆえに、北極星は天子の星だとされるのだ。

「北辰は動きませぬ」

「さよう」

「そなたは星の動きに働きかけると申したではありませんか」

「動かぬということもまた、その星の動きなのでございます」

太上天皇は苦笑した。

「ものは言いようですね」

「良弁様はわたしの宿曜の秘儀をなんと申しておりましたか」

「まことに霊験あらたかだと」

「良弁様の言葉をお信じになられないのですか」

太上天皇は首を振った。

「あの者の申すことは一から十まで信じています」

「それでは、今宵、宿曜の秘儀を執り行いたく存じます」

「今宵……そんなに早くか」

「早ければ早いほどよろしいかと。太上天皇様のお体は、ご自分が考えるよりはるかにくたびれております」

「わかった。付きの者たちに支度を命じましょう」

「宿曜の秘儀は余人がいては効き目がありません。女官たちは遠ざけ、今宵はおひとりでわたしをお待ちください」

「わたしとそなただけと申すのですか」

「は――」

道鏡が再び平伏した。太上天皇は剃り上げた頭を睨んだ。

ふたりきりになりたいとは、この僧も太上天皇を軽んじているのだろうか。

腹の奥で怒りの焔が揺らめこうとした寸前、先ほどの甘美な感覚がよみがえった。

手首の内側に触れた道鏡の指。肌に吸い付いてくるような滑らかさで、ほんのりと温かい。

長らく忘れ去っていた温もりだった。

女官や医師に体に触れられることはあっても、温もりなど感じたことはない。あの者たちは、それが仕事だからやっているにすぎない。

だが、道鏡の指はなにかが違った。仏に身も心も捧げた者の慈愛のようなものが感じられる。

あのように触れてもらえるなら、悪いことではない。

「いいでしょう」

太上天皇は口を開いた。

「支度をさせた後、女官たちは遠ざけましょう」

「ありがとうございます」

「それで、どのような支度をすればよいのですか」

「特別なことはなにもありませぬ。床がひとつあれば事足ります。太上天皇様は床に入ってわたしをお待ちください」

道鏡の言葉は流れる水のようだった。

＊　＊　＊

道鏡は太上天皇の居室の前でしばしたたずんだ。舎人や女官の姿はない。約束どおり、太上天皇が人払いをしたのだ。

部屋の中から咳き込む音が聞こえてくる。か細い、不安を孕（はら）んだ咳だった。

「失礼いたします。道鏡にございます」

声をかけると咳がやんだ。

「入りなさい」

太上天皇のゆるしが出るのを待って、道鏡は戸を開けた。

部屋の隅に結灯台（むすびとうだい）が置かれ、胡麻油（ごまあぶら）の燃える匂いが漂ってくる。室内はほんのりと明るく、炎の揺らめき具合によって道鏡の影が伸びたり縮んだりした。

太上天皇は夜具の中にいた。道鏡は傍らに腰を下ろした。

「お加減はいかがですか」

「熱があるようです。咳も止まりません」

「脈を取らせてください」

太上天皇は答える代わりにうなずいた。道鏡は夜具の中に手を潜らせ、太上天皇の手首に指を乗せた。

脈が速い。太上天皇は緊張している。

「深く息を吸ってください。これ以上吸えないとなったら、今度はゆっくりとその息を吐き出すのです」

深い呼吸を繰り返しているうちに、脈も収まってきた。それでも幾分速い。

「気の巡りが滞っているようです」

「気の巡り……」

「お疲れなのです。宿曜の秘儀で癒やしてさしあげましょう」

道鏡は腰を上げた。懐から香炉と護摩木（ごまぎ）を取り出し、結灯台の火を借りる。護摩木から煙が立ちのぼり、香りが立ちはじめた。

「なにをするのです」

　太上天皇が顔を起こした。道鏡はその額を押した。

「静かに。秘儀が終わるまで、口を開いてはなりません」

　道鏡は押し殺した声で言った。太上天皇がうなずいた。

「それでは――」

　両手で印を結び、読経をはじめる。

　いつしか、部屋には護摩の香りが充満している。

　一心不乱に経を唱えた。宿曜の秘儀は、秘儀を授けるもの、秘儀を受けるものそれぞれが心を空にし、無我の境地に至るのが肝要だった。

　護摩の煙が道鏡の唱える経をゆるりと包み込んでいく。

　護摩の香りが道鏡の声に張りついていく。読経と煙と香りが時を溶かしていく。

　太上天皇の額に汗の粒が浮かびはじめた。頬に朱が差し、唇が艶めかしいほどに赤い。

「熱い」

　太上天皇が譫言(うわごと)のように呟いた。

「体の奥が火傷(やけど)しそうに熱い。わたしはどうなっているのです」

「北辰の星が太上天皇様のお体にこもっている陰の気を取り除こうとしているのです。お静かに。口を開いてはなりません」

「熱い。熱いのです」

太上天皇が夜具をはいだ。白絹の衣一枚の体が薄暗い中に浮かび上がる。裾が乱れ、白い脚があらわになった。

道鏡は股間が熱を持っていくのを感じた。出家して以来、女人と交わったことはない。溜まりに溜まったものが行き場を求めて蠢いている。

読経の声を張り上げた。煩悩(ぼんのう)を振り払おうと激しく首を振った。

「熱い」

太上天皇が繰り返す。

「熱いのです、道鏡。体が溶けてしまいそう。なんとかしておくれ」

太上天皇が体を起こし、道鏡にしがみついてきた。汗に濡れた白絹が体に張りつき、柔らかな肉が道鏡の体で押し潰される。

「太上天皇様、お気を確かに。このままでは宿曜の秘儀が――」

口を塞がれた。太上天皇が道鏡の口を吸っている。

道鏡の頭の奥でなにかが弾けた。太上天皇を抱きしめ、床に押し倒す。

「太上天皇様が悪いのです。わたしを惑わす、太上天皇様が悪いのです」

白絹を引き裂くように脱がせ、あらわになった乳房に口を寄せる。

太上天皇が切なそうな吐息を漏らした。乳首を口に含むと、太上天皇の体が弓なりになった。

「太上天皇様――」

太上天皇が目を開けた。しっかりとした目で道鏡を見つめる。

「阿倍と呼んで」

囁きに似たその声は、喜びに震える女人のそれだった。

＊　＊　＊

道鏡が鼾(いびき)を掻いている。

太上天皇は微笑み、乱れた夜具を道鏡の体にかけ直す。指先で道鏡の頬に触れる。

途端に、体の奥の疼(うず)きがよみがえった。

それは、宿曜の秘儀がはじまるのと同時に体内に生じた。

狂おしく、切なく、甘美な疼きだ。

道鏡の読経を聞き、護摩の香りを嗅いでいるとその疼きはどんどん膨れ上がっていった。同時に体が火照りはじめ、焼け死んでしまうのではないかと畏れるほどの熱さが襲いかかってきたのだ。

太上天皇は恐怖のあまり、道鏡にしがみついた。

いや、恐怖ではなく、疼きがそうさせたのかもしれない。

道鏡と肌を合わせると、畏れは消えた。代わりに疼きが全身を覆い、太上天皇はその疼きに身を任せたのだ。

人と、いや、男と肌を触れあうことのなんと甘美なことか。喜びと愛おしさが頭の奥に満ち溢れ、あまりに幸せすぎて涙さえこぼれた。

その涙を舐め取った道鏡の舌を嚙み千切って食べてしまいたいという欲望さえ沸き起こり、やがて、太上天皇は無我の境地に陥った。

我に返ったのは道鏡の股間のものが押し入ってきたときだ。これまで感じたことのない痛みが襲ってきた。だが、その痛みでさえ愛おしかった。嬉しかった。

事が終わると、ふたりで肌を重ねたまま眠りについた。道鏡の鼾で目覚めると、咳は止まり、熱も下がっていた。

玉座に座る運命のため、これまで、男とこうして朝を迎えたことはない。

臣下や民たちは、日々、愛する者とこうやって過ごしているのだ。肌と心をゆるしあえる者がすぐそばにいてくれるのなら、どんな苦しみにも耐えられるだろう。

愛は、すべての人に等しく与えられた至福なのだ。

ただ、女人の天皇だけは、その至福を奪われる。

道鏡の鼾が止まった。瞼（まぶた）がかすかに痙攣し、やがて目が開いていく。はじめは虚ろだった瞳が焦点を結び、次の瞬間、道鏡は跳ね起き、太上天皇に平伏した。

「おゆるしくださいませ、太上天皇様」

道鏡の声が震えている。

「なにをゆるせと言うのですか」

太上天皇は微笑んだ。道鏡の喉仏が動く。生唾を呑み込んだようだ。

「大罪を犯しました」

「わたしと肌を合わせたことが大罪だと言うのですか」

「太上天皇様を穢(けが)すとは、どのような罰でもお下しください」

「太上天皇である前に、わたしは女人なのです。女人としてそなたを求め、受け入れました。それでもそなたは大罪人なのですか」

「わたしを求め……」

道鏡が顔を上げた。

「昨日、初めて会ったときから、わたしはそなたを求めていた。気づいていたのではありませんか」

「滅相もございません。わたしのような一介の僧が――」

「そなたは、御仏がわたしに遣わしてくれた癒やしなのです」

太上天皇は言った。剝き出しの乳房も、腹も、下腹部も、道鏡の前では気にならなかった。

「太上天皇様――」

「阿倍と呼べと言ったではありませんか」

「あ、阿倍様――」

「これまで、わたしは自分を殺して生きてきました。父の意思を無駄にしないため、母のため、そしてこの国のため……玉座に就いてからも、母や仲麻呂の言うがまま、玉座を退いた後もそれは同じです」

太上天皇は口を閉じた。

「き、着物をお召しにならなくては」

道鏡が立ち上がり、床に打ち棄てられていた白絹の衣を太上天皇に羽織らせた。太上天皇は白絹に袖を通した。離れようとする道鏡の手を取り、きつく握りしめた。

「阿倍様――」

道鏡が手を握り返してくる。道鏡の手は厚く、温かい。しっとりと湿っている。体に活力が注ぎ込まれてきたような気がした。

「わたしは太上天皇なのです。この国でだれも並び立つことのできない権威と威厳をそなえた者なのです。なぜ、己を殺して生きなければならないのですか」

「おっしゃるとおりにございます。阿倍様は太上天皇。ご自身の思うがままに生きればよいのです。だれがその行く手を阻めましょうか」

「わたしのそばにいてくれますか、道鏡。そなたがいてくれるなら、わたしは迷うことなく我が道を行けると思うのです」

道鏡が太上天皇の手を離し、再び平伏した。

「わたしなどに、そのような言葉をかけてくださるとは光栄至極。この道鏡、阿倍様に一生仕えます」

太上天皇は小さく首を振った。

「仕えてほしいのではないのです。共に歩んでほしい」

道鏡が顔を上げた。

「本気なのですか」

「これほど人を愛おしいと思ったのは初めてです」

「なんというお言葉——」

道鏡の目が見る間に潤んでいった。

「わたしも、御仏に身も心も捧げた僧にございます。これまで女人を愛おしいと思ったことはございません。されど、昨夜は……」

道鏡が口ごもった。

「昨夜はどうだったと言うのですか」

「わたしはこの上なく幸せでございました」

「わたしもです。とても幸せでした」

「失礼」

太上天皇は道鏡に腕を取られ、引き寄せられた。道鏡がそっと抱きしめてくる。

「共に歩んで参りましょう。わたしは、決して阿倍様のそばを離れません」

「道鏡——」

道鏡が顔を寄せてくる。唇と唇が触れた瞬間、あの甘美な疼きがよみがえった。

口を吸われ、胸を揉まれる。

太上天皇は一切を忘れ、道鏡との行為に没頭していった。

十

目の前に座った慈訓(じくん)は顔をしかめていた。仲麻呂は小さくうなずき、慈訓に言葉を促した。

「太上天皇様と道鏡のことでございます」

慈訓は汚物を吐き出すように道鏡の名前を口にした。

慈訓は聖武天皇の看病禅師(かんびょうぜんじ)として力を注ぎ、その功が認められて少僧都(しょうそうず)に抜擢された。仲麻呂と光明皇后もこの僧に信頼を置き、興福寺(こうふくじ)の別当に据えたのだ。

「保良宮にいる僧によれば、道鏡は太上天皇様の居室で長い時間を過ごしているようにございます。夜ともなれば、あられもない声が聞こえてくるとか。太上天皇と僧がそのような関係を結ぶなど、もってのほかです」

「それはまことか」

仲麻呂は言った。最近、太上天皇が道鏡という僧を常にそばに置いているという話は耳にしていたが、そこまでの関係とは知らなかった。保良宮にいる臣下たちも、あまりのことに報告するのが憚られたのかもしれない。

「間違いございません」

慈訓が言った。

「今はまだ保良宮にいる者たちしか知りませんが、いずれ、太上天皇様がこの京に戻ってこられると、大変なことになりますぞ。今のうちにふたりの関係を断たねばなりません」

慈訓の顔は苦々しげだった。保良宮の僧から聞き及ぶ話は、それほどまでに生々しいのだろう。

「しかし、相手は太上天皇様。臣下が諫めるのはいかがと思うが」

仲麻呂は答えた。

「保良宮には天皇もおりまする。天皇からの諫言（かんげん）であれば、太上天皇様も耳をお貸しするのではありませんか」

「なるほど。天皇を動かすか」

「もはや皇太后様はおらず、尚舅様はまだこちらにおわします。保良宮にいて、太上天皇様に意見できるのは天皇ただおひとりかと」

「そなたの言うことはわかる。わかるのだが……」

仲麻呂は腕を組んだ。太上天皇と天皇の仲が睦まじいのなら、慈訓の言うとおりにすべきだろう。だが、太上天皇は天皇を遠ざけようとしている。いや、はっきりと嫌っていると言ってもいい。

聖武天皇の子は自分ひとりという気概が、傍流から玉座に就いた天皇を蔑む気持ちを生んでいるのだ。

おそらくは、天皇の背後にいる仲麻呂のことも快く思ってはいないはずだ。なんとなれば、天皇を玉座に就けたのは皇太后と仲麻呂なのだから。実の母であり、皇太后を恨むことはできない。ゆえに、太上天皇の怒りと恨みは仲麻呂ひとりに向けられる。

「困ったものだ」

仲麻呂は唇を舐めた。

玉座を退いたのなら、政から離れて好きなようにすればいいものを、仲麻呂憎しの一念からか、なにかと口を挟もうとする。太上天皇であるがゆえに邪険にするわけにもいかず、その扱いには手を焼くだけだった。

「いずれにせよ、太上天皇様と道鏡がこちらに戻る前に手を打つべきかと」

「わかった。わざわざお越しいただき、ありがたい」

「これも、拙僧の務めにございますれば」

慈訓が一礼して出ていった。入れ替わりに石川年足が入ってくる。

石川年足の歩く様を見て、仲麻呂は眉をひそめた。膝から下が震え、歩くたびによろめく。部屋の外で座って待っていたのだろう。いきなり立ち上がると、足先まで血が巡らないのだ。

石川年足も衰えた。代わりになる者を育てなければと常々思っていたのだが、忙しさにかまけているうちに時が流れてしまった。

「聞いていたか」

「はい」

石川年足は苦労しながら腰を下ろした。

「足腰がだいぶ弱ってきているようだ」

「寄る年波には勝てません。本来なら、とうに退いて隠居を決め込むところですが、仲麻呂様のためにもう一働きしなければと己を鞭打っているのです」

「そなたがいてくれて、どれだけ助かったことか」

「そのお言葉だけで、この老いた体に活力が湧いてきますぞ」

石川年足が笑った。髪の毛や髭もすっかり白くなり、顔に刻まれた皺は日々、深くなっていく。

自分も同じだ。以前より食が細くなり、長く歩くと息が切れる。

老いはだれの身の上にも平等に降りかかる。

どれほど高貴な生まれでも、どれほど栄華を極めようと、いずれ老い、死んでいくのだ。

自分もやがて、石川年足のように立って歩くのにも苦労するようになる。そのうち立てなくなり、死を待つ身になるのだ。

そうなる前に、事を成さねばならない。

新羅を討ち、新たな京を造り、そこの主として君臨する。

太上天皇と天皇にはこの平城京を治めさせればいい。自分は新たな権威として新たな玉座に就くのだ。

「保良宮の件だが、わたしの耳にはなにも入ってきてはいない」

「わたしも初耳でした。おそらく、保良にいる者たちも、どうしたらいいのか判断に苦しんでいるのでしょう。なにしろ、太上天皇と僧の秘め事など、前代未聞です。聞いたことがありません」

「確かに、考えたこともなかったな」

仲麻呂は顎をさすった。

「いかがすべきだと思う」

「慈訓殿の言うとおりかと。あちらには、太上天皇様に意見できるのは天皇しかおりません。それとも、仲麻呂様自ら、保良に赴きますか」

「そのような時間はない」

「ならば、天皇に託すほかありませんな。文をお書きください。わたしが手配して、保良に送らせましょう」

「わかった。今日中に文をしたためておこう」

「なんとしてでも、太上天皇様と道鏡とやらを引き離すのです」

「わかっている。それにしても、あの阿倍様が、今になってこのようなことをするとはな」

「あのお方は長きに亘って孤独をかこっておられたのです。どうやったかまでは存じませんが、道鏡とやらがその孤独を癒やしたのでありましょう」

「余計なことをしてくれる」

仲麻呂は吐き捨てるように言った。

「天皇がうまく諫言なされるといいのですが」

石川年足が言った。

「男に惚れた女人は変わります。男に愛でられることによって自信がつき、その男を守ろうと力を尽くすようになりましょう。もし、大炊様が太上天皇の機嫌を損ねるようなことになったら厄介ですぞ」

「太上天皇になにができるというのだ」

仲麻呂は言った。紫微中台と太政官はもちろん、朝堂のほとんどすべては仲麻呂の手の内にある。玉座を退いた女人に出る幕はない。

「それでも、太上天皇様は内裏で最も高い位にあるお方です。やろうと思えばできないことはありません。男に目がくらんでいるとなればなおさら――」

「わたしがそのような真似はさせん」

仲麻呂は石川年足の言葉を遮った。

石川年足が微笑んだ。

「なにがおかしい」

「仲麻呂様も、年を取って気が短くなられたと思いまして。以前の仲麻呂様なら、慎重にも慎重を期したはずです」

「時が、それほど残されていないのだ。立ち止まっている暇はない」

「わたしの時はもっと短いでしょう。できれば、仲麻呂様がだれも昇ったことのない高みに立つのを、そばで見守りたかった」

「長生きすればよいのだ」

石川年足が首を振った。

「人の命は生まれ落ちたときから定められていると思っております。わたしの命は、そう長くはないでしょう」

「寂しいことを申すな。そなたがあってこその恵美押勝なのだぞ」

「ありがたきお言葉。この国で、尚舅様にそのようなお言葉をかけてもらえる者が他におりましょうか。御史大夫の位にもつけていただいた。これ以上、なにを望みましょう」

「そなたが自分の力で勝ち得たのだ」

石川年足が微笑んだ。

「それこそ、恵美押勝様あってこその年足でございます。尚舅様に信頼していただけたこと、この年寄には身に余る光栄でした」

「今にもあの世へ旅立ってしまいそうな物言いではないか。まだだ。そなたには長生きしてもらわねばならん」

「精一杯頑張りましょう。無駄話に大切な時を費やしてしまいました。わたしはこれにて。後ほど、使いの者をよこします。その者に文をお渡しください」

仲麻呂はうなずいた。石川年足がよろめきながら立ち上がり、幽鬼のような足取りで部屋を出ていく。その背中に暗い眼差しを向けた。

＊　＊　＊

「たいそうお怒りのご様子です」

すぐ後ろをついてきている真先が言った。

「なにに対して怒っているのだ」

「わかりません」

仲麻呂は首を振り、先を急いだ。

太上天皇が保良宮を去り、平城京に戻るという報せが届いたのは一昨日のことだった。そこには、保良宮を去る理由は書かれていなかった。

なんにせよ、戻ってくるのはもう少し先のことと思っていたのだが、太上天皇は今日、内裏に姿を現した。そのそばには僧服の男がいたという。それが道鏡なのだろう。

太上天皇は休む暇もなく仲麻呂を呼び出したのだ。

それに応じるため、仲麻呂は内裏を急いで歩いている。

「道鏡という僧も一緒か」

「はい。片時もそばを離れないとか」

内裏は改作中で慌ただしい。だが、仲麻呂が近くを通り過ぎると、だれもが手を止めた。

「こちらです」

真先が廊下を真っ直ぐ進もうとした仲麻呂を止めた。

「太上天皇様はこの部屋でお待ちです」

これまで太上天皇が居室として使っていた部屋はまだ改作の途中だった。

「すまぬ。失念していた」

廊下を右に曲がった先の部屋の前に、舎人や女官たちが侍っていた。その中に、石川年足の姿も見える。

仲麻呂が目で問うと、石川年足は首を横に振った。

なにもわからないという意味だ。

「太師様がお見えになりました」

女官がすぐに取り次ぐ。

「入れ」

中から響いてきた声は、確かに怒りを孕んでいるようだった。

「失礼します」

仲麻呂は女官の開けた戸を抜けて部屋の中に足を踏み入れた。部屋の中央に太上天皇が座り、その斜め後ろに僧服の男が座っていた。

仲麻呂は太上天皇に平伏した。

「なにゆえ、保良宮をお出になられたのですか」

「大炊をけしかけたのはそなたでしょう」

太上天皇の唇はわなないていた。

「なんのことでしょう」

仲麻呂はとぼけた。

「白々しい」

太上天皇が鼻を鳴らした。

「大炊にわたしに諫言できるような気概はない。そなたに尻を叩かれて、いやいや意見を口にしたに違いありません」

「なにを諫言されたというのですか」

太上天皇が道鏡に視線を向けた。

「わたしとこの者が不埒な関係にあると言いがかりをつけてきたのです」

「その者はどこのだれにございますか」

「僧、道鏡にございます。尚舅様」

道鏡が答えた。低くよく通る声だ。見目麗しいというわけではないが、人を引きつけるなにかがあった。

「道鏡はわたしの看病禅師。保良宮で病に伏せっていたわたしを治療してくれたのです。おかげで快復しましたが、いまだ予断をゆるさず、道鏡には常にそばにいてもらっています」

「なるほど」

「それを大炊は下品な勘ぐりをして、太上天皇の権威を傷つけたのです。そなたの差し金ではないとするなら、断じてゆるせません」

「怒りをお収めくださいませ」

仲麻呂は言った。

「天皇はおそらく、太上天皇様への衷心から――」

「黙りなさい」

太上天皇が鋭い声を発した。

「これまでは大炊を玉座に据えた母上とそなたのためと思い、大炊が成らぬ事を成しても我慢してきましたが、それももう限界です。大炊の顔は見たくもない。わたしの宮は改作中で使えぬということですから、ちょうどいい。わたしは法華寺(ほっけじ)に居を移します」

「それは出家なさるという意味ですか」

太上天皇がうなずいた。

仲麻呂は唇を舐めた。天皇に腹を立てているのは確かだろう。だが、出家して法華寺に住むというのは方便だ。臣下たちの目がわずらわしい内裏を出て、道鏡と人目を憚らずに好き勝手にしたいというのが本音だろう。

「法華寺は母上が建立した縁の寺ですから」

不比等の邸を光明皇后が受け継ぎ、そこを寺にしたのが法華寺だ。皇室にとっても、藤原の者にとっても特別な寺である。

出家してそこに住むと言われれば、反対する言葉を仲麻呂は持ち合わせなかった。

保良宮を出てからの道すがら、太上天皇は綿密に計画を練ったのだ。

「しかし、太上天皇様が出家なされるとすれば、政の方はいかがするのです」

「これまでどおり、政は大炊とそなたが担えばよいでしょう」

太上天皇が言った。仲麻呂は肩から力が抜けていくのを感じた。

太上天皇は道鏡と仲睦まじくしていたいだけなのだ。政に口を挟むつもりはないらしい。それならそれで好きにすればいい。

僧侶との睦言（むつごと）に没入する太上天皇を臣下と民たちは嘆き、嗤（わら）うだろう。

皇室の権威が貶（おとし）められることになる。

仲麻呂にとって、それは悪い話ではなかった。

「ただし――」

仲麻呂の心を見透かすように、太上天皇は大きく開いた目を仲麻呂に据えた。

「臣下の賞罰は国の大事ですから、わたしが担います」

仲麻呂は太上天皇の目を見返した。

「なんとおっしゃいました」

「臣下の賞罰はわたしが決めます」

朝堂の人事を、天皇、ひいては仲麻呂から取り上げるという宣言だった。

「それはなりませぬ」

「なぜです。わたしは太上天皇。この国を導いていく責任があるのです。そのために、賞罰を決める。なんの問題があるのですか」

仲麻呂は口を閉じた。太上天皇の言葉は正論だった。

「明日、その旨の詔を出します。準備をしておきなさい」

「太上天皇様――」

「長旅で疲れました。道鏡に癒やしてもらいますから、もう、下がりなさい」

「太上天皇様――」

「下がれと言ったのです。そなたまで、わたしに逆らうつもりですか。それならば――」

太上天皇は最後の言葉を飲み込んだ。

しかし、それで十分だった。自分の意に従わぬのなら、政も自分で決める――太上天皇はそういうつもりなのだ。

「それでは、わたしはこれで失礼いたします」

「ご苦労でした」

太上天皇が微笑んだ。

仲麻呂はもう一度平伏し、太上天皇のもとを辞去した。

部屋の外で石川年足が待ち構えていた。

「いかがでしたか」

仲麻呂は石川年足をぎろりと睨んだ。

「太上天皇様はわたしと戦をするおつもりのようだ」

「戦ですと……」

仲麻呂はうなずき、乱暴な足取りで歩き出す。

「いいでしょう、阿倍様。そちらがそのつもりなら、わたしもわたしの思うままに振る舞うだけ」

すでに北辰の門はくぐったのだ。決して退かず、決して立ち止まらず、前に進むのみ。

色気に血迷った太上天皇など、自分の敵ではない。

仲麻呂は笑みを浮かべた。

＊　＊　＊

仲麻呂は呆然として石川年足の亡骸を見下ろした。

石川年足の妻子が嘆く声も耳を素通りしていく。

石川年足の具合がよくないと聞かされたのは七日ほど前のことだった。仲麻呂は腕のいい医師たちを石川年足の邸に送り込み、なんとしてでも快癒させよと命じた。

だがそれもむなしく、石川年足は身罷ったのだ。

「早すぎるではないか、年足」

仲麻呂は呟いた。その場に崩れ落ちるように腰を下ろし、石川年足の手を取った。石のように冷たい手だった。

「袁比良も逝き、そなたも逝った。この恵美押勝、これからだれを頼ればいいのだ」

尚蔵(くらのかみ)兼尚侍(ないしのかみ)であった妻の袁比良が亡くなったのは三月(みつき)ほど前の六月のことだった。袁比良は尚蔵兼尚侍として内裏に絶大な影響力を持ち、仲麻呂と太上天皇や天皇の間を取り持っていた。

袁比良が死んだことで、太上天皇は仲麻呂に対する敵意をあらわにするようになったのだ。

それだけでも大きな痛手だったのに、今度は腹心の死だ。

石川年足は忠実な能吏だった。仕事は手際よく、仲麻呂の望みをだれよりも早く察知し、だれよりも速く手を打つ。

人望もあり、厄介な件も石川年足に任せると不思議とまとまった。

袁比良と石川年足を失ったということは、両腕を失ったにも等しかった。

足元が揺らいでいる。

「父上、しっかりしてください」

一緒に弔問(ちょうもん)に来た真先に肩を揺すられた。

「大丈夫だ」

仲麻呂は答えた。

「御史大夫を失ったのは確かに痛手ですが、父上の地位は盤石です」

「ならばよいのだが」

仲麻呂は息子の顔を一瞥した。自分は若くして父を失い、叔母の光明皇后の後ろ盾を得たとはいえ、苦労して力を蓄えていった。だが、息子たちは違う。父親である自分の庇護のもと、苦労も挫折も知らずにここまで来たのだ。

すぐ近くにある危機の匂いを感じ取る能力が悲しいほどに欠けている。

臣下の栄華など蜃気楼(しんきろう)のようなものだ。どれほど揺るぎないものに思えても日が雲の中に隠れれば消えてしまう。

だからこそ、仲麻呂は天皇に代わる新たな権威を欲したのだ。ただひとりの栄華ではなく、一族が末代まで恩恵に浴せられる栄華。藤原南家を皇室と同じ高みに置き、仲麻呂個人ではなく、家門そのものが権威を帯びる。そうなって初めて、枕を高くして寝られるというものだ。

袁比良を失った後、仲麻呂は三男の訓儒麻呂をはじめとする数名の腹心に尚侍の代わりを務めさせる策を取った。

訓儒麻呂たちを天皇の周りに侍らせ、天皇の動きが太上天皇に伝わらぬよう目を光らせるように命じたのだ。

今回も同じような策が必要だった。

石川年足に代わる能吏などどこにもいない。複数の人間に石川年足が担っていた役割を分担させるのだ。

「行くぞ」

仲麻呂は真先を促し、腰を上げた。石川年足の冥福を祈り、邸を後にする。

「太政官の席を増やす」

田村第に向かいながら、仲麻呂は真先に告げた。

「議政官を増やすというのですか」

「年足が担っていた役割を複数の議政官に肩代わりさせる。そのためには議政官の数を増やさねば」

「しかし、そう簡単に事が運ぶでしょうか。またぞろ、しきたりがどうのと言って駄々をこねる輩が出てくるはずです」

「それをなんとかするのがおまえの役目ではないか」

仲麻呂は声を荒らげた。

「も、申し訳ありません」

「そんな体たらくで、わたしが死んだらどうするのだ。おまえが藤原南家を導いていかねばならんのだぞ」

「肝に銘じます」

仲麻呂は鼻を鳴らした。殊勝な物言いだが、頼りない。自分が真先の年頃には、燃えるような野心に突き動かされ、遮二無二前に進もうとしていたはずだ。

「議政官の増員はどれほどとお考えなのですか」

真先が訊いてきた。仲麻呂はしばし頭を捻った。

「十五名がよかろう」

「十五ですか」

真先の声が裏返った。

無理もない。現在の太政官の議席は九つ。それを一気に十五に増やせというのだ。真先でなくても慌てふためく。

「それだけの数が必要だ。しっかりと根回しするのだ」

「は、はい」

真先の顔が青い。これから自分がやらねばならぬことに思いを馳せているのだ。

「おまえがわたしの後を継ぐのだ。これぐらいのこと、難なくやってみせよ」

仲麻呂は真先の尻を叩いた。

「お任せください」

そう答える真先の声は、やはり頼りなかった。

＊　＊　＊

太師　恵美朝臣押勝

御史大夫　文室真人浄三（ふんやのまひときよみ）

中納言　藤原朝臣永手

氷上真人塩焼（ひかみのまひとしおやき）

白壁王（しらかべおう）

参議　藤原朝臣真楯（またて）

藤原朝臣弟貞（おとさだ）

藤原朝臣御楯（みたて）

藤原朝臣巨勢麻呂（こせまろ）

藤原朝臣真先

藤原朝臣清河（きよかわ）
藤原朝臣訓儒麻呂
藤原朝臣朝狩
中臣（なかとみの）朝臣清麻呂（きよまろ）
石川（いしかわの）朝臣豊成（とよなり）

新たな六名を加えた太政官の名簿が仲麻呂の机の上に置かれていた。

十五名に増員するのにもあちこちで反対の声が上がり、さらに過半が藤原の者で占められると知って、反対の声は怨嗟の声となって朝堂を駆け巡っていた。

藤原とはいっても、北家と南家の者だけで、式家（しきけ）と京家（きょうけ）の者はひとりも含まれていない。南家にいたっては仲麻呂を筆頭に、息子が三人、席に名を連ねている。

前代未聞の太政官人事だということは仲麻呂も心得ていた。だが、背に腹は代えられない。石川年足亡き後の太政官をうまく運営するには、また、太上天皇を牽制するにはこれだけの人数が必要だったのだ。

式家の藤原宿奈麻呂（すくなまろ）がこの人事に関してあちこちで恨み言を口にしているという話が仲麻呂の耳に入っていた。

式家は藤原広嗣の乱以降、凋落（ちょうらく）の一途を辿っていた。宿奈麻呂は地方職を転々とするだけで、位階も従五位上（じゅごいのじょう）のままだ。北家と南家の者たちに比べれば天と地ほどの差が開いている。

恨みつらみが積み重なるのは仕方がないが、すべては兄の広嗣が招いたことなのだ。

仲麻呂は訓儒麻呂に、式家に目を光らせておくよう命じた。

血は争えない。となれば、広嗣の弟である宿奈麻呂も謀反を企むおそれがある。

新たなる太政官を発足させ、新羅征伐、保良の新たなる京の造営に専念しようとしていた矢先、驚くべき報せが飛び込んできた。

「父上、太上天皇様は、造東大寺司（ぞうとうだいじし）の長を新たに任命しようとしているそうにございます」

「なんだと」

報せを携えてきたのは真先だった。

造東大寺司は、ここ数年、仲麻呂がその人事を握ってきた。東大寺は越前（えちぜん）に荘園を持っており、そこからの収入は莫大なものがある。造東大寺司の任命権は政を司る上でも重要だった。

現在の造東大寺司の長は坂上犬養（さかのうえのいぬかい）。仲麻呂に忠誠を誓う男だった。

「だれを長にしようというのだ」

「聞き及んだところでは、佐伯今毛人（さえきのいまえみし）とか」

「なんと――」

仲麻呂は絶句した。佐伯今毛人は仲麻呂を妬み、誹（そし）る輩の一員だ。太上天皇がそのことを知らないわけがない。

この人事は仲麻呂への当てつけであり、東大寺の持つ富と力を手中に収めようという企みでもあった。

「そのようなことが、昨日今日、突然決まったわけがない。以前からの企みだろう。なぜ、今までそれに気づかなかったのだ」

仲麻呂は真先を叱責した。

「申し訳ありません。法華寺でのことは、探ることも容易ではなく——」

「黙れ」

仲麻呂は真先を睨みつけた。石川年足であれば、このような失態は犯さない。

今さらながら、あの男を失った大きさに気づかされる。

「父上、いかがいたしましょう」

しばらく無言でいると、真先がおずおずと口を開いた。

「どうもこうもあるまい。賞罰を決めるのは太上天皇なのだ」

「このまま捨てておくというのですか」

仲麻呂は首を振った。

「造東大寺司にいる手の者に、佐伯を失脚させるための手立てを講じさせるのだ。自分の任じた者がしくじれば、太上天皇もしばらくは静かにしているだろう」

「承知いたしました」

「これぐらいのことは、おまえ自身で考え、動けるようにならねばな」

真先がうなずいた。

「行け」

仲麻呂は命じた。真先が出ていくと、腕を組み、太い息を吐き出す。

太上天皇が仲麻呂の牙城であった造東大寺司に手をつけた。この話は瞬く間に朝堂に広がるだろう。だれもが、仲麻呂と太上天皇の不和を知ることになる。不安に眉をひそめる者がいれば、手を叩く者も出てくるだろう。

それぐらいのことでは仲麻呂の築いた城壁はびくともしないが、手を打つに越したことはない。

法華寺の内情を摑める者が必要だった。

道鏡は太上天皇の寵愛を得て、この世の春を謳歌しているらしい。高位の僧侶ですら、道鏡には遠慮しているという話も耳に入ってくる。

栄華を手に入れる者がいれば、それを妬む者もいる。妬みはたやすく憎しみに昇華する。

仲麻呂はそのことを身をもって知っていた。

「道鏡よ。そなたの近くにこそ敵は潜んでいるのだ」

仲麻呂はひとりごち、部屋の外で侍っている資人を呼んだ。

「慈訓を呼べ」

慈訓ならば、自分と同じように道鏡の存在を憎々しく思っている者を知っているだろう。その人間に、太上天皇と道鏡の動向を探らせるのだ。

＊　＊　＊

太上天皇は夢見心地だった。

道鏡に肩を抱かれ、髪を撫でられている。こんなふうに満ち足りた時を持てるとは、以前には考えられなかったことだった。

「仲麻呂はこの人事を受け入れるかしら」

太上天皇は言った。

「受け入れます。それしかないからです。百官の賞罰を決めるのは阿倍様。仲麻呂がいかに力を持っていようとも、この理は変えられません」

道鏡が答えた。その声は低くよく通り、自信に満ちている。

「しかし、だからといって安心はできませんぞ、阿倍様。東大寺は仲麻呂の拠り所。必ずや反撃に出てまいりましょう」

「太上天皇の命に刃向かおうというのかしら」

「焦りは禁物です。仲麻呂は光明皇后の庇護の下、長い年月をかけて力を蓄えたのです。一朝一夕にその力を奪うことはかないません。少しずつ、少しずつあやつの力を削っていくのです。いずれ、あの者は丸裸にされ、阿倍様に逆らう気力も奪われましょう」

太上天皇は目を閉じ、うなずいた。

父のような天皇でありたかった。父のような太上天皇でありたかった。

それがかなわなかったのは寄り添ってくれる者がいなかったからだ。

父には母がいた。藤原不比等と橘三千代の娘であり、父母の類い希なる能力を受け継いだ女傑だ。

母は父に寄り添い、父亡き後は同じ血を引く仲麻呂を見守った。

だが、娘である自分には寄り添おうとはしなかった。

本来は基王が就くはずだった玉座。仕方なく娘を座らせたが、本意ではなかったのだろう。

長い間孤独だった。天皇としての力をふるってみたかったが、力の使い方を教えてくれる者がいなかった。寄り添ってくれる者がいなかった。

今は違う。道鏡がいる。

自分を愛し、寄り添い、力添えをしてくれる者がついに現れたのだ。

これが御仏の慈悲でなくてなんだというのだろう。

御仏は道鏡を遣わし、この国を思うように導くがいいとおっしゃっているのだ。

「仲麻呂の力を削いだ後には、天皇を廃するがいいでしょう」

道鏡が言葉を続けた。

「天皇は仲麻呂の息がかかった者。必ずや阿倍様の行く手を遮ろうとするでしょう」

「大炊を廃して、だれを玉座に据えるのですか。相応しい者が思い浮かびません」

「相応しい者がおらぬのであれば、阿倍様が再び玉座に座ればいいのです」

「わたしが……」

太上天皇は目を開けた。道鏡が太上天皇の顔を覗きこんでいる。

「さよう。重祚(ちょうそ)なさるのです。そもそも、太上天皇と天皇が並び立つというのはおかしなことだとは思われませんか。古来、高みに立てるのはひとりだけなのです」

道鏡が微笑みかけてくる。愛おしさが心に沸き起こり、太上天皇は目を伏せた。まだ外は明るいし、僧侶と女官が近くにいる。夜になるのを待たねばならない。

夜が待ち遠しくて仕方がなかった。

「お父上が太上天皇として力をふるわれたのは、阿倍様を守ろうとしてのこと。阿倍様は今や立派な太上天皇。だれに守ってもらう必要もありません。ならば、太上天皇の地位も必要ないではありませんか。天皇として、再びこの国を正しい方向に導くのです」

「そなただけです」

太上天皇は吐息のような声で言った。

「そなただけが、心よりわたしのことを案じてくれる」

道鏡がまた微笑んだ。

「望みを言いなさい。このわたしが、そなたの望みをなんでもかなえてあげましょう」

「わたしの望みは、こうして阿倍様のおそばにいられること。それ以外のなにを望みましょう」

心が温かいもので満ちていく。太上天皇は指先で道鏡の唇に触れた。

「わたしはこの国の太上天皇。民の上に立つ者。そなたを仏教界の天皇にしてさしあげましょう。

僧侶たちの上に立つのです」

道鏡の舌が指先を舐めた。体の芯が熱くなっていく。

「民の王と僧侶の王。共に並び立ち、この国を正しき道へと導きましょう」

「仰せのままに」

道鏡に抱き寄せられ、唇を吸われた。太上天皇は道鏡の体に腕を回し、きつく抱きしめた。

＊　＊　＊

「新羅征伐はどうなさるのですか」

藤原御楯が言った。御楯は藤原房前の六男。仲麻呂の娘、児依(こより)を娶り、実の息子のように尽くしてくれる。仲麻呂は御楯を授刀衛(じゅとうえい)の長――授刀督(たちはきのかみ)に任じ、軍事面の重鎮としてその功に応えていた。

授刀督としては、新羅征伐の行く末に関心を持つのは当然だった。

「今はそれどころではないのだ」

仲麻呂は酒を啜りながら応えた。御楯の盃は酒が満ちたままだった。

「それはわかりますが、しかし……」

御楯が口ごもる。家人たちが酒肴を運んできたのだ。袁比良が亡くなってからは、児依が田村第のあれやこれやを取り仕切っている。御楯もよく顔を出すようになった。

「兵たちの間に動揺が広がっているのか」

家人たちが去ると、仲麻呂は口を開いた。

「いいえ。兵たちの士気は高うございます。ただ、いつ戦地へ赴くことになるのかと気にかける者も多いので」

太上天皇との対立が表面化し、足元が揺らいでいる今、新羅征伐を強行することは愚の骨頂だった。

戦は負担が大きいため、臣下たちの反発を招きやすい。息子を兵に取られる民たちも怨嗟の声を上げる。

戦に勝ち、褒美をたんまり振る舞えば、反発も怨嗟もたちどころに消えるとわかっていても、足を踏み出すのは容易ではなかった。

仲麻呂の策が功を奏し、造東大寺司の長となった佐伯今毛人はほんの数ヶ月で失脚した。今は仲麻呂の息がかかった者がその職に就いている。

緒戦は仲麻呂が勝利した。しかし、太上天皇が矛を収める様子はない。

ひとりだったときには扱いやすい女人にすぎなかったのに、そばに道鏡を得てからは水を得た魚のように生き生きとしている。

光明皇后がもう少し生きながらえていてくれたなら、娘が僧侶と枕を共にすることをゆるしたりはしなかっただろう。

新羅征伐も順調に進み、保良の京も完成し、仲麻呂は新たなる権威を手に入れるはずだったのだ。

口惜しい。

しかし、ここで立ち止まるわけにはいかなかった。

「新羅征伐はしばらくはないものと思え。しかし、兵たちの鍛錬は怠るな。わたしに不満を持つ者たちが、謀反を企むかもしれん」

「それは心得ております」

御楯がうなずいた。

「これまで、死んだふりをしていた者どもが、今こそ好機と言わんばかりに息を吹き返しております。まるで墓場からよみがえる悪鬼のようです」

「愚か者どもが。ほんの少し風の向きが変わっただけで世の理までもが変わると勘違いしているのだ。なにも変わりはしない。道鏡を追い出し、またこれまでどおりの政に戻すだけだ」

外の空気が変わったのを察し、仲麻呂は口を閉じた。

「道鏡様がお越しです」

家人の声が響く。

「通せ」

仲麻呂は間髪を容れずに応じた。

「それでは、わたしはこれで失礼します」

御楯が腰を上げた。戸が開き、道鏡が姿を見せる。

「失礼いたします。道鏡にございます」

「入るがよい」

仲麻呂は座ったままうなずいた。

「これは授刀督様」

御楯に気づいた道鏡が一礼する。

「道鏡殿」

御楯も頭を下げ、退室した。

道鏡は仲麻呂の向かいに腰を下ろした。物怖じする様子は一切ない。

「わたしにどのようなご用でしょうか」

道鏡は仲麻呂の目を見て言った。

「特にこれといった用はないのだ。ただ、一度腹を割って話しておくべきかと思ってな。そもそも、そなたとこうして顔を突き合わせるのは初めてではないか」

「もっと早くにご挨拶にうかがうべきでしたが、太上天皇様が常にそばにおれとおっしゃるもので」

道鏡は悪びれることなく言った。

「回りくどいやり方は嫌いなのだ。率直に申してもよいか」

「なんなりと」

「太上天皇様のもとを離れてくれ。代わりに、そなたには広大な荘園をひとつ与えよう。そなたは弓削(ゆげ)の一族。そなたひとりだけでなく、一族にとってもいい話だと思うのだが」

「せっかくのお申し出ですが、受け入れるわけには参りません」

仲麻呂は右の眉を吊り上げた。

「それでは足りないと申すのか」

「そうではありません」

道鏡が首を振る。

「太師様の申し出は身に余る光栄。されど、わたしは太上天皇様のおそばを離れることはできないのです」

「なぜだ」

「心の底から太上天皇様をお慕いしているのです」

仲麻呂は道鏡をまじまじと見つめた。

「本気で申しているのか」

「はい。わたしは僧侶。この年になるまで女人に心を寄せたことはございません。されど、太上天皇様はわたしの心を瞬く間に摑んでしまったのでございます。これは太上天皇様を慕い、尽くせという仏の御心。ゆえに、わたしはあのお方のそばを離れるわけにはいかないのです」

「わたしを敵に回すことになるやもしれんぞ」

「畏れ多いお言葉。わたしなどが太師様の敵になどなれようはずがありません。しかしながら、太上天皇様がどんな苦難からもわたしを守ってくれるはずです」

道鏡の表情には一瞬の揺らぎもなかった。太上天皇の心をしっかりと摑んでいるという自信の表れだ。

「太上天皇の後ろ盾を得て、太師であるわたしに刃向かおうと言うのか。わたしだけではなく、藤原のものすべてがそなたを潰しにかかるぞ」

「もしそうなったとしても、それもまた仏の御心でありましょう。わたしは僧としてそれを受け入れるだけにございます」

道鏡の目に浮かぶものを、仲麻呂は判じかねた。もちろん、野心はある。野心のない男など、この世には存在しない。

しかし、道鏡の目が孕んでいるのは野心だけではなかった。

「そなたの考えはよくわかった。下がるがいい」

「太師様は率直な方だとうかがっておりました。噂は正しかったようですな」

「僧は僧の法を守っていればよいのだ」

「臣下が臣下の法を守るようにですな」

道鏡はうっすらと笑みを浮かべ、腰を上げた。

「失礼いたします。太師様と話ができて、大変嬉しく思います」

道鏡が出ていった。仲麻呂は身じろぎもせず、宙を睨み続けた。

＊　＊　＊

法華寺に戻ると、弟の弓削浄人(きよひと)が待ち構えていた。道鏡は若くして仏門に入ったが、浄人は官人である。位階の低い下級官吏(かんり)だ。道鏡が太上天皇の寵愛を得たと知った弓削の一族から、浄人を出世させてほしいという嘆願が頻繁に寄せられるようになった。浄人も、官衙より法華寺にいることの方が多くなっている。

弓削の一族にとって、今の状況は千載一遇の機会だった。太政官など、政を主導する場は限られた氏族に生まれた者たちで占められ、それ以外の者は閑職に追いやられる。どれほどの能力があり、どれほどの努力をしたとしても、家柄を超えることは難しい。

だが、一族の者が貴い血筋のお方の寵愛を得たとなれば話は一変する。うまく事を運べば、弓削一族が藤原一族を凌駕する栄華を手に入れることも可能になるのだ。

「いかがでしたか、兄上」

浄人が道鏡と肩を並べた。

「恐ろしい男だ」

道鏡は答えた。

「いかにも、太師ですからな。人臣の位を極めた恵美押勝。いくら藤原の者とはいえ、並外れた男でなければそこまでの出世はかないません。しかし、兄上、恐れることはありませんぞ。兄上には太上天皇様がついているのです。太師、正一位といえども、太上天皇様に逆らうことはできますまい」

道鏡は眉をひそめた。浄人は口が軽い。頭に浮かんだことをそのまま口に出さずにはいられないのだ。そのせいで失言も多く、出世の妨げになっている。

「それでも、侮るべきではない」

「もちろんそうでしょうとも。それはわかっているのです。わたしが言いたいのは――」

「少しは口を閉じていろ。この寺にも、仲麻呂が遣わした間者(かんじゃ)がいるやもしれんのだぞ」

浄人が口を閉じた。

「わたしは太上天皇様のもとに参る。おまえは官衙に戻れ」

「官衙に戻ったところで、木簡を削る作業が待っているだけです。それよりも、ここにいて兄上の手足となって働く方が――」

「官衙に戻れと言ったのだ」

道鏡は語気を強めた。

「わかりました。仰せに従います」

浄人が背を向け、歩き去っていく。道鏡はその背中に一瞥をくれ、溜息を漏らした。

浄人が出世の機会を前にして目の色を変えるのはしかたがない。人というのはそういうものなのだ。だが、そのようなことで太上天皇を煩わせたくはないというのが道鏡の本音だった。

太上天皇が自らやりたい政を執り行うために陰から支える。それが自分の役目だと思っている。

道鏡が太上天皇の居室に到着すると、ちょうど中から勅旨省(ちょくししょう)の役人が出てくるところだった。役人たちは道鏡に一礼して去っていく。

勅旨省は太上天皇が自ら設置した新しい役所だ。仲麻呂に牛耳られている太政官を経ることなく、太上天皇の命を各所に伝達するのがその役目だった。

以前、仲麻呂が紫微中台を設置したその役割をそのまま担わせたらよい――太上天皇にそう勧めたのは道鏡だった。

「道鏡様がお見えです」

廊下に侍っていた女官のひとりが声を張り上げた。

「通しなさい」

そう答える太上天皇の声には喜びが感じられる。道鏡と共にいることをなによりも嬉しく思っているのだ。

「失礼いたします」

道鏡は部屋に入り、一礼する。太上天皇は書に目を通していた。勅旨省の役人が持ってきたものだろう。

道鏡が腰を下ろすと、太上天皇が甘い声を出す。

「もっと近くに」

「されど――」

「そなたの息づかいをそばで感じたいのです」

太上天皇の目が潤んでいる。そばを離れたのはほんの一刻ほどの間なのだが、道鏡が恋しくてたまらなかったらしい。

「どうでしたか、仲麻呂は」

道鏡が隣に腰を下ろすと、太上天皇は子犬のように体を預けてきた。

「阿倍様のもとを離れれば、広大な荘園を与えてくれるそうです」

「あの者の言いそうなことです」

太上天皇が鼻を鳴らした。

「あの者には人の情というものが理解できないのです。人はみな高みを目指し、そこに至るためには邪魔なものを切り捨てるのは当然と考えているのです――心配だったのですよ。そなたが仲麻呂に捕まり、酷い責め苦を与えられているのではないかと」

「さすがにそのようなことはなさらないでしょう」

「あの者を甘く見てはだめです。やらなければならないと思えば、他人の目など気にせずにやり遂げる。これまで、わたしはあの者のやりようをこの目で見てきたのですから」

「肝に銘じます」

道鏡は答え、太上天皇の髪をそっと撫でた。太上天皇が吐息を漏らす。

「わたしには夢があるのです」

「知っております」

道鏡は微笑んだ。これまでに何度も枕元で聞かされた夢だ。

「わたしとそなたでこの国を統べるのです。わたしは民の上に立つ天皇として、そなたは仏法を司る法王(ほうおう)として、共に手を携え、この国を統べるのです。父上と母上がそうしていたように」

「わたしは阿倍様のおそばに仕えることができるだけで幸せに存じます」

「しかし、それを実現させようとすると、必ずや仲麻呂が邪魔をしてくるでしょう」

太上天皇の耳には道鏡の言葉は届いていないようだった。

「ならば、あの者を今いる場所から引きずり下ろさねばなりません」

「阿倍様――」

「必ず成し遂げて見せましょう。これまで、わたしはあの者の陰で息を潜めて生きてきました。ですが、もうそういうわけにはいきません。わたしにはそなたがいるのです。もうひとりではない」

太上天皇の目が熱を帯びていく。

「仲麻呂を斃し、日の当たる場所に出るのです。聖武天皇の血を引く唯一の天皇として、再び大極殿に座するのです」

「思うがままの道を進めばいいのです。阿倍様は太上天皇。聖武天皇の血を引く女人。どの道を進まれようと、仏は加護を与えるでしょう。そして、このわたしはどこまでも阿倍様について参ります」

道鏡は太上天皇の髪を撫でながら言った。太上天皇が微笑んだ。とろけるような笑みだった。

「そなたこそ、仏がわたしに与えてくれたご加護なのですよ、道鏡」

道鏡はこらえきれず、太上天皇に顔を寄せ、唇を吸った。

* * *

仲麻呂は地方から送られてきたいくつかの書簡に目を通し、唸った。

どれもこれも、干魃による被害と、民の飢餓を訴えるものだ。

道鏡の出現で朝堂が騒がしくなり、妻の袁比良や腹心だった石川年足が身罷り、様々なことが滞るようになってしまった今、天候までもが仲麻呂に逆らおうとしているように思える。

太上天皇を怒らせる天皇の徳のなさが干魃を招いたのだと、民が怨嗟の声を上げているという報せも耳に入っていた。

これまで淀みなく流れていた川が、いきなり逆流に転じたかのような変わりようだ。

新羅征伐もかなわず、保良宮の造営もままならず、天皇に並び立つ権威を身にまとうという計画は頓挫しつつあった。

「このままではすまさぬ」

仲麻呂は唇を噛んだ。舌の上に血の味が広がっていく。

北辰の門は開いたのだ。その門をくぐり、真っ直ぐに伸びた道を進んでいけばいずれは辿り着くはずだった紫微垣が遠のいていく。

こんなはずではなかった。光明皇后が死んでも、すべてがうまく行くように足元を整えていたのだ。

それなのに——太上天皇が権威を振りかざし、臣下たちがそれになびく。

だれがこの国を支えていると思っているのか。天皇ではない。太上天皇でもない。断じて違う。

太師にして正一位、藤原仲麻呂こと恵美押勝が政の中心にいて初めて、この国は滞りなく回っていくのだ。

「わたしがいなくなってみろ。太上天皇は政を恣にするぞ。道鏡に特権を与え、政からしきたりまで、すべて踏みにじる。それがなぜわからんのだ」

仲麻呂は宙を見据えた。心の奥でどす黒いものが猛（たけ）っている。

兵を挙げ、道鏡もろとも太上天皇を殺してしまえ。さすれば、この国はおまえのものだ。

どす黒いものがそう囁く。

「だめだ」

仲麻呂は首を振った。王権の簒奪は自分の望むことではない。新たな権威として君臨しなければ意味がない。

唐を見よ——どす黒いものが言葉を続ける。

あの中原（ちゅうげん）の地を見よ。血にまみれた簒奪者たちが新たな国を立ち上げるのが、あの地のしきたりだ。だれも新たな王朝の創始者を簒奪者とは呼ぶまい。易姓革命を成し遂げた勇者と讃えられるのだ。

おまえも力で王権を奪い取るがいい。新たな国を打ち立て、新たなる天皇として舵を取るのだ。

太上天皇がなんだというのだ。皇室に生まれついたというだけの女人ではないか。生まれたときからすべてを与えられ、なんの苦労もなしに権威を掌中にした。基王が死ななければ顧みられることもなかった女人だ。

それに比べて、おまえはどうだ。力を得る前に父を失い、寄る辺なき身で政に身を投じた。這い上がっていくのにどれほどの辛苦を経なければならなかったか。おまえは自らの力で今の座に就いたのだ。おまえこそが新たな王――皇帝に相応しいではないか。

仲麻呂はうなだれた。

「欺瞞（ぎまん）を言うな」

どす黒いものに言葉を投げかける。

「藤原の一族に生まれたからこそ、わたしは今の座にあるのだ。光明皇后の加護があったからこそ、政の頂点に立てたのだ。中原の地で王朝を打ち立てた者たちは政の外れにいた者たちだ。だからこそ、易姓革命で王権を手に入れても詰られることはなかったのだ。それまでの政に不満を持つ者たちにとっての英雄だからだ。だが、わたしは違う。わたしは藤原の氏上。光明皇后の甥。今上天皇に父と慕われる男。そのような者が王権を簒奪したら、臣下は元より民からも蔑まれる。新たな国を打ち立てたところでついてくる者はおるまい。ならぬ、ならぬ。武力ではなく、政で権威を手に入れねばならぬのだ」

仲麻呂は口を閉じ、頭を上げた。

どす黒いものはどこかに消え失せていた。

十一

「よくぞ戻られました」

太上天皇はかつての師、吉備真備の姿が目に入ると満面の笑みを浮かべた。

「長らく尊顔を拝見することもかないませんでしたが、長生きもしてみるものです」

吉備真備も柔和な笑みを湛えた。

仲麻呂に疎まれた真備が大宰に左遷されて久しい。この間、真備は遣唐副使として二度目の入唐を果たし、仲麻呂の新羅征伐においては行軍式を作成する中心人物として関わっていた。

それでも京に戻ることはゆるされず、今年に入って致仕の申し出を行ったのだ。

太上天皇と真備の師弟関係を知る者が、その旨を天皇に伝える前に太上天皇に報せてきた。

真備を呼び戻すべきだと言ったのは道鏡だった。今後、仲麻呂と対峙するうえで、真備の知恵は必ず役に立つはずだ。

道鏡は正しい。いつだって正しいのだ。常に太上天皇を思い、太上天皇のために知恵を絞ってくれる。

もっと昔に道鏡と出会っていたなら――ついつい、そんな埒もないことを思ってしまう。

道鏡がいてくれれば、母の思うままにはならなかっただろう。仲麻呂に力を与えることもなかっただろう。

娘として父の目指した政を受け継ぎ、未来永劫栄え続ける日の本としてこの国を導いていけたはずだ。

「どうなされました、太上天皇様」

無言になったことを心配したのか、真備が声をかけてきた。

「なんでもありません。ただ、そなたとの懐かしい過去に思いを馳せていたのです」

「太上天皇様はまだ少女でした」

「そうですね。なにも知らず、そなたの授けてくれる知恵に驚き、学ぶ喜びに打ち震えていたものです」

「そう言っていただけると、光栄至極です」

「座りなさい。老体に長旅はこたえたでしょう」

「二度も唐に渡ったのだから、大宰から京までの旅などどうということはあるまいと思っていたのですが、どうやら寄る年波には勝てぬようです。くたびれました」

真備は微笑みながら腰を下ろした。

「造東大寺司の長として、これからそなたは正面切って仲麻呂と対峙することになります」

「心得ております」

「勅旨省という役所を作ったのです」

「聞き及んでおります。太上天皇様の命を各所に伝えるための機関とか。紫微中台と似たようなものでしょう。さすがは太上天皇様と膝を打ちました」

「勅旨省がわたしとそなたの間を取り持ちます」

「それがよろしいでしょう。わたしが造東大寺司の長を務めることになれば、仲麻呂はより一層警戒を強めます。元より、わたしは太師には蛇蝎(だかつ)のごとく嫌われておりますし」

「あの者は、自分より優れた者が憎いのです」

太上天皇は言った。

「太上天皇様のためとあれば、この老体に鞭打って働きましょう」

「嬉しい言葉です。本当に、どれほどお会いしたかったか。真備殿がそばにいてくれればと思ったことは数えきれません」

「太上天皇様、あなたこそがこの国の礎なのです。思うがままの道をお進みください。吉備真備、微力ながらお支えいたします。しかしながら、藤原仲麻呂は強大な敵です。ゆめゆめ、侮ってはなりません」

「そのつもりです。わたしは政をあの者から取り戻し、この国をあるべき姿に戻すつもりです。すべては天皇を中心に。臣下が天皇をないがしろにするなどもってのほか。仲麻呂を斃し、大炊を廃し、重祚します」

真備がうなずいた。

「ひとつ、申しておくことがあります。道鏡という僧がいるのです。看病禅師なのですが――」

「それも聞き及んでおります」

「気にはなりませぬか」

真備が首を振った。

「思う道をお進みなされと言ったではありませんか。男と女が惹かれ合うのは世の道理。太上天皇と僧だとて、違いはありません」

「心が広いのですね」

「唐でいろいろなものを見聞きして参りましたゆえ」

真備の笑顔はいつでも柔らかい。その笑みを見ているだけで心が満たされていく。

道鏡を得、吉備真備を取り戻した。

もう恐れるものはなにもない。後は前に進むだけだ。

道鏡と手を携え、この国を導いていく。父の望んだ政を進めていく。臣下の横暴によって揺らぐことのない国を造るのだ。

太上天皇は誇らしい気持ちで真備を見つめた。

「必ずや仲麻呂を打ち倒し、この国のあるべき姿を取り戻しましょう」

真備は柔らかい笑みを湛えたままで冷たい声を放った。

＊　＊　＊

「吉備真備が造東大寺司の長だと」

仲麻呂は目を吊り上げた。

「わたしはなにも聞いていないぞ。だれが呼び戻したのだ」

「太上天皇のようです」

藤原御楯が答える。

「また、あの女人か」

「齢七十になるゆえ、致仕したいという奏上があったそうですが、それがなぜか、天皇より先に太上天皇の目に留まったとか」

「致仕はかまわぬが、大宰に留め置くべきだった。それが、造東大寺司の長とは――」

仲麻呂は唇を嚙んだ。目眩を覚えるほどの怒りが身を焼いている。

「それほどの人物ですか」

「この国でだれよりも知恵を持つ男だ。兵法にも詳しい。太上天皇に仕え、造東大寺司を手中にするとなると厄介だ」

「配下の者に見張らせましょう。おそらく、太上天皇は勅旨省を通じて吉備真備と連絡を取り合うでしょう」

「そうせよ。決して油断するな」

「肝に銘じます」

仲麻呂は細めた目を御楯に向けた。石川年足を失って以来、苛立ちが増す一方だったが、このところの御楯の働きぶりは目を瞠るものがあった。

御楯が実の兄弟であれば――そう思うこともしばしばある。信頼に足る弟だった乙麻呂はとうに天に還った。その下の巨勢麻呂も頑張ってはいるが、ぬきんでたものを内に秘めているのは御楯だ。実の兄弟である永手や真楯らに背を向け、妻の父たる仲麻呂に尽くしてくれている。授刀衛の長としての実力もさることながら、政における立ち居振る舞いにも抜け目がない。

御楯ならば、石川年足の代わりを担うことができる。仲麻呂はそう踏んでいた。

「事は長だけでは収まりません」

御楯が言った

「ご存じとは思いますが、我らに与する者たちが太上天皇の勅により、次々と別の部署に異動させられております」

造東大寺司を巡る太上天皇との綱引きは、次第に仲麻呂側の旗色が悪くなっている。官吏の任命権を太上天皇が握っている以上、致し方のないことではあった。

「なんとかならぬか」

「こればかりは」

仲麻呂は腕を組んだ。越前にある東大寺の領地から入ってくる収入は莫大だった。造東大寺司を掌中に収めた者は、その莫大な富を好きに使うことができる。これまでは仲麻呂の独壇場だった。

まさか、太上天皇が再び造東大寺司に目をつけるとは思いもよらなかった。しかも、吉備真備を呼び戻し、長に任命するとはまさに青天の霹靂だ。

あの女人ひとりの考えであるはずがない。道鏡が唆したのだ。仏僧であれば、東大寺の越前領のことは熟知しているだろう。

「道鏡め」

仲麻呂は歯嚙みした。

「その道鏡ですが……」

御楯が口を開いた。

「法華寺を見張らせているのですが、隙がありません」

機を見て道鏡を殺すことはできないかと、御楯には言ってあった。

「そうか」

「政には直接関わってはおりませぬゆえ、失態を見つけだすのも困難です」

そこが問題なのだ。野心を剝き出しにして政を牛耳ろうというのなら、いくらでも対処のしようがある。だが、道鏡は太上天皇に傅くばかりだ。弟の弓削浄人が出世を狙って舌なめずりしているようだが、位階が低すぎて処断したところで大勢に影響はない。

「天皇がお心を痛めているようです」

「そうであろうな」

仲麻呂はうなずいた。

官吏に賞罰を与える力を太上天皇に奪われて以降、天皇の顔色をうかがう者は日に日に減っている。太上天皇に嫌われている天皇に媚びを売り、出世の道を閉ざそうという者などあるはずもない。

鈴印が天皇の手元にあるのがわずかな救いだった。鈴印を手にする者こそ、皇室の主と見なされる。

「飢饉で飢える者が多いせいか、疫病の勢いが止まりません。なにか手を打たねば」

「わたしにどうしろというのだ」

仲麻呂は声を荒らげた。

「干魃も疫病も、政ではどうにもならぬ」

御楯が唇を噛んだ。御楯もどうにもならないことはわかっているのだ。それでも口にせずにはいられない。それほど民の暮らしぶりは逼迫している。

すべてが悪い方に流れている。御楯の言うとおり、なにか手を打たねばならない。だが、そのための策が一向に浮かばないのだ。

光明皇后が生きていれば。石川年足や乙麻呂が生きていれば。

考えても詮ないことばかりが頭に浮かんでは消えていく。

＊　＊　＊

「仲麻呂はどう出てきますか」

「なにもできません」

道鏡は太上天皇の髪を梳きながら答えた。

「官吏の賞罰を決めるのは阿倍様。どれだけ腹に据えかねようと、仲麻呂は口出しできぬのです」

「保良からこの京に戻ったおり、そなたが賞罰を掌握せよと言ったときは首を捻りました。どうせなら、すべての権限を大炊から奪ってしまえばいいものを、官吏の賞罰など、小事に思えたのです。今から考えると浅はかでした」

「すべてを一時に奪えば、向こうも激しく抗います。少しずつ、真綿で首を絞めるように力を奪っていくのが得策でしょう」

「しかし、吉備真備を大宰から呼び戻し、造東大寺司の長に据えるというのは、その策とは相反するのでは」

「あの者の目はごまかせません。どうせ真備殿を呼び戻すなら、意表を突くのが一番。真備様を造東大寺司の長に据え、東大寺の持つ越前領からの収入を一気に仲麻呂から奪う」

「仲麻呂は激怒してなにをしでかすかわからないのでは……」

「それこそこちらの思う壺ではありませんか」

道鏡は髪を梳く手を止め、代わりに太上天皇の肩を揉んだ。

肌も肉も軟らかい。出会った頃は凝り固まっていたが、太上天皇の体は日に日に若さを取り戻していく。女として目覚めた体が喜びに打ち震えているのだ。

太上天皇が吐息を漏らした。

「どうしてそなたに触れられただけで体の芯が疼くのでしょう」

「わたしも阿倍様に触れただけで股間が熱くなります」

道鏡は素直に応じた。もはや、恥じらいなどいらぬ仲になっている。

「夜が待ち遠しい」

「わたしも同じ気持ちにございます」

「嬉しい言葉……そなたはなにを言えばわたしが喜ぶか、ちゃんと知っているのですね」

「阿倍様の喜びは、わたしの喜びです」

「愛おしい男……愛おしすぎて食べてしまいたいぐらい」

「お召し上がりください」

道鏡は右腕を太上天皇の顔の前に突き出した。

「阿倍様に食われて死ぬなら本望」

太上天皇が声にならない声を漏らした。

「本気で言っているのですね。わかります。わたしにはそれがそなたの本心だとわかるのです」

「阿倍様に嘘は申しません」

太上天皇が道鏡の上腕に歯を立てた。心地よい痛みが全身に広がっていく。

「次はどんな手を打つのですか」

「待つのです。仲麻呂は武力をその手に握っている。焦れば、こちらが不利になります。じっとして相手の出方をうかがう。時が経てば経つほど、向こうが焦るようになるでしょう。これまでの仲麻呂の政に不満を持つ者たちはもちろん、仲麻呂に与していた者たちですら、賞罰の権限を持つ阿倍様の顔色をうかがうようになります。仲麻呂は朝堂で孤立していきましょう。自業自得です。人の心に一切の配慮をせずに来たのですから」

「あの者には人の心がないのです」

「いずれ、追い詰められた仲麻呂は阿倍様に反旗を翻すでしょう。そのときのために、ひっそりと手を打ちましょう。仲麻呂の持つ武力を、これまた真綿で締め上げるように少しずつ奪っていくのです」

「僧などではなく、はじめから官吏を務めればよかったのです。そなたなら、あっという間に出世の階段を昇ったでしょうに」

「わたしの家柄では、朝堂での出世などたかが知れております。それに、仏の教えこそがわたしの心を打ったのです。僧になったからこそ、こうして阿倍様にお仕えすることができた。官吏になっていたら、お目通りすらかなわなかったでしょう」

「共に墓まで行きましょう」

太上天皇が自分が嚙んだ道鏡の腕をさすった。

「わたしが与えられるものはすべてそなたに与えます。代わりに、そなたはそなたの心をわたしに差し出すのです」

「そんなお言葉は必要ありません。わたしの心はすでに阿倍様のものなのですから」

道鏡は太上天皇を引き寄せ、そっと抱きしめた。

＊　＊　＊

「大宰より戻りました」

吉備真備が頭を下げた。内裏でばったり出くわし、そのまま田村第まで連れてきたのだ。

「向こうで死ねばよかったものを」

仲麻呂は歯に衣を着せずに言った。吉備真備が苦笑する。

「相変わらずですな、仲麻呂様は」

「押勝だ。恵美押勝という天皇より授かった名前がある」

「そうでしたな。これは失礼いたしました、押勝様」

「なぜ戻った」

「太上天皇より、造東大寺司の長になれと勅を受けたのです」

「そんなことはわかっている。老い先短い年寄なら、そんな仕事は引き受けず、隠居するのではないか。それほどまでにわたしが憎いか」

「そのようなことはありません。新羅征伐の行軍式を作るのは心躍る仕事でした。そのような任を与えてくれた押勝様には感謝するだけです」

「その新羅征伐は当面行えぬ」

「それに、太上天皇様は、かつてわたしが学問を教えた縁があります。その太上天皇様から乞われて、断ることができましょうか」

「わたしは年寄だからといって容赦はしないぞ」

吉備真備が笑った。

「存じております」

「道鏡には会ったか」

仲麻呂は訊いた。

「何度か、言葉を交わしました」

「どのような男だ」

「それをわたしに訊くのですか」

「人の本質を見抜くのに、そなたほど適した者はいないだろう」

「本当に変わっておられないのですな、押勝様は」

「話してくれ」

仲麻呂は吉備真備を促した。

「話せと言われても、それほど長い時間一緒にいたわけではないのです」

「そなたが思うことだけでよい」

「なぜ、わたしが話さねばならぬのですか」

「よいではないか。道鏡の人となりを知りたいのだが、わたしの手の内の者は近づけん」

吉備真備の笑みが大きくなった。

「押勝様のいいところはなにごとにおいても率直なところですな」

「政には根回しが必要だが、それ以外のところでは悠長なことが嫌いなのだ」

「存じております」

「さあ、もったいぶらずに話せ」

「道鏡は太上天皇様に惚れております。太上天皇様もまた、道鏡に惚れております」

仲麻呂は右の眉を吊り上げた。

「太上天皇と一介の僧侶だぞ」

「そうであるまえに、ひとりの男とひとりの女でありましょう。互いに惹かれ合っているのです」

「若い男女ならいざしらず、どちらもそれなりの年齢ではないか」

「色恋に年は関係ないのではありませんかな。太上天皇様の長い年月の孤独を道鏡が癒やした。太上天皇様の清らかさが道鏡の心を打った。そんなところでございましょうか」

「本気で言っているのか」

「はい」

「政に色恋を持ち込むなど、正気の沙汰ではないぞ」

「それほどまでに、太上天皇様の孤独は深く、苦しいものであったのです。その心を癒やすはずであった光明皇后様は政にかまけ、押勝様もまた、あのお方の心のありようには無頓着だった。そうではありませんか」

仲麻呂は唇を舐め、吉備真備の顔を見つめた。

「自分に都合のいい者を玉座に就けるための捨て石。それが太上天皇様であったのでしょう。光明皇后様もそこは同じ。他に適当な者がおらぬから、太上天皇様を玉座に座らせた。本人は露ほども望んではいなかったというのに」

吉備真備は平然と仲麻呂の視線を受け止めていた。

「意中の者が現れると、すぐに太上天皇の座に追いやり、あとは見向きもしない。どれほど心が傷ついていたことでしょう。道鏡がその傷を癒やしたのです」

「ならば、政に口出しなどせず、道鏡と昼も夜もまぐわっていればよい」

「お忘れですか。太上天皇様は聖武天皇の娘なのです。聖武天皇は自分の理想とする政を太上天皇様にもお教えになった。太上天皇様は聖武天皇と同じ道を歩みたいのです」

「そのようなことは聞いた覚えがない」

仲麻呂は鼻を鳴らした。

「太上天皇様にお訊きになったことはおありか」

「ない」

「ならば、聞いた覚えがなくても当然ですな」

「そなたがわたしの立場でも訊きはすまい」

「わたしなら伺いを立てます。あの方は天皇であったのですし、今でも太上天皇なのですから。天皇あってのこの国なのですよ、押勝様」

「天皇の言葉にはしかと耳を傾けている」

「今の天皇が自分にとって都合のいい天皇だからでございましょう。押勝様、押勝様にとって天皇とはなんですか。まさか、自分が天皇に成り代わろうと考えているのですか」

「馬鹿を言うな」

仲麻呂は即座に否定した。

天皇になりたいわけではない。力ずくで天皇の座に就いたところで従うものはわずかだ。

自分が目指しているのは天皇ではない。

天皇は祭祀を司り、皇帝は政を司る。

耳慣れた言葉が頭の奥で響いている。

「押勝様の政は悪いことばかりではない」

吉備真備が言った。

「押勝様のおかげで民の暮らし向きはだいぶましになりました。しかし、政の中枢に自分の意のままになる者ばかりを並べたのはいただけません」

「わたしの意のままになる者たちだからこそ、民のためになる施策を次々と打ち出せたのだ」

「政は時間をかけなければ。不比等様なら、そのようにしたでしょう」

「だから、祖父には時間が足りなくなったのだ」

「それでも、時間をかけるべきなのです。時間が足りないと嘆く者は政に加わるべきではありません」

「見解の相違だな」

　仲麻呂は吐き捨てるように言った。

「押勝様が皇室の生まれなら、類い稀なる天皇になったでしょう。されど、押勝様は藤原の者、臣下の身。分をわきまえるべきかと」

「そなたこそ分をわきまえるべきではないのか」

「わたしは京へ呼び戻してくださった太上天皇様へ忠義を尽くすのみ」

「京へ舞い戻ったことを後悔することになろう」

「片や皇室の長、片や臣下の長。勝ち目はありませんよ、押勝様」

「わたしには天皇がついているのだ。鈴印はあの方の手元にある」

「それでは、わたしはそろそろおいとまさせていただくことにしましょう。年寄にこそ、時間は足りないのです」

「だれかに邸まで送らせよう」

「それには及びません。大宰や唐であちこち歩き回っていたおかげで、足腰はまだ丈夫なのです」

　仲麻呂はうなずいた。

「押勝様とこのように話をするのは初めてのこと。なかなかに楽しゅうございました」

「容赦はせんぞ」

「わたしも容赦はいたしません」

吉備真備は微笑みながら出ていった。

十二

「各地の正倉(しょうそう)に火が放たれる事件が頻発しているようです」

巨勢麻呂が渋面(じゅうめん)を作って言った。

「どういうことだ」

仲麻呂は巨勢麻呂を睨みつけた。

「国司や郡司(ぐんじ)が正倉の中の物に手をつけていたのでしょう。それが発覚するのを恐れて火をつけているのだと思われます」

「ろくでなしどもめ」

「倉が燃えてしまえば、中にどれだけの米が蓄えられていたかわからなくなりますゆえ」

昨年の干魃による飢饉は収まる様子を見せず、それどころか、今年も干魃が続き、地方の民の疲弊は目を覆わんばかりになっていた。民を救うため、諸国の正倉に蓄えられている米を差し出すように命じたのだが、燃えてしまったのではなんの足しにもならない。

父、武智麻呂の晩年も、干魃や飢饉、疫病が諸国に襲いかかった。その対処に追われているうちに武智麻呂自らも疫病に冒され、没したのだ。

「わたしにも父と同じ道を辿れというのか」

仲麻呂は拳を強く握った。

「今、なんとおっしゃいましたか」

巨勢麻呂が聞き返してくる。

「なんでもない。他には」

「銭の改鋳(かいちゅう)の件ですが、効果が出るどころか、京のあちこちでものの値段が上がってしまっております」

現状を打開しようと銭の改鋳を命じたのだが、それも裏目に出たようだった。

「京の東西には、乞食(こつじき)に身を落とした民たちが溢れ返っております」

仲麻呂は机の上の硯(すずり)を鷲摑みにし、壁に投げつけた。

「兄上、なにをなさるのです」

「すまん。頭に血が上ったのだ」

仲麻呂は深い呼吸を繰り返した。

以前はこうではなかった。やることなすこと、すべてがよい方向に向かって回っていったのだ。だが、今は逆だ。なにかをすればするほど窮地に追いやられる。

「お怒りはごもっともですが、しかし——」

「御楯を呼べ」

仲麻呂は巨勢麻呂の言葉を遮った。

「急いで対策を練らねばならん。御楯を呼ぶのだ」

「その御楯でございますが……」

巨勢麻呂が言葉を途中で飲み込んだ。

「御楯がどうかしたのか」

「ここ数日、体の具合が優れぬと申して寝込んでいるようなのです」

「なんだと。まさか——」

「疫病やもしれません」

「ならん、ならんぞ」

仲麻呂は立ち上がった。落ち着かない足取りで室内を歩き回る。

「医師を送れ。看病禅師も御楯の邸に向かわせるのだ」

「承知しました」

「なんとしてでも御楯を救うのだ」

巨勢麻呂が急ぎ足で出ていく。仲麻呂は宙を睨んだ。

「ならんぞ、御楯。死んではならん」

同じ言葉を譫言のように繰り返した。

＊　＊　＊

仲麻呂の祈りもむなしく、六月九日、藤原御楯は没した。

底なし沼にはまってしまったかのような無力感に襲われたが、悲嘆に暮れている暇（いとま）はなかった。急ぎ、授刀督の後任を決めねばならない。

授刀衛はもともと、太上天皇が立太子されたのを機に設立された授刀舎人を管理するもので、彼女を警護することが任だった。その長である授刀督に御楯を据え、仲麻呂自らが動かすことのできる戦力に置き換えたのだ。

御楯の後任に息のかかった者を据えねば、太上天皇に兵力を与えることになる。

「失礼いたします」

藤原真楯の声が響いた。

「入れ」

仲麻呂は声を張り上げた。戸が開き、真楯が部屋に入ってくる。

「座るがいい」

真楯がうなずき、仲麻呂の向かいに腰を下ろした。

「御楯のことは残念極まりない」

「押勝様は御楯をたいそう可愛がっておられました」

「婿（むこ）であったこともあるが、あれの才はそばで見ていて気分のいいものだった。そなたといい、御楯といい、房前叔父上はいい息子を持った」

「それを聞けば、父もあの世で喜んでおりましょう」

「今日、そなたを呼んだのは他でもない、そなたに御楯の後を継いでほしいのだ」

「わたしに授刀督になれとおっしゃるのですか」

「嫌か」

真楯が頭(かぶり)を振った。

「しかし、なぜわたしなのですか。押勝様には息子たちがいるではありませんか」

「藤原南家だけの栄華を欲しているわけではないのだ」

仲麻呂は答えた。

「北家、南家、京家、式家、四つの家が栄えてこそ、藤原不比等も喜ぶというもの。御楯が死んだのなら、北家の者をその後任に据えるというのは至極当然ではないか」

「なるほど」

「そなたが八束と名乗っていた当時から、わたしはそなたの才を買っていた。覚えているか」

「はい」

「その才を、わたしのために使ってほしいのだ。北家と南家が力を合わせれば、藤原の一門はさらに強固になる」

「承知しました。授刀督の任、お引き受けいたします」

「そうか。よろしく頼むぞ、真楯」

「授刀衛の掌握を急ぎます」

「そうしてくれ」

「では、これにて」

真楯が出ていき、入れ替わりに巨勢麻呂が入ってきた。

「真楯殿はなんと申しておりましたか」

「引き受けてくれるそうだ」

「おお、それはよかった」

巨勢麻呂の顔に安堵の色が浮かんだ。

「しばし待て」

仲麻呂は筆を執った。太上天皇に奏上する文書をしたためる。

御楯の後任には真楯が望ましいことを、理路整然と書き記した。読み返してみても、どこにも隙がない。これでは、太上天皇も真楯の就任に異を唱えることはできないだろう。

「これを法華寺に届けろ」

「は――向こうは難癖をつけてくるのではありませんか」

「そうはいかん。藤原北家の後任には藤原北家の者を。いかに太上天皇とて、それに異を唱えることはかなわん。藤原の一門すべてを敵に回すことになる」

「それでは、届けて参ります」

巨勢麻呂の姿が消えると、仲麻呂は目頭を揉んだ。

御楯の死が肩に重くのしかかっている。

授刀衛の長としての力量はもちろん、太政官の一員としてもその才は傑出していた。石川年足亡き後の自分の右腕として、存分に力を発揮してもらうつもりでいたのだ。

「なぜ死んだのだ、御楯よ」

仲麻呂は呟いた。

光明皇后の死がはじまりだった。妻の袁比良、石川年足、そして御楯と、自分が新たな権威を身にまとうのに必要な者たちが次々と死んでいく。

これは分不相応な野心を抱いた自分に対する天罰なのだろうか。

「そんなはずはない」

仲麻呂は独りごちた。

「わたしは諦めん。ここで諦めたら、今までの苦労はなんだったというのだ。決して諦めてなるものか」

仲麻呂の唇がわななないた。

＊　＊　＊

吉備真備がやって来たと家人が告げた。

「真備殿が」

藤原真楯は首を傾げた。吉備真備が大宰から戻り、造東大寺司の長の座に収まったのは知っている。

太上天皇の肝いりだ。

だが、真楯はその件には関わらぬと決めていた。仲麻呂ひとりが権勢をふるうのは腹立たしいが、あの者もまた藤原の一族。不比等の血を引く者だ。足を引っ張りたくはない。

「お通しして酒膳の用意をせよ」

真楯は家人に命じ、腰を上げた。客をもてなす広間に移動する。間を置かずに吉備真備も姿を現した。

「ようこそいらっしゃいました、真備殿。お座りください」

真楯は真備を座らせ、その向かいに自分も腰を下ろした。

「突然やって来て申し訳ございません。お忙しいのではありませんか」

「忙しいと言えば忙しいし、忙しくもないと言えばそうでもあります」

真楯は答えた。吉備真備が微笑む。

「八束と名乗っていたころと変わりありませんな、真楯様は。摑み所がない」

「褒め言葉と受け取っておきましょう。それで、なんのご用です」

「太上天皇様の使いとして参りました」

「太上天皇様の……」

真楯は正座した。

「膝をお崩しください。確かに太上天皇様の使いとして参りましたが、詔書の類いを持ってきたわけではないのです」

「さようですか」

真楯は膝を崩した。肺に溜めていた息をゆっくり吐き出す。

「太師より、授刀督を命じられた。間違いございませんね」

「ええ。御楯の代わりを務めろと」

「真楯様は授刀督を引き受けていかがなさるおつもりですか」

「いかがと問われても、責務を果たすとしか答えようがありませんな」

吉備真備が苦笑した。

「言葉を変えましょう。真楯様は太師に忠誠を尽くすおつもりか」

真楯は腕を組んだ。口をきつく閉じ、吉備真備を見据える。

「真備殿の心の裡をはかりかねますな」

「藤原の一族の団結を重んじるのか、それとも臣下としての忠義に重きを置くのかと訊ねているのですよ」

「それはもちろん、藤原の者である前に、わたしは天皇に仕える臣下です」

「太上天皇様がわたしを造東大寺司の長に据えた真意はわかっていますね」

「太師と戦う決意をされたということでしょう」

「理は太上天皇様にあります」

「政は理でのみ動くわけではありません」

吉備真備がうなずいた。

「ですから、太上天皇様に理のみではなく、力を与えたいと思っているのです。ご存じのように、京を固める兵力のほとんどは太師の掌中にある」

「しかし、授刀衛が太上天皇に忠誠を誓えば話は違ってくるというわけですか」

「もともと授刀衛は太上天皇様の身辺を警護するために設けられたもの。その本来の職務に立ち返るのです」

「わたしになんの得があるのでしょう」

真楯はうっすらと微笑みながら訊いた。

「太師亡き後の座」

吉備真備が即座に答えた。

「しかし、太上天皇様の周りにはすでに真備殿と道鏡がおるではありませんか」

「わたしのような年寄はすぐに消えまする。それに、道鏡殿は……太上天皇様は確かにあの者を寵愛なさっておりますが、自分のお立場はわきまえておられます。道鏡に政を任せるおつもりはないでしょう」

「つまり、うまく立ち回れば、わたしが太政官を主導することも可能だと」

「さようです」

「しかし、問題がひとつあります」

「なんでしょう」

吉備真備が眉をひそめた。

「鈴印を持っているのは天皇。鈴印を持つ者こそがこの国の主です」

真楯は言った。

「確かに、そこが問題ですな。今、この国には主が三人いるのです。太上天皇様、天皇、そして太師。あるべき姿に戻すべきだとは思いませんか」

「しばし、時間をください。すぐに返答できる問題ではないですからね」

吉備真備がうなずいた。

「酒膳を用意させております。よろしければ、酒を酌み交わしながら、唐の話などしていただけませんか」

「喜んで」

吉備真備が相好(そうごう)を崩した。

＊　＊　＊

「納得がいきません」

紀伊保(きのいほ)が鼻息荒く言った。議政官の半分ほどがうなずいている。

「なぜ、この件に太上天皇様が口を挟まれるのですか。鈴印をお持ちの天皇の裁可なく、詔を出すことはできないはず」

「しかし、内裏の長は太上天皇様なのだ」

仲麻呂は答えた。

昨年の暮れ、紀寺(きでら)の奴婢(ぬひ)である益人(ますひと)なる者が、昔紀氏の娘が生んだ子どもたちを訳あって紀寺に住まわせていたのだが、庚寅年籍(こういんねんじゃく)が作られたおり、その子どもたちが誤って寺の奴婢とされてしまった。益人らはその子どもらの子孫であるが、良民(りょうみん)として戸籍を回復してもらいたいと訴えてきたのだ。

乾政官——太政官でその経緯を調べたが、益人の訴えはもっともであるという者と、年籍に間違いはないという者で意見が分かれてしまったのだ。

結論の出ないまま、太上天皇の裁決を仰ごうということになり、太上天皇は益人らを良民とせよと決めた。

だが、その決定に紀氏の氏上である紀伊保が異を唱えた。

紀伊保に同調する議政官たちも、それぞれに奴婢を抱えている。その奴婢たちが太上天皇の気持ちひとつで奪われることになるかもしれないのだ。どの顔にも今回の裁決に従うわけにはいかないという強い意志が表れていた。

「我々は天皇の臣下ではないのですか」

紀伊保は駄々をこねる子どものように首を振った。

「聖武天皇が太上天皇に退いてからも政を担ったのは、天皇が女人であったから。今上天皇は男であり、太師様の支えもある。太上天皇様が政に口を挟む謂(い)われはありません。そもそも、国家の大事と賞罰を決めると仰せになったのは太上天皇様ではありませんか。これが国家の大事と言えるのですか」

「我々にどうしろと言うのだ」

「太上天皇様に決定を覆すよう上奏を――」

「ああ見えて頑固なお方なのだ。臣下の上奏を受け入れるとは思えん」

仲麻呂は言った。

「ならば、わたしは従わぬだけです。詔ではないのです。従う道理もない」

仲麻呂はこめかみに指をあてがい、揉んだ。これ以上話を続けても埒があきそうにない。

「ならば、好きにするがいい」

「そうさせていただきます」

紀伊保は憤然とした様子で乾政官の議場から出ていった。

「よろしいのですか」

巨勢麻呂が近づいてきて耳打ちする。

「どうしろというのだ。太上天皇様の裁決を仰ぐと決めたのはそなたたち議政官だ。そして、詔ではないのだから従う道理はないという紀伊保の言い分にも筋は通っている」

仲麻呂は巨勢麻呂に答えながら他の議政官たちを見渡した。

この件が紛糾(ふんきゅう)したとき、仲麻呂は天皇の裁決を仰ごうと意見を口にした。だが、多くの議政官は天皇ではなく、太上天皇の裁決を仰ぐべきだと仲麻呂の言葉に異を唱えたのだ。

かつてはそのようなことは起こり得なかった。だれもが仲麻呂の決定に黙々と従ったのだ。

仲麻呂より太上天皇に媚びを売った方が得策だと考える臣下が増えている。

ならば、太上天皇になにができるかを教えてやろう――そう思い、議政官たちの意見を通してやったのだ。

太上天皇がどのような決定を下し、それに対して紀伊保がどう出るかはわかっていた。議政官の多くもそれに賛同する。

「さて、どう出ますかな、阿倍様」

仲麻呂は呟いた。

「なんとおっしゃいましたか」

巨勢麻呂が怪訝な顔をした。

「なんでもない。太上天皇様が決定を下したのだ。あのお方が自分でなんとかするだろう」

「しかし――」

「よいのだ。放っておけ」

仲麻呂は腰を上げた。

「もう帰るぞ」

「し、しかし、兄上――」

なおも言い募ろうとする巨勢麻呂を振り払い、仲麻呂は議場を後にした。

＊　＊　＊

「太上天皇様は大変な剣幕でした」

朝狩が盃を傾けながら言った。

「そうであろう」

仲麻呂はうなずき、四男である息子の顔を見つめた。

紀伊保が自分の命に従わず、議政官の多くもそれに賛同していると知った太上天皇は、自らのもとに御史大夫である文室浄三と仁部卿(にんぶきょう)である朝狩を呼びつけ、自分の命に臣下たちを従わせよと叱責したのだ。

臣下が書面による太上天皇の命に従わず、直々の口勅(こうちょく)を下されるなど、前代未聞の出来事だった。

「しかし、ああまでされたのでは、我々としても従う他はありません」

「もともと勝ち目のない戦だったのだ。仕方あるまい」

仲麻呂も盃を傾けた。

「しかし、これで太上天皇様も鈴印が手元になければなにひとつ思いどおりにはならぬと悟ったであろうな」

「鈴印の持ち主こそが、この国の主ですから」

朝狩が言った。

「ならば、鈴印を手元に置きたいと思うのが人であろう」

「しかし、鈴印は天皇が持っているのですよ。いかに太上天皇であろうとも、天皇から鈴印を奪うなど——」

「それしか手がないなら、やる。わたしならそうする。天皇を廃して鈴印を我が物とし、重祚する」

「まさか、いくらなんでも——」

「太上天皇の位にありながら、僧と枕を共にするお方だぞ。なんでもおやりになる」

「ならば、父上はどうなさるのです」

「あのお方が重祚なさったら、わたしはお終いだ。全力で阻止しなければならん」

「どうやって……」

「最近はそのことについてずっと思案しているのだ」

仲麻呂は言い、酒を啜った。

太上天皇が天皇を廃そうとするなら、迎え撃つまでだ。天皇を擁し、太上天皇こそ逆賊だと各国に檄(げき)を飛ばす。

兵力は圧倒しているのだ。旗色をうかがっていた者たちも、こぞって仲麻呂のもとに集うだろう。

太上天皇に勝ち目はない。唯一の不安は、吉備真備が向こうにいることだった。

間違いなく仲麻呂陣営を切り崩しにかかるだろう。どれだけの者が寝返るか。

戦いの帰趨（きすう）はそこにある。

「我らに与する者たちに目を配れ」

仲麻呂は言った。

「その者たちを鼓舞し、向こうに勝ち目はないと触れ回るのだ」

「承知いたしました」

朝狩がうなずいた。

「真楯はどうしている」

仲麻呂は藤原真楯の顔を脳裏に浮かべた。紛糾する乾政官でも、ひとり涼しい顔をして議論の行方を眺めている。

兄の永手より、よっぽど切れる。御楯の代わりが務まるのは真楯しかいなかった。

「授刀衛を掌握し、配下の者たちの信頼も篤いとか」

「そうか。あの者ならば心配はいらぬ。しかし、返す返すも……」

仲麻呂は言葉を濁した。御楯を失った痛手は大きすぎた。石川年足がおり、御楯がおれば、ここまで足元が揺らぐことはなかったはずだ。

「戦になりますか」

朝狩がおそるおそる訊いてきた。

「なる」

仲麻呂は即座に答えた。

「向こうにその気がなくても戦に持ち込む。太上天皇を廃し、道鏡を殺す」

新羅征伐はかなわなかった。その代わり、逆賊たる太上天皇を討ち、国を救った英雄として新しい京に凱旋するのだ。

天皇と並び立つ新たな権威として政を担い、その座を子々孫々まで繋いでいく。

「武力に頼るつもりはなかった。すべてはあなたが招いたことですよ、阿倍様」

仲麻呂は呟き、盃に残っていた酒を一息で飲み干した。

十三

「長い役名ですね」

天皇は仲麻呂が渡した書面を見ながら眉をひそめた。

書面には都督四畿内三関近江丹波播磨等国兵事使と書かれている。十国から兵二十名ほどを都督衙に呼び寄せ、五日交替で練度を確認するための役職だ。要は仲麻呂がさらなる軍事力を手に入れるために設置する。これが通れば、京に今より多くの手兵を入れることができる。それぞれの国から数十名ずつ、計数百人の兵を調達すれば、仲麻呂がこれまで抱える兵を合わせて千を超える兵力となる。

太上天皇側がどれだけの兵をかき集めようと、数では仲麻呂に到底及ばない。

「これを許可するのはかまわないのですが、太上天皇様がどう思われるでしょうか」

天皇の顔色は優れなかった。保良宮から戻って以降、ずっとそうなのだ。太上天皇に冷たくあしらわれ、臣下たちからも軽く見られている。

唯一の頼みの綱は仲麻呂だが、その仲麻呂にしてもかつての力はない。

「大仰に考えることはありません。飢饉や疫病で世の中に不穏な空気が立ちこめております。そうした風潮に対抗するための措置であり、役職とお考えください。太上天皇様もお認めになるでしょう」

天皇が仲麻呂を見つめた。書面を持つ手は震え、仲麻呂に向けられた目は不安を孕んでいる。

「父上、今後はどうなるのですか」

「どうにもなりません。これまでどおり、天皇とその尚舅として政を執り行っていくのです」

「女官たちが申しておりました。近々、父上と太上天皇様が衝突すると」

仲麻呂は笑った。

「女官ごときになにがわかるというのです」

「父上、わたしは恐ろしくて眠ることもままならないのです。教えてください。これからなにが起こるのですか」

天皇は膝をついた。縋るように仲麻呂の手を取る。

「わたしは天皇です。心の中にあるものをお話しください。そうでなくては、父上のお役に立つこともできません」

仲麻呂は唇を舐めた。

目の前の男に、命を懸けて戦う気概はあるだろうか。なにもしなければ、玉座から追い落とされ、流刑に処されるか殺されるかしかない。ならば、死に物狂いで戦うしかあるまい。

「太上天皇はあなたから鈴印を奪おうとするでしょう」

「鈴印を……どうやって」

「廃するのです。あなたを廃し、自らが重祚する」

「いかなる理由でそのようなことを――」

「お忘れですか。あの方はあなたを誹謗(ひぼう)して天皇のものである臣下の賞罰を決める権利を取り上げた。その気になればどんな理由でも作り上げるでしょう」

「わたしは、わたしはどうすればいいのですか」

「平然とした顔で玉座に座っていればいいのです。あなたのことはこの恵美押勝が守ってみせます。怯える天皇を臣下はどう思うでしょう。これは頼りにならん、ならば太上天皇に与した方がよさそうだ。そう考えるのです」

仲麻呂は息をついた。

「そう考える臣下が増えれば増えるほど、形勢は太上天皇に有利になる。しかし、天皇が泰然としていれば、臣下も平静でいられます」

「わたしは――」

「この恵美押勝がついているのです」

仲麻呂は語気を強めた。天皇が生唾を呑み込んだ。

「わたしが掌握する兵は千を超えます。向こうがどのような手を使ってこようが、叩きのめすまで。どうか、ご安心を」

「わ、わかりました。父上あってのわたし。父上を信じてまいります」

「そうしてください。鈴印がある限り、理はこちらにあるのです。太上天皇とその一党は逆賊として処罰されることになりましょう」

仲麻呂は天皇の手をきつく握った。女人のように白く細長い指だ。剣を握ることもできそうにない。

お飾りとして選んだ天皇は、お飾りとしての役目しか果たせないのだ。

光明皇后の笑みが脳裏に浮かんだ。穏やかな笑みの奥には強靱な意志が潜んでいた。

叔母上、なぜ、あんなにも早く天に召されてしまったのですか。

光明皇后の死が、今に繋がっている。盤石だった足元が揺らいでしまったのはあの人がいなくなったからだ。

なにもかもが恨めしい。しかし、恨み言を呟いたところで状況が変わるわけでもない。

紫微垣の中心に自分の居場所を確保するためにも戦わなければならない。

太上天皇を討ち、さらなる高みまで駆けのぼるのだ。

＊　＊　＊

「都督使（ととくし）ですか――」

吉備真備は太上天皇から渡された書に目を通した。

「そなたにこれを拒絶する理由を考えてもらいたいのです」

太上天皇が言った。太上天皇の隣には道鏡がいる。いつもそうなのだ。

「これは間違いなく謀反のための準備。なんとしても退けねば」

「いいえ。これは許可すべきです」

吉備真備は言った。

「なにをおっしゃるか」

道鏡が腰を上げた。

「そのようなものをゆるせば、仲麻呂率いる兵どもが雪崩（なだれ）を打ってここに押し寄せてきますぞ」

「そうさせればよいのです」

「な、なんと」

「仲麻呂が反旗を翻せば、逆賊として誅（ちゅう）せよと命を出すことができます。太師ではなく、逆賊となった仲麻呂からは離反者が多く出るでしょう。あの者は情を無視して政を執り行ってきた。その報いを受けるのです」

「つまり、罠を仕掛けるのですね」

太上天皇がうなずきながら口を開いた。

「そのとおり。授刀衛はこちらのもの。藤原真楯が恭順の意をしめしておりますゆえ。先手を打つことができれば、仲麻呂を討つこともできましょう」

「しかし、鈴印が向こうにある以上、太上天皇様が仲麻呂は逆賊だと宣しても、天皇が否と言えばこちらが逆賊にされてしまうやもしれません」

道鏡が言った。

「ですから、まずは鈴印を手にする。この戦、緒戦で鈴印を手にした方が勝ちますな」

「呑気な口調でおっしゃるが、鈴印が手に入らなければ太上天皇が討たれるということではないか」

吉備真備は太上天皇に目を向けた。

「いかがなさいます。戦うか、なにもせずに負けるか。そのふたつしかありません。仲麻呂はもはや、武力でもって雌雄を決するつもりなのです」

「戦っても負けるかもしれないけれど、なにもしなければ間違いなく負ける。そういうことですね」

吉備真備はうなずいた。

「ならば、戦うしかないではないですか」

「それでこそ、真の天皇というものです」

吉備真備は微笑んだ。

＊　＊　＊

船親王（ふねしんのう）は腕組みをしたまま身じろぎもしなかった。船親王は舎人親王の子、天皇の兄だ。

「太上天皇の罪を数え上げ、天皇に上奏する」

　仲麻呂は言った。

「天皇の命と共に、数百の兵でもって威嚇すれば、太上天皇も折れざるを得まい」

「本当に折れますか。いよいよ、大炊を廃そうと表立って動き出すかもしれません」

「そうなれば、こちらの思う壺です。天皇に弓引いた逆賊として太上天皇を討つ名分が手に入る」

「ならば、このような回りくどい手は使わず、兵を出して一気に太上天皇と道鏡を討つべきではないのですか」

「仮にも太上天皇ですぞ。名分もなく討てば、口やかましく言い立ててくる者が後を絶たなくなる」

　仲麻呂は言った。できることなら武力で太上天皇を討つことはしたくない。今は敵対していると言っても、太上天皇は幼い頃から知る間柄であり、一時は、光明皇后のもとで同じ道を歩んだのだ。

穏便に退場させ、後顧の憂いなく紫微垣へと続く道を歩みたい。

しかし、それがかなわぬなら、血を見ることになろうともかまいはしない。

退くつもりはなかった。前進あるのみ。ただただ歩きつづけ、高みに到達するのだ。

「確かに、尚舅様のおっしゃるとおりですね。できることなら、兵を使いたくはない」

「このまま放っておけば、太上天皇は間違いなく天皇を廃そうとするだろう。そうなれば、天皇の兄であるあなたや池田親王（いけだしんのう）もただですむはずがない。舎人親王の血筋も根絶やしにされる。舎人親王がそれを望んでいると思われますか」

船親王はまた腕を組み、唇を固く結んだ。

「腹を決めるのです」

「もう決まっております」

船親王が眦を吊り上げた。

「すでに池田は兵馬を集めております。尚舅様の号令があれば、我ら兄弟、すぐさま馳せ参じましょうぞ」

池田親王は船親王の弟だ。ふたりとも、弟である天皇の行く末が自分たちの行く末も決めるのだと承知している。

「しかし、もし、太上天皇との戦がはじまるとして、兵の数は足りますか」

船親王が言った。

「申し上げにくいのですが、授刀衛はもはや信用できないと聞き及んでおります」

仲麻呂は唇を嚙んだ。

授刀督となった藤原真楯は、仲麻呂の呼び出しには応じようとせず、のらりくらりとした態度を取っている。その間に、道鏡の弟である弓削浄人が授刀衛の主立った者たちを懐柔してまわっているらしい。

「真楯め」

御楯のように可愛がり、引き立ててやろうと思っていたのに裏切られた。見通しの甘さに、己を呪い殺したくなる。

石川年足と藤原御楯を失った痛手はあまりに大きすぎた。

「それを見越して都督使になったのです。十国から兵を集めればかなりの戦力になる」

「しかし、一国につき二十人ではすべて合わせても二百ばかり――」

「兵の数は変えればよい」

「変えるとは……」

「乾政官印（けんせいかんいん）はわたしが持っています。書面の数を書き換え、印を押せば、だれにも疑われることなく数多くの兵を都督に招き入れることができる」

「そのようなことをして、もし太上天皇様に知られるようなことになったらどう申し開きをするのです」

「知られる前に挙兵する。そうすれば、なんの問題もないでしょう」

「なるほど……」

船親王がうなずいた。

「さすが、尚舅様は我々と考えることが違いますな」

「一旦事がはじまれば、時間がかかればかかるほど我らが不利になる。一気に推し進めるには兵の数は多ければ多いほどいい」

「一気に攻め落とす。兵法の初歩ですな」

「太上天皇さえいなくなれば、天皇をいただく舎人親王の一族と、我ら藤原の一族は末永く栄えましょう」

「天皇をないがしろにするなど、あってはならないことなのです。曲がってしまった道を、我らで真っ直ぐになおしてみせましょうぞ」

仲麻呂は船親王が差し出してきた手を握った。

＊　＊　＊

「話が違うではないか」

高丘比良麻呂（たかおかのひらまろ）は呟いた。田舎の越前とは違い、京の官衙にいると様々な噂が耳に飛び込んでくる。最近は、いよいよ恵美押勝の天下も終わりが近いという話ばかりだ。

太上天皇が道鏡という僧と手を結び、太師恵美押勝を追い落とし、天皇を廃して重祚するのだという。

越前にいる間は、太師の政は末永く続き、自分と高丘の一族の行く末も安泰だと信じ切っていたのだ。

「今の話は本当なのですか」

高丘比良麻呂は近くで噂話をしていた男に訊いた。

「声が大きい」

男は高丘比良麻呂を叱責した。

「これは失礼」

「この官衙にも、太師様の手先がいるのだ。大声で話して聞きとがめられたらどうする」

高丘比良麻呂は咳払いをした。

「太上天皇様は太師も天皇も見限られたらしい。自ら政を執り行うために動き出すというもっぱらの噂だ」

男は囁くような声で言った。

「しかし、太師様も黙ってはいないのでは」

「以前の太師ならそうだろうが、今はかつての威光に翳(かげ)りが見える。あの人の専横に煮え湯を飲まされ続けてきた臣下たちも黙ってはいまい。太師の栄華は終わるのさ」

男はもっともらしい顔でうなずいた。

「さようですか」

高丘比良麻呂は溜息を漏らし、自分の席に戻った。

だれに訊いても同じだ。みな口を揃えて太師は終わりだという。

恵美押勝が失権するなら、彼に付き従ってきた者たちはどうなるのだろう。

高丘氏の始祖は百年ほど前、百済からこの国にやって来た。以来、苦労を重ねながらこの国で生き抜いていくための道筋をつけ、高丘連（むらじ）の氏名を賜って朝廷に尽くしてきたのだ。

比良麻呂は紫微中台に籍を置いたことから恵美押勝――藤原仲麻呂に目をかけられるようになり、越前介となって彼の地に赴いた。帰京した後に大外記（だいげき）に任じられ、今後も出世していくだろうと自身も一族も信じて疑わなかった。

外記（げき）とは少納言（しょうなごん）の下に置かれ、乾政官で決められたことを文にし、天皇に上奏する書を作成する部署だ。外記を束ねる者として、高丘比良麻呂はその能力を評価されつつあるところだった。いずれ、自分も乾政官の片隅に席を得ることができるかもしれない。そんな淡い夢を抱いていたのはほんの数ヶ月前のことだ。

瞬く間に情勢が変わってしまった。

このままでよいのか。生き残るためにだれかに縋るべきか。迷いに迷って眠れぬ日々が続いている。

「比良麻呂様」

外記のひとりが近づいてきた。

「太師様がお呼びにございます」

「太師様が――」

高丘比良麻呂は生唾を呑み込んだ。頭の中の考えを恵美押勝に読まれたような気がしたのだ。これまでの恩を忘れ、敵に寝返ろうとするとはなにごとか——恵美押勝の怒声が耳に張りついて離れない。

高丘比良麻呂は立ち上がると深い呼吸を繰り返した。

恵美押勝に隙を見せてはならぬ。いついかなるときも、平常心で臨むのだ。

官衙を抜け、太師の部屋へ向かう。逃げ出したいという思いと、一族のために踏ん張るのだという思いが交互にやって来ては去っていく。

「高丘比良麻呂にございます」

太師の部屋の前で名を告げる。呼吸は落ち着いていて、声も震えてはいない。これなら大丈夫だ——高丘比良麻呂は自らを落ち着かせた。

「入れ」

声がするのを待って、部屋に入る。恵美押勝は机の上の書面を睨んでいた。

「失礼いたします。お呼びでしょうか」

「この命(めい)を各国に送れ」

高丘比良麻呂は平伏して書を受け取った。その文面に目を走らせ、息を呑む。

畿内などの十国に対し、兵をそれぞれ六十名ずつ京に送れという命が記されている。乾政官印が捺(お)されていた。

「こ、これは……」

「なにか問題があるというのか」

「わたしが聞き及んでおりますところ、都督使が十国から京に呼ぶのはそれぞれ二十名の兵と聞いております」

「議政官たちとの話で二十では足りぬということになり、六十に増やすことになったのだ。天皇もご存じであられる。このようなことでいちいち天皇や太上天皇を煩わすこともないから、乾政官印ですませようというのだ」

「しかし――」

「外記の分際で、太師たるわたしのすることに不服があるというのか」

恵美押勝の声に怒気が混ざった。

「滅相もございません」

高丘比良麻呂は畏まった。

「ただちに命を送らせます」

恵美押勝はうなずいただけで口は開かなかった。

「それでは失礼いたします」

高丘比良麻呂は部屋を出ると、額に滲んだ汗を拭った。

なんということだ――心臓が早鐘を打つ。

十国それぞれに六十人の兵。合わせて六百。恵美押勝が掌握する中衛府の兵を合わせれば千を超す。

恵美押勝は挙兵するつもりなのだ。

「どうしよう」

高丘比良麻呂は呟いた。

「どうしよう」

何度呟いても光明は見えてこなかった。

＊　＊　＊

「太上天皇様、兄上――」

道鏡の弟である弓削浄人が乱暴な足取りで部屋に入ってきた。

「なにごとだ。太上天皇様の御前だぞ」

道鏡が弟を叱責する。

「申し訳ありませぬ」

弓削浄人が平伏した。

「急ぎの用があって参ったのです」

「なにごとですか」

太上天皇は訊いた。

「陰陽師の大津大浦と申す者より報せがありました」

「大津大浦から……」

名前は聞き及んでいる。仲麻呂が目をかけている陰陽師だ。

「その陰陽師がどうしたというのだ」

道鏡が身を乗り出す。

「昨夜、仲麻呂に呼び出され、謀反を起こした場合の吉凶を占えと命じられたとか」

「なんだと」

「大津が申すには、あまりのことに恐れおののき、太上天皇様に報告に参ったとか。さらには、和気王（わけおう）からも報告がありました」

和気王とは舎人親王の孫にあたる皇族だ。

「仲麻呂が以前より武具を蓄えているそうにございます」

以前ならあり得なかったことだが、仲麻呂がこれまでに目をかけてきた者たちが次々とこちらに寝返ってくる。

仲麻呂は情ではなく、理と権威と恐れで臣下たちを束ねてきた。今、その報いを受けようとしているのだ。

人は情に生きる。

仲麻呂は終生、それを理解しなかった。かつては兄のように慕った自分が、これほどまでに憎むようになったのも、仲麻呂に情がなかったからだ。

一片でも情があれば、自分の孤独に気づき、気にかけ、慰めもしてくれただろう。

だが、仲麻呂は自分を駒のように扱った。従妹であり天皇でもある女人を自分の栄達のためにただ利用したのだ。

「大外記の高丘比良麻呂からも報告がありましたな」

道鏡が太上天皇に顔を向けた。太上天皇はうなずいた。

仲麻呂は都督使として京に招き入れる十国の兵の数を二十名から六十名に改竄（かいざん）した書に乾政官印を捺し、発布しようとしたのだ。

「これは明らかな謀反にございます、阿倍様。ただちに逆賊を討たねば」

ひれ伏すならゆるそうと思っていた。母が目をかけ、可愛がった男なのだ。自分に忠をもって仕えてくれるなら、仲麻呂ほど頼りになる臣下はいない。

だが――

「吉備真備を呼びなさい」

太上天皇は氷のような声を発した。

「ただちに」

弓削浄人が出ていく。

母上、なぜ仲麻呂だったのですか。藤原には他にも男がいたではありませんか。

弓削浄人の背中を見つめながら、太上天皇は天に還った母を恨んだ。

＊　＊　＊

「中宮院（ちゅうぐういん）に兵を送って鈴印を手中に収めるのです。一刻の猶予もなりません」

弓削浄人の話が終わるやいなや吉備真備は太上天皇に告げた。

「できれば、天皇ご自身もお連れするように。天皇が仲麻呂と行動を共にするようなことがあれば、なにかと面倒です。兵を率いるのは山村王（やまむらおう）がよろしいでしょう」

山村王は少納言。用明（ようめい）天皇の血を引く皇族でもある。胆力があり、この任務には適していると思えた。

太上天皇がうなずき、弓削浄人が出ていった。

「他に打つ手は」

道鏡が言った。僧らしくもなく目を血走らせている。

「太上天皇様が鈴印を手に入れようとしていると知れば、仲麻呂は反撃してきましょう。それを待って詔を出すのです」

「逆賊を誅せよという詔ですね」

太上天皇が口を開いた。

「まず、仲麻呂の位階と役職をすべて剝奪するのです。乾政官印の捺された書もすべて無効だと宣してください」

「わかりました」

「わたしに従三位をお与えください。仲麻呂討伐の指揮を執りましょう。授刀衛の兵たちを召集してください」

「従三位とは言わず、正一位の位でもそなたにならば与えます」

「あまりに高い位は他の者たちの反発と疑心を招きます。従三位がちょうどよいのです」

吉備真備は太上天皇の言葉をやんわりとかわした。

「檜前(ひのくま)と秦(はた)の者にも兵の提供をさせるのです。造東大寺司の者たちも兵に加えましょう」

檜前氏も秦氏も半島から渡来してきた一族で、その私兵の能力は高かった。渡来人の末裔は時流に敏感だ。仲麻呂ではなく太上天皇に与した方が得策だと考えるだろう。

「少納言、山村王が参りました」

外で声が響いた。

「通せ」

太上天皇が凛とした声を放つ。すぐに、軍装を整えた山村王が姿を見せた。太上天皇の前で片膝をつく。

「少納言、山村王に命ずる。恵美押勝謀反の報せあり。ただちに兵を率いて中宮院に向かい、鈴印を奪い、天皇も一緒に連れてくるのだ」

「臣、山村王。命に替えても太上天皇様のお言葉に従います」

山村王が深々と一礼し、慌ただしく出ていく。

「それで、この後はどうするのです」

道鏡が訊いてきた。

「仲麻呂の出方を待ちましょう」

吉備真備は穏やかな声で答えた。

＊　＊　＊

「大津大浦が寝返ったと言うのか」

仲麻呂は声を荒らげた。

「大津だけではございませんぞ、兄上」

巨勢麻呂が目を怒らせて言い募る。

「大外記の高丘比良麻呂と和気王も兄上に謀反の疑いありと太上天皇に申し出たそうです。今、宮中ではその話題で持ちきりです」

「あやつらめ」

仲麻呂は宙を睨んだ。このような事態は想定していなかった。密かに兵を集め、迅速に事を運び、太上天皇の力を奪う手筈だったのだ。

大津大浦は仲麻呂が信を置いてきた陰陽師だった。高丘比良麻呂もまた、仲麻呂が目をかけてきた能吏だ。和気王にいたっては、天皇の甥に当たる。

仲麻呂の庇護下で出世と栄華を貪っていた者たちが、次々と離反していく。

「あやつらの動きをなぜ、事前に摑めなかったのだ」

仲麻呂は巨勢麻呂を睨みつけた。

「申し訳ありません、兄上。挙兵の準備に忙しく、まさかこのように離反者が出るとは……」

「もうよい」

怒ろうが嘆こうが、起きてしまったことを元に戻すことはできない。やらなければならないのは最善の手を探し求めることだ。

「いかがいたします。このままでは、我らは逆賊とされ、討たれるのを待つほかなくなりますぞ」

「兵を集めろ」

仲麻呂は言った。

「天皇の詔をもらい、太上天皇と道鏡を逆賊として討つ」

「いよいよ、時が来ましたな。太上天皇と雌雄を決するのです」

「気を引き締めて行くのだぞ。兵力ではこちらが勝っているが、向こうには吉備真備がいる。どんな軍略を使ってくるかわからぬ」

巨勢麻呂が唇を引き締め、うなずいた。

「父上、父上」

次の瞬間、甲高い声が響いた。次男の真先が駆け込んでくる。

「どうした」

「太上天皇が少納言、山村王に鈴印を手に入れよと命じたそうにございます」

鈴印は中宮院にあって、鈴守と呼ばれる舎人たちが交代制で見張りに立っている。

「鈴印を渡すわけにはいかん。中宮院には訓儒麻呂がいるはずだ。必ずや天皇と鈴印をお守りしろと急ぎ伝えるのだ」

「承知つかまつりました」

真先が姿を消した。まるで風のようだった。

「鈴印を奪いに来るとは……」

巨勢麻呂が唸った。

「いきなり中宮院を目指してくるとは、吉備真備の考えに違いない」

仲麻呂は腕を組んだ。

「この戦、鈴印を手にした方が有利になる。吉備真備には自明の理だったろうな」

呟き、顔をしかめた。

＊　＊　＊

「なんだと。それはまことか」

藤原訓儒麻呂は使者を睨みつけた。

「はい。真先様より、急ぎ報せろと仰せつかりました」

使者が頭を下げる。太上天皇が兵を出し、鈴印を奪いに来るというのだ。俄（にわか）には信じがたい。

「訓儒麻呂様、大変です。一大事です」

大声を上げて武装した兵が駆けてくる。中衛府の兵だった。

「兵数十名が中宮院に向けて行軍しているとの報がありました」

「やはり、本当だったか。やつらが中宮院に到着するまで、どれほどの余裕があるかわかるか」

「間もなくやって来るかと」

訓儒麻呂は唇を噛んだ。中衛府の兵をかき集めている余裕はない。中宮院で待ち構えるのは無謀だった。

「兵を派遣して天皇をお守りせよ」

訓儒麻呂は言った。

「他に集められるだけの兵を集めて中宮院の外に待機させろ」

「どうするのです」

「いいから急げ」

「は――」

兵が駆けていく。

「どうなさるおつもりですか」

使者が訊いてきた。

「中宮院の外で待ち伏せする。やつらは鈴印を奪えば油断して隙を見せるだろう。そこを襲撃して鈴印を奪い返し、天皇と共に田村第に向かうのだ」

父の仲麻呂は挙兵に備えていた。田村第に逃げ込めば形勢はこちらに傾くはずだ。

「そなたはここで待て。わたしが鈴印を奪い返したら、ただちに父上に報告に向かうのだ。よいな」

使者がうなずいた。

「軍装を。急げ」

そばにいた配下に命じる。甲冑を身につけ、太刀を佩く。冑の脇が重い。まさか、自分が実際の戦闘に臨むことになるとは考えたこともなかった。

自分は藤原の一族、仲麻呂の息子。戦に臨むのは下々の者であったはずだ。

だが、背に腹は替えられない。ここで負ければこれまでの父の努力が水泡に帰す。負ければ父はすべてを失い、息子である訓儒麻呂たちもただではすまない。

勝つのだ。なんとしても勝って、恵美家こそが皇室に次ぐ家柄だと天下に知らしめなければならない。

「行くぞ」

訓儒麻呂は配下に声をかけ、中宮院の外に向かった。中衛府の兵たちが待っていた。

「木の陰や暗がりに身を隠すのだ。いずれ、逆賊どもがやって来る。やつらは中宮院に押し入り、鈴印を奪うつもりだ。多勢に無勢、待ち構えたところでこちらに勝ち目はない。やつらが鈴印を手にし、中宮院を出てきたところで矢を放って奇襲をかける」

兵たちは押し黙って訓儒麻呂の言葉に耳を傾けている。

「なんとしてでも鈴印を奪い返すのだ。いずれ、加勢が来る。それまでは死に物狂いで戦え。よいな」

「はい」

兵たちが一斉に応えた。よく調練された兵たちだった。これならば、鈴印を奪い返すのも容易だろう。

「訓儒麻呂様はこちらへ」

兵の中でもひときわ体格のいい者が訓儒麻呂に手招きをした。

「わたしが訓儒麻呂様をお守りします。わたしから離れぬよう」

「わかった」

大柄な兵と共に、訓儒麻呂は物陰に身を隠した。ほどなくして人馬の足音が聞こえてきた。授刀衛の兵たちだ。

元はといえば、藤原御楯が率いる仲麻呂の手足とも言える兵たちだ。それが、御楯の死からわずかな間に敵に懐柔されてしまった。

訓儒麻呂は拳を握った。武者震いが収まらない。

大柄な兵が振り返った。

「だれでも、初陣のときは震えが収まらぬものです。慣れれば大丈夫。訓儒麻呂様も戦えます」

兵の言葉に訓儒麻呂はうなずいた。

授刀衛の兵たちが中宮院の前で足を止めた。

「目指すは天皇の身柄と鈴印の確保だ。ゆめゆめ、天皇を傷つけてはならぬ。よいな」

先頭に立つ馬上の男が声を発した。山村王だ。

「かかれ」

山村王の号令一下、兵たちが中宮院に殺到していく。怒声と悲鳴、太刀と太刀が激しくぶつかる音が聞こえてきた。

武者震いに耐えていると、血の匂いが漂ってきた。その匂いを嗅ぐと震えはさらに強くなる。

中宮院から勝ちどきが響いてきた。

戦闘は呆気なく終わり、鈴印が敵の手に落ちたのだ。

「弓を構えよ」

訓儒麻呂は震えをこらえながら命じた。周りの兵たちが矢をつがえ、弓を引き絞る。

中宮院から授刀衛の兵たちが出てきた。どの顔にも勝利の笑みが浮かんでいる。

まだだ——逸る心を落ち着かせる。

「山村王を狙え。真っ先にやつを殺すのだ」

大柄な兵に伝えた。

「承知」

兵がうなずく。

山村王の姿が見えた。鈴印の入った木箱を脇に抱えている。

「打て」

訓儒麻呂は号令をかけた。一斉に矢が放たれる。山村王の近くにいた兵たちが崩れ落ちた。だが、山村王は無傷だ。

「かかれ、かかれ。鈴印を奪い返すのだ」

兵たちが声を上げ、太刀を抜いた。授刀衛の兵たちに襲いかかっていく。

「鈴印だ。鈴印を奪い返すのだ」

訓儒麻呂は叫び、大柄な兵の後を追った。太刀を握る手が汗で滑る。膝が震え、足が思うように進まない。

兵たちが太刀をふるい、血飛沫（ちしぶき）が飛んだ。山村王が慌てて馬に跨（また）がるのが見えた。兵のひとりがその足めがけて太刀を薙（な）ぎ払う。山村王は抱えていた木箱を落とした。

「その箱だ。箱を拾え」

訓儒麻呂は兵たちに向かって叫んだ。山村王が馬から下りて箱を拾おうとしたが、馬が駆けだした。

中衛府の兵のひとりが木箱を拾い上げると、授刀衛の兵たちが雪崩を打って逃げ出した。

「やつらを追いますか」

大柄な兵が訊いてきた。

「いや。天皇をお連れしろ。天皇と鈴印を田村第まで送り届けるのだ」

「承知」

大柄な兵が他の兵を連れて中宮院に駆け込んでいった。

「訓儒麻呂様、鈴印にございます」

山村王が落とした木箱を手にした兵が駆け寄ってきた。

「よくやった。その箱を死守するのだ。よいな」

「はい」

訓儒麻呂は空を見上げた。分厚い雲が空一面に広がり、辺りは薄暗い。この暗さが窮地を救ってくれたのだ。山村王はこちらが待ち伏せしていることに気づかなかった。

油断は大敵だ。田村第への道すがら、暗がりに敵が身を潜めているかもしれない。

訓儒麻呂は唇を舐めた。武者震いはいつのまにかやんでいた。

＊　＊　＊

慌ただしい足音が響いていた。太上天皇の顔から血の気が引いていく。朗報ではないことを足音が告げているからだ。

「授刀舎人、物部磯浪(もののべのいそなみ)にございます」

大音声を発して兵が部屋に入ってきた。物部磯浪の鎧(よろい)は泥で汚れ、目は血走っている。

「首尾はどうだ」

吉備真備は訊いた。

「中宮院にて一度は鈴印を奪うことに成功しましたが、待ち伏せしていた敵に襲われ、再び鈴印を奪われました」

「なんと――」

太上天皇が袖で顔を覆った。

吉備真備は腕を組んだ。さすがは藤原仲麻呂だ。こちらの思惑どおりに事が進まない。

「敵の動きは」

「は。天皇を中宮院から連れ出し、田村第に向かったとのことです」

「やはりな」

吉備真備は傍らにいる授刀少尉（たちはきのしょうじょう）、坂上苅田麻呂（さかのうえのかりたまろ）に顔を向けた。

「聞いたな。田村第に向かう敵を急襲して鈴印を奪ってくるのだ」

「天皇はどういたしますか」

坂上苅田麻呂が口を開いた。

「できれば殺すな。だが、なにより大事は鈴印を手に入れることだ」

「承知いたしました」

坂上苅田麻呂は太上天皇に一礼し、部屋を出ていった。

「真備殿の意見に従ってよかった」

道鏡が言った。

「万が一の事態に備えてあの者に支度をさせておいたのはさすがでございます」

「兵法の基本です。油断した者は負ける。あらゆる事態を想定して事に備えておくべきなのです」

道鏡が感心したというようにうなずく。

「太上天皇様も支度を。鈴印が手に入り次第、内裏へ向かいますぞ」

「内裏へですか」

「鈴印を手中に収めている者がこの国の主。ならば、鈴印を手に入れたならば、阿倍様こそが天皇ではありませぬか。今上を廃し、重祚なさるのです。最初の勅は、藤原仲麻呂とその一党は逆賊なりと宣言することになりましょう」

太上天皇がうなずいた。

「そうですね。仲麻呂が策を弄する前に先手を打たねば」

「戦ははじまりました。なにがなんでも勝たねばなりませぬ。もし、仲麻呂がこの戦に勝てば、阿倍様はもちろん、皇室も滅ぼされることになりましょう」

「そのようなことを――」

道鏡が身を乗り出してきた。

「仲麻呂はもはや、引き返せぬ道に足を踏み入れたのです。行き着く先は仲麻呂が滅ぶか、こちらが滅ぶか。そのふたつしかありませぬ」

吉備真備は静かな目を太上天皇に向けた。

＊　＊　＊

「ゆめゆめ油断するな。我らと同様、やつらも暗がりに身を潜めているかもしれんぞ」

訓儒麻呂は馬上で兵たちを叱咤した。

兵たちの気が緩んでいる。鈴印を奪い返したことで安心しているのだ。

「訓儒麻呂、田村第まではまだですか」

隣の馬に跨がった天皇がか細い声を発した。

「田村第には住んでいたこともあるではないですか。どこにあるかも忘れてしまったのですか」

「怖いのだ。怖すぎて、自分がどこにいるかもわかりません」

訓儒麻呂は溜息を押し殺した。天皇は優しい人柄だが、肝は据わっていない。昔からそうだった。

「間もなくです。ご安心を」

「中宮院では生きた心地がしなかった。まさか、賊が押し入ってくるとは……わたしは天皇なのですよ」

「やつらは天罰を受けることになりましょう。田村第に到着しさえすれば安心です」

「中宮院に押し入った連中ですよ。田村第だとて安心とはいえないはず」

「多くの兵が守りを固めております。太上天皇が使えるのは授刀衛の兵と臣下たちの私兵のみ。

我らの敵ではありませぬ」

突然、馬が歩みを止めた。耳を後ろに引き、不安げに視線を彷徨わせている。

「なにごとだ」

訓儒麻呂は前方に目を凝らした。

怒声があがった。辻から突然揺らめく炎が現れ、その背後にいる兵たちがこちらに突進してくる。

「天皇をお守りし――」

馬がいななき、立ち上がった。訓儒麻呂は馬上から落ちた。いきなりのことで心構えができていなかったのだ。

慌てて立ち上がり、腰の太刀を抜いた。

「天皇をお守りするのだ」

叫ぶ。弓矢が風を切る音が聞こえた。

「天皇を――」

胸になにかがぶつかった。鈍（にぶ）い痛みと共に、氷のように冷たい塊が胸に生じた。

胸からなにかが突き出ている。矢だった。鎧の隙間を鏃（やじり）が突き破ったのだ。

「お――」

訓儒麻呂は太刀を取り落とした。胸から突き出た矢を両手で握りながら、地面に膝をついた。矢を抜こうとすると、氷の塊が瞬時に灼熱の塊へと転じた。身を焦がすような痛みが全身を貫く。

訓儒麻呂は悲鳴を上げた。

「藤原訓儒麻呂、討ち取ったり」

だれかの叫び声が耳を素通りしていく。

「訓儒麻呂様」

あの大柄な兵が駆けてくる。

「大丈夫ですか」

訓儒麻呂は答えようとして口を開いたが言葉が出てこなかった。せっかく武者震いが収まったというのに、また全身が震えていた。

「訓儒麻呂さ――」

大柄な兵の頭が揺れた。喉から矢が突き出てきて血が舞った。鮮血が目を覆い、視界が利かなくなる。

「わ、わ、わたしは死ぬのか」

訓儒麻呂は声を絞り出した。胸から広がる痛みと熱が耐えがたくなっていく。

「鈴印を奪え。天皇を捕まえろ」

敵が叫んでいる。その声が次第に遠のいていく。

訓儒麻呂はただひたすらに死への恐怖に震えていた。

＊　＊　＊

「訓儒麻呂様が討ち死になされました」

中宮院から戻ってきた兵の上げた声が田村第に響き渡った。

「なんだと」

仲麻呂は思わず腰を上げた。兵を自室に招き入れる。

「訓儒麻呂が死んだとはどういうことだ」

「ちゅ、中宮院の外で山村王とその一党を待ち伏せし、鈴印を奪い返すことには成功したのです。しかし……内裏からこちらに向かう途中で敵の襲撃に遭い、訓儒麻呂様は矢で射貫かれました」

仲麻呂は拳を握った。

「それはまことなのか」

「はい。間違いありません。この目で見ました」

「それで、鈴印と天皇は」

「敵に奪われました」

「おのれ——だれかおらぬか。中衛府の者はおらぬのか」

仲麻呂は声を張り上げた。

「尚舅様、中衛将監（ちゅうえのしょうげん）の矢田部老（やたべのおゆ）にございます」

鎧姿の兵が部屋に駆け込んできた。

「すぐに兵を率いて敵を追うのだ。必ずや、鈴印を携え、天皇をここにお連れしろ」

「尚舅様の命（めい）、この命（いのち）に替えて」

「行け」

仲麻呂が鋭い声で命じると、矢田部老は一礼して部屋から出ていった。

「兄上……」

巨勢麻呂が口を開いた。声が震えている。

「なんということでしょう。訓儒麻呂が死ぬとは」

「これは戦なのだ。戦では人が死ぬ。訓儒麻呂は運がなかったのだ」

仲麻呂は拳を握っていた手を開いた。掌に血が滲んでいる。あまりに強く握ったため、爪が肉に食い込んだのだ。

「兵たちは首尾よく事を運べますか」

「わからぬ。敵も必死だ。勝負は時の運。巨勢麻呂、急ぎ、恵美家の者たちに京を出る支度をさせるのだ」

「兄上、我らがこの戦に負けると言うのですか」

「万が一を考えている。万が一、鈴印が太上天皇の手に渡ったら、京にいては死を待つだけだ。まずは近江に向かい、態勢を立て直す。わたしに恩義を感じている者たちを呼び寄せれば、授刀衛と造東大寺司の寄せ集めの兵など、敵ではない」

「軍馬を率いて京に戻り、鈴印を取り戻すのですね」

仲麻呂はうなずいた。

「急げ。もし、鈴印を手に入れることができたら、向こうの動きは速いぞ。吉備真備がいるのだからな」

「承知しました」

巨勢麻呂がうなずき、部屋から出ていった。

仲麻呂はひとりになると、床に腰を下ろした。

「訓儒麻呂……」

息子の名を口にし、嗚咽した。

＊　＊　＊

「おお、鈴印を持ち帰ったか」

吉備真備は木箱を脇に抱えた坂上苅田麻呂を見つめて破顔した。

「藤原訓儒麻呂を討ち取りました。こちらに向かう途中、再び敵の奇襲に遭いましたが、返り討ちにしてやりましたぞ」

坂上苅田麻呂は誇らしげだった。

「でかした。太上天皇様が必ずや、そなたの働きに報いてくれるであろう。鈴印をこちらへ――」

吉備真備は木箱を受け取り、中を検めた。

絹に包まれた玉璽（ぎょくじ）と鈴が収まっている。

「阿倍様、本物でございます。ついに、鈴印が阿倍様の手に戻りましたぞ」

吉備真備は太上天皇に顔を向けた。太上天皇の顔がほころんでいる。

「ついに、玉座に返り咲くときが来たのです」

道鏡が言った。その顔も上気していた。

「急ぎ、内裏へまいりましょう。玉座の主が変わったことを臣下たちに示すのです」

吉備真備は言った。

「そして、ただちに藤原仲麻呂は逆賊なりとの勅をお出しになってください」

「心得ています」

「鈴印がこちらにあると知れば、仲麻呂は京を離れるでしょう」

「どこへ行くというのだ」

道鏡が目を剝いた。

「近江です。あの地はかねてより藤原の地盤でございますからな。近江に立てこもり、態勢を立て直そうとするでしょう。まずは、仲麻呂が近江に入れぬよう、手を打ちます」

吉備真備は太上天皇の目を見ながら言った。

「近江に入れぬとなれば、次は越前を目指すはず。あそこの国守は息子の辛加知（からかち）ですから。ただちに辛加知を討ちましょう」

「そのようなことが可能なのですか」

太上天皇は不安そうだった。

「やらねばならぬことをやり通すのです」

吉備真備は言った。

十四

人馬の隊列が北へ向かっている。男たちは黙々と歩き、女子どもは啜り泣いている。

仲麻呂は馬上から背後を振り返った。京がぼんやりと闇に浮かび上がっている。ひときわ明るいのは内裏だろうか。

鈴印を手に入れた太上天皇が内裏に向かったという報せを聞いて、急ぎ京を離れる決断を下したのだ。

おそらく、太上天皇は天皇を廃し、重祚するだろう。すぐに逆賊、藤原仲麻呂を討てという勅を出すはずだ。

仲麻呂はきつく唇を噛んだ。

なぜこんなことになってしまったのか。

辛苦の時を耐え、やっと望むものを手に入れられる地位にまで辿り着いたのだ。あとほんのわずかで手が届くはずだった。

天皇は祭祀を司り、皇帝は政を司る。

新羅を討ち、保良に京を造営し、新たなる権威としてそこに君臨する。

恵美押勝の名前は日本各地に響き渡り、だれもがその権威にひれ伏す。

もう少しだったのだ。もう少しで紫微垣の中央に辿り着くことができた。

この手に握りしめるはずだったものがこぼれ落ちたのは、やはり、光明皇后の死がきっかけだ。彼女の死をきっかけに、次から次へと不運が襲いかかってきた。石川年足、弟の乙麻呂、妻の袁比良、藤原北家の御楯と、信頼に足る者たちが次から次へとこの世を去った。

光明皇后の崩御と共に、北辰の門が閉じられてしまったかのようだ。

あの人あっての藤原仲麻呂ということにすぎなかったのか。自らの足で北辰の門をくぐり、紫微垣への道を歩むには、なにかが決定的に足りなかったというのか。

そんなはずはない――仲麻呂は頭(かぶり)を振った。

わたしは藤原の氏上なのだ。藤原不比等の孫、藤原武智麻呂の息子。皇室と比べても遜色のない名門の血を引き、だれよりも優れている。

光明皇后の後ろ盾がなかったとしても、いずれ、自らの手で北辰の門をこじ開けたはずだ。

「急げ」

仲麻呂は声を上げた。

「近江までは休まぬぞ。歩きつづけるのだ」

太上天皇の勅を受け、潮目が変わったと見て太上天皇に与する輩が現れるだろう。だが、近江は藤原の地だ。越前は辛加知が国守としてしっかりと手綱を握っている。この両国を拠点にして反撃に出る。

兵力はこちらが上回っているのだ。緒戦は惨敗だったが、時が経てば形勢はこちらに傾く。

「これは敗走ではない。敵に打ち勝つために陣地を替えるのだ」

仲麻呂の声は深い闇に吸い込まれていった。

＊　＊　＊

日下部子麻呂（くさかべのこまろ）は馬に鞭を入れた。人はもとより馬にとっても険しい山道だ。だが、急がねばならなかった。

仲麻呂とその一党は相坂道（おうさかみち）を北に向かっている。日下部子麻呂たちは仲麻呂たちに先んじるために険しい田原道（たわらみち）を進むことを選んだのだ。

日下部子麻呂は山背国（やましろのくに）の国守だった。仲麻呂が主導する朝廷のもと、順調に出世を遂げてきた。このままいくつかの国を巡り歩いて国守としての務めを果たし、いずれ、京に戻ることになるのだろうと自分の行く末を思い定めていた。

そこに、乱の報せが届いたのだ。早馬で駆けつけた使者によると、太上天皇は天皇を廃することに決め、鈴印を手元に置こうとしたが藤原仲麻呂が反旗を翻し、挙兵した。太上天皇は仲麻呂の兵を一蹴し、内裏に入ったという。遅からず重祚し、新たな天皇として藤原仲麻呂討伐の勅を出すだろう。

好機の到来だと思った。

このまま国守としての務めを大過なく終えたとして、京に戻っても自分が辿り着ける位階は目に見えている。

しかし、仲麻呂ではなく太上天皇に懸けてみたらどうなるか。太上天皇が勝てば、朝堂に居座る仲麻呂一党はことごとくその座を奪われるだろう。太上天皇は仲麻呂の息のかかっていない者を寵愛するはずだ。

自分には仲麻呂の息がかかっている。だが、仲麻呂を討つことに協力し、手柄を立てれば状況は俄然変わってくる。せいぜいが正五位(しょうごい)まで上がればよしとしなければならない家柄だが、さらにその上を目指すことが可能になるのだ。

懸けてみる価値はある。

日下部子麻呂はそう判断し、仲麻呂を追うべく近江に向かったのだ。

「間もなく近江です」

そばで馬を駆っていた佐伯伊多智(さえきのいたち)が言った。衛門少尉(えもんのしょうじょう)の座にあり、子麻呂と共に仲麻呂を追ってきた。この男もまた、この乱を好機と捉えている。

「間に合うか」

子麻呂は訊いた。

「向こうには体の鈍った臣下や女子どももおります。こちらが早いに決まっています」

「そうだな」

子麻呂はうなずいた。

「近江に着いたらどうしますか」

「まず、国境に近い橋を焼く」

子麻呂は答えた。

「さすれば仲麻呂たちは狼狽(うろた)えるであろうよ。国府には入れず、いずれ京から追討の兵がやって来る。そなたが仲麻呂ならどうする」

「越前に向かいますな」

伊多智が答えた。

「越前の国守は息子ですから」

「やつらが越前に向かうのを見届けてから、そなたも越前に向かうのだ。向こうは多勢。道行きは時間がかかる。身軽なそなたらが先に越前へ着くだろう」

「辛加知がいると申したではありませんか」

「辛加知は、京で起こったことをまだ知らぬはず。仲麻呂も、慌てて都を離れたのだ。越前に早馬は送っていないだろう」

「であれば――」

子麻呂は伊多智と目を合わせ、無言のままうなずいた。

＊＊＊

「間もなくだ。間もなく近江の国府だぞ、皆の者」

仲麻呂は声を張り上げた。付き従う者たちの顔に浮かぶ疲労の色は濃い。京を発ってから、ほとんど休むことなく進んできたのだ。

「国府に入れば休むことも食べることもできる。もう一踏ん張りするのだ――」

仲麻呂は口を閉じ、鼻を蠢かした。なにやら焦げ臭い匂いが漂っている。

「父上、父上。大変です」

斥候（せっこう）に出ていた朝狩が顔色を変えて戻ってきた。

「なにごとだ」

「橋が、瀬田橋（せたばし）が焼け落ちております」

「なんだと」

仲麻呂は馬の腹を踵（かかと）で蹴り、走らせた。川が近づくにつれ、焦げ臭い匂いがきつくなっていく。

やがて、焼かれた橋が見えてきた。

橋は完全に焼け落ち、辛うじて形の残る欄干（らんかん）などは真っ黒に焼け焦げて、まだ煙が立ちのぼっている。

「これはどうしたことだ……」

仲麻呂は橋の手前で馬を下りた。手綱を握ったまま、呆然と橋を見つめる。

瀬田橋は国府へと通じる東山道（とうさんどう）にかかる橋だ。この橋が使えないとなると、ぐるりと遠回りしなければならなくなる。たとえ、辿り着けたとしても、橋を焼いた兵たちが国府を掌握しているおそれもある。

「兄上、兄上」

巨勢麻呂が叫びながらやって来た。焼け落ちた橋を認めると言葉を失い、仲麻呂と肩を並べて橋を見つめる。

「これは……」

「吉備真備の仕業だ。わたしが近江に向かうと見越して先手を打ったのだ」

仲麻呂は唇を噛んだ。大宰に送っただけで満足せずに、息の根を止めておくべきだったのだ。

「いかがいたしますか。別の道を通るなら、国府までもう一日はかかりますぞ」

巨勢麻呂が言った。

「越前に向かう」

「越前となると、さらに距離が伸びます。近江の国府を目指す方がよいのでは――」

「だれが橋を焼いたと思っている」

仲麻呂は弟を睨みつけた。

「吉備真備の息がかかった者たちだ。その者らはすでに国府に向かっているだろう。どれだけの兵力かはわからんが、もし戦うことになれば強行軍で疲れ果てた我らが不利だ。越前に向かう。

辛加知のもとで態勢を立て直す」

「しかし、どこかで休まねば、女子どもの身が持ちません」

「高嶋(たかしま)で休ませる」

仲麻呂は言った。近江国高嶋には角家足(つぬのいえたり)がいる。信頼に足る男だった。家足ならば、仲麻呂たちを喜んで迎え入れてくれるはずだ。

「ならば、斥候を出しましょう。高嶋までの道中、なにが起こるかわかりません」

「そうしてくれ」

仲麻呂は言った。

「塩焼をここに呼ぶのだ」

「承知」

巨勢麻呂がうなずき、立ち去った。

仲麻呂は再び、目を焼け落ちた橋に向けた。迂闊(うかつ)だった己を呪う。自分が近江に向かうことは、吉備真備でなくても容易に察しがつくはずだ。早馬を出すなどして危急を報せ、守りを固めさせておくべきだった。

以前の自分ならこのような失態は起こさなかったはずだ。どんなことにも対処できるよう用意周到に手を打ってきた。

なぜこんなことになったのか。

年を取り、衰えたからか。

否。

驕（おご）り高ぶったせいだ。朝堂の頂点に立ち、次なる高みはもうすぐだと上だけを見るようになってしまった。そのせいで足元がおろそかになってしまったのだ。

気を緩めるのはすべてを手にしてから。そう自分に言い聞かせてきたのに、肝心要のときにそれを忘れてしまった。

迂闊ではすまされない。あの世で祖父の不比等が顔をしかめているだろう。不比等ならこんな状態を招くことはなかったはずだ。

「太師様、お呼びでしょうか」

氷上塩焼が姿を現した。新田部親王の子で、以前は塩焼王と呼ばれていた。臣籍に下って氷上の氏名を賜っている。仲麻呂が参議に引き上げてやり、ついで中納言に登用した。

「塩焼王様」

仲麻呂は氷上塩焼の前で膝をついた。

「どうされたのです」

氷上塩焼が慌てふためく。

「今宵、あなた様は天皇の位に就くのです」

仲麻呂は氷上塩焼を見上げた。

「なにをおっしゃっているのです」

「先の天皇は太上天皇に捕らわれております。このままでは向こうの思うがまま。塩焼王様を新たな天皇に戴き、塩焼王様こそがこの国の正当な主だと諸国に発布するのです」

「しかし、鈴印は太上天皇の手にあるのですよ。鈴印がなければ、新たな天皇を据えるなどできません」

「乾政官印があります。太師の名のもと、あなた様を新たな天皇にすることを記し、乾政官印を捺した書を諸国に送るのです」

「しかし——」

「京に戻り、鈴印を奪い返した後に正式な書を作成すればよいのです。このままでは我々は逆賊の汚名を着せられるばかりです」

氷上塩焼の目が左右に動いた。どうすべきなのかを必死に考えている。

「確かに——」

しばらくして、氷上塩焼が口を開いた。

「このままでは座して死を待つだけですね」

「我らに与する者たちは、諸国に大勢おります。わたしの名と乾政官印があれば、玉璽がなくともそれに従いましょう」

「承知しました。わたしなどに天皇の位が務まるかどうかはわかりませんが、それしか道がないというのなら、その道を進むまで」

「それでこそ天皇に相応しい」

仲麻呂は立ち上がった。

「つきましては、ひとつ、お願いがあります」

「なんでしょう」

氷上塩焼が首を傾げた。

「我が息子たちに親王の位を授けたいのです」

仲麻呂の言葉に、氷上塩焼がたじろいだ。

「そ、それは……」

親王は天皇の息子や兄弟たちに与えられる位だ。親王は皇位継承権を持つ。それを仲麻呂の息子たちに与えるということは、いずれ、藤原の者が玉座に就くかもしれないということだった。

「なりませぬか」

仲麻呂は静かに言った。

「親王の位を授けると言うことはすなわち――」

仲麻呂は氷上塩焼の目を見つめた。

事ここにいたっては天皇と皇帝の両立などという悠長なことは言っていられない。皇室を滅ぼし、恵美の一族がこの国の新たな主として君臨するのだ。それに刃向かう者どもは、ことごとく誅するのみ。

世の者どもが簒奪者と誹るなら誹ればいい。ここから引き返すことなどできるはずもない。ただただ前進し、望むものを手に入れるのだ。

「なりませぬか」

仲麻呂は同じ言葉を口にした。

氷上塩焼の目が泳ぎ、頰の肉が痙攣する。

「わたしは……かまいません」

氷上塩焼の口から発せられた声は震えていた。

「そうですか。ありがたき幸せ。この恵美押勝、塩焼王様に忠義を尽くしますぞ」

仲麻呂は微笑み、氷上塩焼の手を握った。

＊　＊　＊

「辛加知様、辛加知様――」

けたたましい声が響き、藤原辛加知は微睡(まどろ)みから目覚めた。

「なにごとだ」

眠りを妨げられたことが腹立たしい。発した声も無愛想なものになった。

「京からの使者がまいりました」

辛加知の近くで雑用をこなしている男が部屋に入ってきた。

「京からの使者だと」

「はい。衛門少尉佐伯伊多智と申す者で、押勝様からの報せだと」

「父上から……」

辛加知は微笑んだ。きっと、京に戻れという報せだろう。京に比べると越前は退屈で、暇を持て余していた。やっと京に戻り、兄たち同様参議に列せられるのだ。

「会おう」

辛加知は腰を上げた。

外に出るといかつい戦装束(いくさしょうぞく)に身を包んだ男が待っていた。

「越前国守、藤原辛加知である」

辛加知は言った。

「衛門少尉、佐伯伊多智にございます」

「父上からの報せだとか。京へ戻れと言うのであろう」

「逆賊、仲麻呂が息子、辛加知、衛門少尉、佐伯伊多智が成敗いたす」

男が大音声を発した。その声に応じるように、兵たちが邸の中に突入してきた。

「な、な――」

辛加知はわけがわからず、その場に尻餅をついた。

「逆賊と申したか。わたしは太師、恵美押勝の息子だぞ」

尻餅をついたまま後ずさる。

「大炊王は廃され、太上天皇様が重祚して玉座に就いた。仲麻呂は新たな天皇に反旗を翻したのだ。観念しろ」

佐伯伊多智が太刀を抜いた。

「ま、待て。待つのだ」

そこここで悲鳴が上がり、鮮血が舞った。臣下たちが兵たちに次々と斬り倒されていく。

佐伯伊多智が迫ってきた。辛加知は身を守ろうと両手を前に突き出した。

冷たい感触が腕に走った。辛加知は自分の両腕を見つめた。左腕の肘から先が消えていた。血が迸(ほとばし)る。

「あぎぃ――」

言葉にならない悲鳴を上げる。佐伯伊多智が太刀を振りかざした。

太刀が振り下ろされる。

辛加知は絶命した。

＊　＊　＊

早馬で内裏に駆けつけた使者が状況を説明した。

日下部子麻呂らは仲麻呂たちに先んじて近江に入り、国境にある橋を焼くことに成功し、仲麻呂たちは行き先を越前に転じた。

衛門少尉、佐伯伊多智がすでに越前へ向かっているという。

「ここまでの首尾は上々です」

吉備真備は天皇に言った。

「さすがは真備殿。真備殿の思惑どおりに事が運んでおりますな」

天皇の横にいる道鏡が相好を崩した。

「まだ油断はなりません。相手は仲麻呂。一筋縄ではいかない男です」

天皇と道鏡が同時にうなずいた。その様子は長年連れ添った夫婦（めおと）のようだ。

「この後はどうなるのです」

天皇が口を開いた。

「仲麻呂はなにがなんでも越前を目指すでしょう。もはや、退くことがかなわないのは承知しているはず。とりあえず、愛発関（あらちのせき）を閉じさせます。佐伯伊多智が事をうまく運んでいれば、越前と近江から仲麻呂とその一党を挟み撃ちにできるはず。そこで一気にけりをつけるのです」

吉備真備は言った。

「時が経てば向こうが有利になるばかり。ここが勝負所です。逆賊討伐に力を貸した者には恩賞を与えると諸国に勅を発してください」

「それぐらいはわけのないこと。仲麻呂を討ち、仲麻呂が目をかけていた者たちを朝堂から一掃しましょう。そうなれば、我らに手を貸した者たちをいくらでも出世させることができますから」

天皇が言った。吉備真備は微笑みながらうなずいた。もともと聡明な女人だったのだ。それが、母と仲麻呂の陰に隠れていただけだ。

仲麻呂を討ったとして、道を違えることはないだろう。道鏡を愛しているが、それと政は別だということもしっかりとわきまえている。

立派な天皇になる資質を備えているのだ。

だが――

吉備真備は道鏡に視線を走らせた。臣下たちの道鏡を見る目は違うだろう。天皇を誑(たぶら)かす悪僧と断じ、だから女人に天皇は務まらぬのだと誹るだろう。

天皇の前途は多難だ。

吉備真備は首を振った。先のことは先のある者たちに任せればいい。自分はそのときには生きていまい。長生きしたいとも思わない。

唐に二度も渡り、思う存分知識を吸収できた。働き盛りの時分に京から追い出されはしたが、それを恨みに思うこともない。

それが自分の因果だったのだ。

今は仲麻呂討伐に全身全霊を傾けるのみ。後のことは考えまい。

「仲麻呂追討の軍、準備が整いました」

外でだれかが声を張り上げた。道鏡が戸を開ける。授刀衛の兵が血気盛んな顔つきで立っていた。

「すぐに兵を出すのだ」

吉備真備は言った。

「容赦なく戦え。仲麻呂の首を討ち取った者には、存分な褒美を与えよう」

「は――」

兵は天皇に一礼すると駆け去っていった。

仲麻呂の命運は風前の灯火だ。吉備真備は目を閉じた。

仲麻呂の顔が脳裏に浮かぶ。

祖父の不比等は傑物だった。父の武智麻呂も、長屋王を陥れたやり方はいただけないがなかなかの人物だった。仲麻呂もそのふたりに負けぬ能力を備えていた。

ふたりとの違いは情に鈍感で、事を急ぎすぎる気性だろう。

不比等のように土台作りを丁寧に進め、その先は子孫に託せばよかったのだ。だが、仲麻呂はすべてを自分の掌中に収めようとした。

「人の一生は自分が思っているよりよほど短いのですよ、仲麻呂様」

吉備真備は独りごちた。

＊　＊　＊

「たいしたもてなしもできず、申し訳ありません」

角家足は恐縮しながら頭を下げた。

「これで十分だ。突然訪れたのだから、申し訳ないのはこちらの方だ」

仲麻呂は言った。高嶋の角の邸は京のものに比べれば粗末だが、広さは十分にある。女子どもは家に上げて休ませ、臣下や兵たちは敷地で思い思いに寝転がっている。どの顔も疲労困憊（ひろうこんぱい）だった。無理もない。ほとんど休むことなく京からここまで進んできたのだ。

「なぜ近江の国府ではなくここへいらっしゃったのですか」

「瀬田橋が流されていたのだ」

仲麻呂は言った。焼かれたと言って、いたずらに角家足の心を乱すことはない。

「瀬田橋が……面妖ですな。ここしばらく、大雨は降っておりませんが」

「ならば、どこかが朽ちていたか。いずれにせよ、川は渡れん。ならば、近江ではなく越前に向かおうと思ったのだ」

「なぜ、これほどの大人数で京を離れられたのですか」

角家足の目が泳いでいる。心の奥底で不安と不審が渦巻いているのだが、それを仲麻呂に悟られるのも怖いのだろう。

「太上天皇が天皇に弓引いたのだ」

仲麻呂は言った。

「なんですと」

角家足が目を剝いた。

「太上天皇は授刀衛の兵を送って天皇を襲わせ、鈴印を奪った。天皇も捕らわれた」

「そ、そのようなことが……」

「急なことだったのでこちらは態勢が整わず、やむなく京を離れたのだ。越前で態勢を立て直し、天皇をお救いするために京に戻る」

「太上天皇様が天皇を……なんと恐ろしい」

「あの方は、道鏡に誑かされているのだ」

「おぞましきこと」

「少し休みたい。下がってもらえるか」

「これは失礼いたしました。ごゆっくりなさってください、尚舅様」

角家足が部屋から出ていくと、仲麻呂は机に向かった。紙を広げ、筆を執る。

太上天皇の謀反により、天皇は捕らわれ、鈴印も奪われた。これは謀反ゆえ、玉璽が捺された太上天皇の勅には効力がない。太師恵美押勝と乾政官が氷上塩焼を皇籍に戻し、塩焼王として新たな天皇に立てることを決めた。今帝は逆賊を討ち、鈴印を奪い返すことをお望みであられる。諸国は兵を越前にいる今帝のもとに送れ。

書いた文面を読み直し、うなずくと乾政官印を捺した。同じ内容を何枚もの紙に書き写し、それぞれに乾政官印を捺す。

「巨勢麻呂、巨勢麻呂はおらぬか」

声を張り上げると、すぐに巨勢麻呂がやって来た。

「どうしました、兄上」

「使者を出して、これを諸国に送るのだ」

巨勢麻呂に紙を渡す。巨勢麻呂が文面に目を通した。

「国守たちはこの乾政官印に従いましょうか」

「印はどうでもいい。恵美押勝の名にこそ意味がある。わたしの意であるとわかれば、みな、従うはずだ」

「すぐに使者を出しましょう」

巨勢麻呂が腰を浮かせた。

「真先と朝狩を呼んでくれ」

「承知」

巨勢麻呂が姿を消すと、仲麻呂は指でこめかみを押さえた。ときおり、視界が歪む。疲労のせいだろう。体の節々も痛んでいる。

年を取ったのだ。生きている間になんとしても紫微垣に辿り着かねばならない。そう思い、焦り、急ぎすぎてしまった。

「父上、お呼びでしょうか」

真先と朝狩がやって来た。

「座れ」

仲麻呂は息子たちに言った。

「妻子たちの様子はどうだ」

「疲れてはおりますが、心配には及びません」

真先が答え、朝狩がうなずく。

「兵たちはどうだ」

「士気は高いままです。必ずや京に戻り、逆賊どもを討伐してみせると息巻く者が後を絶ちません」

「それはよかった」

仲麻呂は小さくうなずいた。

「おまえたちにも迷惑をかける」

「なにをおっしゃるのですか、父上」

朝狩が言った。

「父上あってこその我らです。迷惑など、とんでもないことです」

「そう言ってくれて助かる。しかし、こたびのことは、わたしの失態だ。授刀衛と造東大寺司を向こうに押さえられ、後手に回らざるを得なくなった」

「それは我らの力が足りなかったゆえのこと。石川年足が生きていたら、そう思うと自分が不甲斐なくてたまりません」

真先が首を振った。

「光明皇后や年足が逝ったのも天命なのだ。それを乗り越えてゆかねばならぬのに、わたしは足元をおろそかにした」

「父上……」

「事ここにいたっては腹を括るしかない。わたしは塩焼を立てることに決めた」

「氷上塩焼を……」

真先と朝狩が顔を見合わせる。

「そして、おまえたちを親王とする」

「それはどういうことですか。我らは皇族ではありません。それが親王とは――」

「太上天皇を討ち、皇室を滅ぼすのだ」

仲麻呂は言った。息子たちは言葉を失っている。

「わたしとおまえたちで新たな国を造る。その国の主は恵美家だ」

朝狩の喉が鳴った。真先の顔は青ざめている。

「そのようなことになれば、我らは簒奪者として誹られましょう」

朝狩が言った。声が震えている。

「それがなんだと言うのだ。誹る者が出てきたとしても、好きなようにさせればよい。我らが国の主となれば、いずれ、そのような者たちも姿を消す。非難は一時。だが、権威は未来永劫続く」

「父上がそうお決めになったのなら、わたしは従うまでです」

真先が言った。

「わたしも従います」

朝狩がうなずいた。

「それでは、塩焼を呼び、そなたらを親王としてもらうこととしよう」

「我らが天皇になるかもしれないのですね」

真先の言葉に、仲麻呂は首を振った。

「天皇ではない。新たな国の主は皇帝と呼ばれることになるだろう」

十五

愛発関は近江と越前の国境に位置する関だ。仲麻呂一党は必ずここを通る。

そう佐伯伊多智に言われて、物部広成(ひろなり)は兵を率いて愛発関にやって来た。

仲麻呂が越前に入るのをなんとしてでも阻止しろ――それが佐伯伊多智の命だった。

「やってやる」

仁王立ちになって近江へと続く道を睨みながら、物部広成は呟いた。

物部氏は古くから続く名門の家柄だが、ここしばらくは藤原氏をはじめとする新興の家門に先んじられている。ここで功を立て、家門の復活に先鞭(せんべん)を着けるのだ。

今はただの授刀舎人にすぎないが、これを機に、かつて物部氏がその中央にいた朝堂の頂まで駆けのぼる。

そう思うと逸る気持ちを抑えきれない。今か今かと敵が現れるのを心待ちにしていた。

「敵が来ました」

斥候に出ていた兵が駆け戻ってきた。

「数は」

広成は訊ねた。

「数十ほど」

斥候の答えにうなずくと、広成は背後の兵たちを振り返った。

「矢をつがえよ」

兵たちが無言のまま弓を構えた。

いずれ、佐伯伊多智が兵を率いてやって来る。その前に、自分たちだけで仲麻呂一党を討つ。そうでなければ出世の階段は佐伯伊多智が先に登ることになる。

遠くに土埃が見えた。敵の進軍だ。

「まだだ。まだ待つのだ」

広成は言った。ぎりぎりまで引きつけてから攻撃する腹づもりだった。

敵が徐々に近づいてくる。斥候の言ったとおり、数十人規模の軍だった。

「仲麻呂はどこにいた」

広成は斥候に訊いた。

「さて。先陣の後ろにでもいるのでしょう」

斥候が答えた。

できれば仲麻呂の首を獲りたい。しかし、先陣の後ろ詰めは百人を超える兵がいるはずだ。こちらは二十人。多勢に無勢。無理をして命を落としては元も子もない。

敵軍の中から馬に乗った兵が駆けてきた。

「まだ打つな」

広成は味方に命じた。

「我らは太師、恵美押勝様に従いし兵。これより、越前の国府に向かう。関を通させてくれ」

敵兵が叫んだ。

「だれも関を通すなという命を受けております。引き返してください」

広成は応じた。

「聞こえなかったのか。我らは太師、恵美押勝様の軍だ」

「だれであろうとこの関を通すわけにはいきません」

「押勝様に逆らうつもりか」

敵兵がさらに声を張り上げる。そうこうしているうちに敵軍の本隊も関に近づいてきた。

「間もなく太師ご本人もここに来られる。太師に無礼を働けば、おまえの命だけではない、一族にも災いが及ぶぞ」

軍の本隊が矢の届く距離まで近づいてきた。

広成は右手を高く掲げた。

「打て」

広成の声を合図に矢が放たれる。矢が風を切る音が耳に響いた。胸に矢を受けた敵兵が馬から転げ落ちた。

「打て、打て、打て」

広成は叫び、自分も弓を構えた。敵のど真ん中目がけて矢を放つ。不意を突かれた敵は、まとまりを失い、ばらばらに逃げ惑いはじめた。太師の軍勢を襲う者などいないと高を括っていたのだろう。

時流は変わったのだ。それがわからぬとは愚かなやつらだ。

広成は笑いながら矢を射った。

＊　＊　＊

「なんだと」

仲麻呂は声を荒らげた。斥候として送り出した兵の一部が逃げ帰ってきた。訳を聞くと、愛発関でいきなり矢を射かけられたという。

「守りは堅く、いずれ向こうに援軍が来るなら、関を抜けるのは難しいかと思われます」

切れ切れに言う兵の横顔には血がべっとりとついていた。矢が頬を掠めたのだ。

「辛加知はなにをしておるのだ」

仲麻呂は虚空を睨んだ。

「兄上、もしかすると近江と同じことが起きているのかもしれません」

傍らの巨勢麻呂が言った。

「近江か……」

　仲麻呂は唇を噛んだ。近江でも敵に先んじられ、橋を焼かれた。仲麻呂たちが越前へ向かうことを見越して、またもや先回りしたのだ。

「おのれ、吉備真備め」

　ありったけの憎悪をこめて吉備真備の名を口にする。京に舞い戻ったときに、なにがなんでも殺しておくべきだったのだ。

「いかがいたしますか、兄上。愛発関を攻めるなら急がねば。しかし、その場合、我らの兵も痛手を負いますぞ」

「船だ」

　仲麻呂は言った。

「船で琵琶湖を渡り、塩津(しおつ)に向かう。船を手配しろ」

「し、しかし、これだけの人数を運ぶとなると……」

「手配するのだ」

「しょ、承知しました」

　巨勢麻呂は配下の者たちを呼び寄せ、あれこれと指図をしはじめた。

「皆の者、来た道を戻る。琵琶湖で船に乗るのだ」

　仲麻呂は声を張った。付き従う者たちの顔に落胆の色が浮かんだ。みな、くたびれ果てている。近江にも入れず、越前にも入れぬとなれば、疲労は高まるばかりだ。

「船に乗れば休むこともできる。もう一踏ん張りするのだ」

仲麻呂は妻子のもとに歩み寄った。

「みな、疲れているであろうが耐えるのだ」

妻たちがうなずいた。

「苦難の道ももう少しだ。船で琵琶湖の対岸に渡れば、越前の国府まではもう少し。越前に着けば、しばらくのんびりすることもできよう」

「辛加知はなにをしているのでしょう。迎えをよこしてくれればいいものを」

陽侯女王（やこじょおう）が言った。辛加知の母だ。

「我らが向かっていることを知らないのだ。京でなにが起こっているかもわかってはおらぬ」

仲麻呂は言った。

「辛加知は無事でしょうか」

陽侯女王の顔が曇る。

「心配はいらぬ。我らの到着を知れば大喜びしよう」

仲麻呂は心の奥に巣くう不安を押し殺した。近江には先回りされたが、越前は京からはさらに遠い。いくら吉備真備といえども、それほど素早くは動けないはずだ。愛発関を守る兵たちは関を死守せよという命に従っているだけだろう。

「だといいのですが……」

「行くぞ。船で越前を目指すのだ」

仲麻呂は陽侯女王の背中を押しながら愛発関の方向を見やった。

なんとしてでも越前に入らねばならない。指先が届きかけていたものに今度こそはしっかりと手をかけるのだ。

＊　＊　＊

「急げ、急ぐのだ」

藤原蔵下麻呂(くらじまろ)は馬上から声を張り上げた。

「おう」

すぐに兵たちが応じた。だれもが意気揚々としている。無理もない。仲麻呂が主導する政で行き場を無くしていた者たちに、突然、道が開けたのだ。

武功を上げれば出世がかなう。体を流れる血が熱くなるのも当然だった。

蔵下麻呂自身もそうだ。藤原宇合(うまかい)の九男として生まれたものの、藤原式家(しきけ)は北家と南家に水をあけられ、位階は思うように上がらなかった。このまま両家の後塵を拝するしかないのかと半ば諦めていたところに乱が勃発したのだ。

仲麻呂を討つ。それがかなえば、藤原式家が南家と北家を凌駕するだけではなく、兄たちを飛び越えて自分が氏上となることも可能なのだ。

吉備真備に呼び出され、仲麻呂討伐のための将兵を率いよと命じられたときは躊躇いがあった。

他の氏族の者ならいざしらず、仲麻呂は身内だった。身内同士が殺し合うと知ったら、天に還った父や伯父たち、祖父の不比等はどう思うだろう。低い位階で燻っていた蔵下麻呂を引き上げてくれたのは仲麻呂だったのだ。

仲麻呂には恩がある。

蔵下麻呂は備前の国守だった。長く続く干魃をなんとかして乗り切れと仲麻呂に抜擢された。だが、蔵下麻呂は備前には赴かず、遥任(ようにん)した。代理となる者を派遣し、自分は京に残ったのだ。

備前へ行ったところで先は見えている。ならば、京に残って式家のためになることを見つける方がいい。

そこに降って湧いてきたのがこの乱だ。

蔵下麻呂は躊躇った。だが、躊躇いは長く続かなかった。

なんのために藤原の男として生まれてきたのか。己が才覚で朝堂を渡り歩き、政を主導するためではないか。子々孫々まで続く栄華をこの手で摑むためではないか。

これは千載一遇の機会なのだ。

仲麻呂を討ち、南家の代わりに式家が政を主導する。氏上として君臨するのが自分だ。

身内を殺すのではない。逆賊を滅するのだ。

なにを躊躇う必要がある。

腹はすぐに決まった。急ぎ邸へ戻り、戦装束に身を固めて馬に跨がった。

急げ、急ぐのだ蔵下麻呂。

蔵下麻呂は自分を叱咤した。

自分が率いる将兵で仲麻呂を討つ。そうでなければ、式家が政を主導することはない。

唇を噛み、馬を急がせる。

目指すは越前。仲麻呂とその一党を根絶やしにするのだ。

十六

琵琶湖では烈しい北風が吹き荒れていた。

「兄上、この風では船を出すのは厳しいかと思いますが」

波打つ湖面を見つめ、巨勢麻呂が言った。

「越前へ向かう」

仲麻呂は湖面を睨んだ。琵琶湖までもが仲麻呂を嘲笑(あざわら)っている。

「しかし、兄上――」

「越前へ向かう」

「そうですね。越前に行かねば」

巨勢麻呂が唇を噛んだ。

「皆の者、船に乗るのだ。琵琶湖を渡る」

仲麻呂は振り返った。付き従うすべての者たちの顔が青ざめている。

「恐ろしいのはわかる。しかし、越前に入らねば、京よりやってくる軍勢に殺されるだけだ。生き延びるためには船に乗るよりない」

「さあ、乗れ。琵琶湖を庭とする船頭たちが船を操るのだ。なにも恐れることはない」

巨勢麻呂が叫んだ。その声に背中を押されるようにして、一党が船に乗りはじめる。

仲麻呂は最後に船に乗り込んだ。巨勢麻呂が用意した船の中で最も大きなものだ。これなら、荒波をものともせず進んでいくだろう。

船頭たちが櫓(ろ)で漕ぎはじめた。風が強すぎて帆は張れないのだ。

女子供は身を寄せ合っていた。風が体の熱を奪っていく。疲れ切った体にはこたえるだろう。

もうしばらくの辛抱だ。越前に入れば、ゆっくり休むことができる。

仲麻呂は心の奥で、妻子たちに声をかけた。

船は静かに岸を離れた。ゆっくりと沖へ向かっていく。湖面がうねるたびに船が揺れ、女たちの口から悲鳴が漏れた。

船頭たちが必死の形相で櫓を漕ぐ。波が舳先(へさき)に当たり、水飛沫(みずしぶき)が飛んできた。

「旦那様、やはりこの風では無理です」

船頭のひとりが振り返って叫んだ。

「岸へ戻りましょう」

「ならん」

仲麻呂は船頭を睨んだ。

「越前へ向かうのだ。戻ることはゆるさん」

「しかし、この風と波では――」

「向かわぬのなら、この場でそなたたちを斬り捨てるぞ」

船頭の唇がわなないた。

「わたしを試してみるか」

船頭は唇を嚙み、うなだれた。

「兄上、あの者らは琵琶湖をよく知っている船頭です。彼らの言葉に従った方がよいのではありませんか」

巨勢麻呂が言った。表情が曇っている。京を出てからはずっと曇り通しなのだ。

船頭たちの顔が赤い。風に逆らって船を進めるために満身の力を振り絞っている。なのに、船は遅々として進まない。

仲麻呂は分厚い雲に覆われた空を睨んだ。あれほどまでに仲麻呂に優しかった天が、今では仲麻呂に牙を剝いている。

天が愛でていたのは仲麻呂ではなく、光明皇后だったのだ。

仲麻呂は拳を握りしめた。爪が掌に食い込み、鈍い痛みを覚える。それでも、拳を握り続けた。

なぜ死んでしまわれたのですか、叔母上。叔母上が健在なら、今頃、この船に乗っているのは阿倍と道鏡だったはずです。

雲の向こうにいるであろう光明皇后に呪詛（じゅそ）の言葉を投げつける。

ひときわ大きな波が船腹にぶつかり、船が揺らいだ。仲麻呂は船底に膝をついた。

「旦那様、これ以上は無理です」

船頭が声を上げた。

「越前に向かわねば斬ると言ったぞ」

「そうしてください。ここで斬られて死ぬのも、水底に沈んで死ぬのも一緒です」

船頭がかっと目を見開いた。

仲麻呂は太刀にかけていた手を離した。死を覚悟した人間には脅しは効かない。

「兄上、あの者の言うとおりです。このままでは船が転覆しかねません。一旦、岸に戻りましょう」

また船が揺れ、巨勢麻呂がしがみついてきた。

「仕方あるまい」

仲麻呂は言った。眦を吊り上げ、再び空を睨む。

天よ、北辰よ、なんとしてでも我が道を阻むつもりか。

突風が吹き、船が傾いた。女たちの悲鳴が谺(こだま)した。

＊　＊　＊

「いかがいたしますか」

藤原永手が言った。天皇は傍らの道鏡に目を向けた。

吉備真備の進言に従って永手を大納言に任じたのは前日のことだった。長く仲麻呂の下で働いていた男だ。道鏡は難色を示したが、吉備真備は心配には及ばないと断言した。

実際、永手はここ数年、仲麻呂とは距離を置いていた。仲麻呂が新たな天皇に大炊王を推挙したときには、永手は塩焼王を推す一派に与したのだ。その後の橘奈良麻呂の謀反のときには仲麻呂の意のままに動いていたが、それ以降、永手は仲麻呂の政に異を唱えるようになった。

大納言に任じるために呼び出したとき、永手は言った。

仲麻呂の政は己がための政。それに与することは藤原北家の者として断じてできませんでした
——その言葉を聞いて、天皇の胸の奥にあった一抹の不安は消え去った。

その大納言、藤原永手が大炊王の処遇をどうするかと問うてきたのだ。

「禍根を残さぬためにも、殺すのが一番かと存じます。なんとなれば、あの者は逆徒の一味」

「しかし、曲がりなりにも天皇の座にあった者です」

吉備真備が口を開いた。目の奥にかすかな嫌悪の色がある。

「いくら逆徒とはいえ、天皇であった者を殺すとなると、悪しき前例となるおそれがあります」

「悪しき前例とはどういうことですか」

天皇は訊いた。

「天皇を殺そうとする者に口実を与えることになります」

天皇はうなずいた。

仲麻呂を見るがいい。天皇たる自分に公然と牙を剝き、一戦交えようとしている。仲麻呂にその気があれば、とうの昔に殺されていたとして不思議ではなかった。仲麻呂がそうしなかったのは天皇の座に就いたことのある者を殺すことに畏れを抱いていたからだろう。

だが、大炊を殺せば、名分さえあれば天皇を殺してもいいと考える者が出てくるかもしれない。仲麻呂のような者は今後も現れるだろう。そうした者に枷（かせ）がなくなれば、玉座とて安泰ではない。貴い血を受け継いだものではなく、力を得たものが簡単に手に入れられるものに変わり果ててしまうのだ。

「大炊は配流（はいる）にしましょう」

「阿倍様、なりませぬ。生かしておけば、再びあの者を担ぎ出す者が出てくるやもしれません。ここはなんとしてでも――」

「仲麻呂がいなければ、大炊にはなんの力もありません。それはだれもが知ることでしょう。すべての災いの元は仲麻呂なのです。仲麻呂が死ねば、憂いはなくなります」

「さすがは太上天皇様、おっしゃるとおりにございます」

吉備真備が笑みを浮かべた。

「聞きましたね、大納言」

「はい。大炊王を配流すべく、手筈を整えます」

永手が一礼して出ていった。

「真備殿と話があります。外してください」

天皇は道鏡に言った。道鏡が目を見開く。

「今、なんとおっしゃいましたか」

「外してくれと申したのです」

道鏡は不服そうだったが、天皇の命に従った。

「なんのお話でしょうか」

ふたりきりになるのを待って、吉備真備が口を開いた。

「先ほど、嫌な顔をしましたね」

吉備真備が苦笑した。

「見ておられましたか。仮にも僧籍にあるものが、いともたやすく人を殺せと口にするのがなんとも……」

吉備真備は言葉を濁した。

「わたしのためを思っているのです」

「それはわかります。しかし、僧が口にすべき言葉ではないのもまた確か。道鏡殿は阿倍様のおそばにいることで自分を見失っているようです」

「戒めます。どうか、そなたも道鏡を正しき道へと導いてやってください」

天皇は吉備真備を見つめた。

道鏡が増長しはじめているのは承知していた。臣下たちの前ではまだ殊勝に振る舞っているが、仲麻呂がいなくなり、天皇を脅かす者がいなくなれば増長ぶりは度を越してしまうかもしれない。

そうなれば、臣下たちのこちらを見る目も変わってくる。やっと仲麻呂のくびきから解放されたと思ったら、今度は悪僧が政を恣にする。臣下たちはそう陰口を叩き、天皇の目指す政に背を向けるだろう。

それでも、道鏡を手放すことはできない。道鏡がいなければ今の自分はないのだ。道鏡と共にこの国を導いていくという思いに、いささかの翳りもなかった。

ならば、道鏡を戒め、正しき道を歩めるよう導いてやらねばならない。自分ひとりでは荷が重いかもしれないが、吉備真備が手を貸してくれるならきっとうまくやれるだろう。

「道鏡殿がわたしの言葉に耳を貸してくれるかどうかが肝要ですな」

吉備真備が言った。

「貸しますとも。わたしがそうさせます」

「わたしは阿倍様の命に従うまで。それにしても、道鏡殿は幸せな男にございますな」

吉備真備が笑った。天皇は頬が熱くなるのを感じた。

＊　＊　＊

部屋を出ると弟の真楯が待っていた。藤原永手は真楯にうなずき、肩を並べて歩いた。

永手が仲麻呂と距離を取ったのとは逆に、真楯は仲麻呂に近づいた。

あのときは永遠にたもとを分かつことになるのだと思ったが、この乱が兄弟を再び近づけたのだ。

仲麻呂のもと、栄華を誇っていた恵美家だが、この乱で敗れればその栄華も終わりだ。代わって北家が藤原一族の頂点に立つ。その思いは永手も真楯も同じだった。

「戦の動向はどうなっている」

永手は訊いた。

「仲麻呂は近江入りを諦め、越前に向かったもようです。しかし、早馬の報せによると、越前もすでにこちらの手に落ちたとか」

「国守の辛加知が父を裏切ってこちらについたというのか」

真楯が首を振る。

「斬り殺されたそうです」

「そうか」

永手は沈痛な面持ちで溜息を漏らした。乱のこちら側と向こう側。立つ場所は違っても、同じ血の流れる一族なのだ。その死を喜ぶことはできなかった。

「我らが将兵はすでに愛発関を押さえたとか。仲麻呂は越前に入ることもままなりません。進退窮まったというところでしょうが、おそらく、本人はまだそのことに気づいていないかと」

「恐るべきは吉備真備だ」

永手は言った。

「仲麻呂の打つ手をことごとく読んで先手を打っている。あれでは仲麻呂といえども抗えまい」

「だからこそ、あの者を大宰に追いやったというのに、皮肉なものですな」

「殺しておくべきだったのだ。あの人はそういうところで詰めが甘い」

非情なようでいて、どこか甘い。自分や真楯に関してもそうだった。藤原の身内だというだけで重責を担わせ、ここぞというところで裏切られる。驕りもあったのだろうが、それだけではないものが感じられた。

「蔵下麻呂が将兵を率いて急ぎ、越前に向かったもようです」

真楯が言葉を続けた。藤原蔵下麻呂は藤原式家の者だ。

「もしも蔵下麻呂が仲麻呂を討つようなことがあれば、後々面倒なことになるのではありませんか」

「たとえ仲麻呂の首を自分で討ち取ったとしても、従五位下(じゅごいのげ)の者。我らと肩を並べるまでにはいくまい」

永手は真楯の横顔を見た。

「この乱は阿倍様が勝とう。そうなれば、太政官の主席はわたしになる」

「そうでしょうな。兄上はすでに大納言。いずれ、右大臣、左大臣となり、最後には太政大臣として名を馳せるでしょう」

「だとしても、わたしは仲麻呂にはならぬ」

永手は言った。

「むろん、北家の世を作るのが一番だ。だが、南家の者にも式家の者にも京家の者にも目をかける。藤原全体が栄えてこそ世は安泰だ」

「わたしもそう思います。一族の中に恨みで凝り固まった者が出てくれば、そこから罅(ひび)が生じるというもの。仲麻呂はそこを見誤ったのです」

「あの人は高望みをしすぎたのだ」

永手の言葉に真楯がうなずいた。

「朝堂の長でいる分には、だれよりも優れた人であった。しかし――」

「仲麻呂は自分が天皇になりたかったのですかね」

「そうではあるまい」

永手は首を振った。

「天皇に代わるなにかになりたかったのだ」

「皇帝……」

真楯が呟いた。

「本気でこの国を唐のような国にするつもりだったのですな」

真楯は乾いた笑い声を発した。

＊　＊　＊

「どうするおつもりですか」

真先の声を聞きながら、仲麻呂は琵琶湖を呆然と見つめた。風はさらに強まり、湖面のうねりは物の怪(もののけ)のようですらある。

ここまで天に嫌われたか——唇を噛み、真先に顔を向けた。

「愛発関を抜く」

「しかし、愛発関は守りを固めております。父上の名を出しても退く様子は見せぬとか。あの関を突破するのは容易なことではありません」

「それでも行かねばならん。今頃は吉備真備の意を汲んだ軍兵が京を発っていよう。近江に戻ればその者らと一戦交えることになる。どうせ戦うのなら、愛発関の守兵の方がましだろう。京からの軍兵は意気揚々としているだろうからな」

真先がうなずいた。

「愛発関まで出向いた将兵を集めよ。関の様子を聞き、作戦を立てる」

「承知しました」

真先が去り、仲麻呂は再び湖面を見つめた。くたびれきってその場にへたり込んでいる女と子供たちの世話を巨勢麻呂が甲斐甲斐しく務めている。

ほどなくして真先が将兵をふたり、連れてきた。仲麻呂はふたりから愛発関の様子を詳しく聞いた。

敵の兵力はさほど多くはない。最初の戦闘は不意を突かれて浮き足立ったせいで敗走に追い込まれたのだ。

「巨勢麻呂、真先」

仲麻呂は弟と息子を呼んだ。

「敵の数はさほどでもない。これなら関を落とせるぞ」

仲麻呂はふたりに言った。新羅征伐を思い描いてからは、ことあるごとに兵法の書に目を通してきた。自分が若くて兵を率いる体力があったなら、とうの昔に愛発関など落としていたはずだ。

「槍先に似せた陣形で関に突入する。多少の手勢は失うかもしれぬが、絶え間なく攻め続ければ向こうは音を上げるはずだ」

「わたしが指揮を執ります」

真先が言った。腹の据わった目で仲麻呂を見つめている。

逞しくなったものだ――仲麻呂は心の奥で感嘆した。これならば、自分の後を安心して任せられる。必ずや紫微垣の中心に達して、自分が手に入れたものを真先に託すのだ。

「任せたぞ」

真先がうなずき、仲麻呂に背を向ける。

「大丈夫でしょうか」

その背中に、巨勢麻呂が不安の眼差しを向けた。

「心配はいらぬ。指揮を執るだけで、先陣を切るわけではない」

「ならよいのですが……兄上、万が一の場合はわたしが兄上の楯になります。なんとしてでもお逃げください」

「なにを言っているのだ」

「兄上あってこその藤原一族。わたしが死んだところでなにも変わりませぬが、兄上には生きて再起を図ってもらわねばなりません」

「わたしもおまえも死んだりはせぬ」

「わたしになにかあったときには、妻子のことをよろしくお頼み申します」

「巨勢麻呂──」

「兄上のおかげで、わたしのようなものでも朝堂の中心で才覚をふるうことができたのです。兄上には感謝してもしたりません。もし兄上が死ねば、豊成兄上が朝堂に舞い戻るでしょう。豊成兄上が、わたしに目をかけてくれるとは思えません。ならば、兄上にはなんとしても生き延びてもらわねば」

「豊成兄上か……」

豊成は仲麻呂との争いに敗れて以降、病を得たと称して難波の別邸に引きこもったままでいる。だが、吉備真備のことだ。すぐにでも豊成を呼び戻すだろう。

「わたしも乙麻呂兄上も、豊成兄上より仲麻呂兄上を選んだのですから」

「感謝している」

仲麻呂は言った。

「恵美家の世はこれからも長く続きますぞ、兄上」

「無論だ」

なんとしてでも越前に入り、諸国から兵を集めて京に攻め入る。太上天皇と道鏡を誅し、皇室を滅ぼして新たな権威の座に座るのだ。

天皇は祭祀を司り、皇帝は政を司る。

天皇がいなくなれば、祭祀を司るのもまた皇帝だ。皇帝となって、この国のすべてを握るのだ。

「父上、準備が整いました」

真先が声を張り上げた。

「うむ」

仲麻呂は真先と将兵たちに向き直り、太刀の柄に手をかけた。

「皆の者、出陣だ。愛発関を抜けるのに功を上げた者には好きなだけ褒美を取らせるぞ」

おう――将兵たちが力強い声を上げた。みな、仲麻呂の持つ力を露ほども疑ってはいない。

そうとも。わたしは太師恵美押勝。皇室を滅ぼし、皇帝となる者だ。

仲麻呂は太刀の柄にかけた手に力を込めた。

＊　＊　＊

佐伯伊多智は辛加知を殺した後、越前国府の守りを部下に任せると、将兵を率いて愛発関に向かった。

愛発関を守る物部広成が一度は仲麻呂の軍を追い払ったとの報せは受けていた。だが、それしきのことで仲麻呂が越前入りを諦めるとは思えない。近江への道を断たれた今、仲麻呂に残されたのは越前だけなのだ。

息子の辛加知を殺し、父の仲麻呂をも討ったとなれば、一番の軍功は自分のものとなる。物部広成や京からの追討軍が仲麻呂を殺す前に愛発関に到着しなければならない。

跨がった馬が口から泡を吹いていた。付き従う将兵たちが疲労困憊し、遅れはじめている。それでも、佐伯伊多智は馬の歩を緩めることをゆるさなかった。

愛発関に着くと物部広成らが険しい顔をして近江の方を睨んでいた。

「いかがした」

佐伯伊多智は馬を下りると、関に向かって駆けた。

「おお、佐伯殿。国府の方はどうなりましたか」

物部広成が訊いてきた。

「国守の辛加知を誅し、国府は押さえた」

「首尾よくいったのですね」

「ああ。近江と越前を我らが押さえ、京からは追討軍が北上してくる。仲麻呂は進退窮まったも同然だ。それで、仲麻呂軍を撃退したと聞いたが、その後はどうなのだ」

「先ほど戻ってきた斥候によると、やつらは船に乗ったそうです」

「船だと。琵琶湖を渡るつもりか」

物部広成がうなずいた。

「どこかに上陸して関を通らずに越前に入るつもりかと」

「なにを呑気なことを。ならば、すぐに兵を送らねば」

「しかし、どこへ。琵琶湖は海のごとく広い」

佐伯伊多智は唇を噛んだ。物部広成の言うとおりだ。数万の兵がいたとして、琵琶湖のすべてに目を光らせることは困難だった。

「ならば、国府へ戻る。国府で仲麻呂を迎え撃つのだ」

「この斥候は、この辺りの生まれなのです」

物部広成がそばにいた兵に目を向けた。

「この者が申すに、この風では船はとても沖には出て行けぬと」

「ならば、引き返すほかはないと申すか」

兵がうなずいた。

「無理に沖に出れば、必ずや船は転覆します。たとえ仲麻呂が沖に出よと命じたところで船頭たちは従わぬかと。死ぬとわかっていて突き進む者はおりません」

「となれば――」

佐伯伊多智は右手の指でこめかみを揉んだ。

「再び戻ってきましょう。越前に入るにはこの関を抜けるよりないのです」

物部広成が言った。

「迎え撃つ準備をしていたところです。数にものを言わせて力押しされたらこの関を守り抜くのは難しい。どうしたものかと思案を巡らせていたところに佐伯殿がいらした。願ってもない援軍です」

「ここで仲麻呂の首を獲る。よいな」

佐伯伊多智は静かな声で言った。

「もちろんです」

物部広成が低い声で応じた。

＊　＊　＊

「全軍、進め」

真先の鋭いかけ声と共に、将兵たちが関に向かって進軍しはじめた。縦長に隊列を組み、隊列の先頭は槍先のように細長い。

仲麻呂は愛発関へと続く道の後方で戦いの趨勢（すうせい）を見守った。

愛発関では守りを固める兵たちが弓を構えていた。

「駆けよ」

真先が叫ぶ。兵たちが隊列を守ったまま走り出す。

「矢を射よ」

関の方でも声が上がった。兵たちが一斉に矢を射る。矢が風を切る音が仲麻呂の耳にも届いた。

兵たちの進軍は止まらない。関目がけて突き進んでいく。

「行け。矢など気にするな。当たり所が悪くない限り、死ぬことはない」

仲麻呂は呟いた。

隊列の先頭にいた兵がもんどり打って倒れた。胸に矢が刺さっている。

「退くな。退いてはならぬ」

仲麻呂は隊列を凝視した。進軍の速度が鈍っている。

「進むのだ。進め。関を落とせ」

仲麻呂は歯ぎしりしながらまた呟いた。兵が倒れた。別の兵も倒れた。

「進め。怯むな」

真先の声が響く。兵たちが怒声を上げた。わめき散らすことで矢で射られる恐怖を紛らわそうとしている。

ここで死ぬか。それとも関を落とし、褒美を手に入れるか。

一緒だ。みんな同じだ。死ぬか、進むか。太師である仲麻呂も無名の兵もなにも変わらない。

関に向かって駆けていく兵たちが次から次へと倒れていく。数人の兵が関に辿り着いたが敵と刃を交えるだけで一向に埒があかない。その間にも矢は射続けられ、兵たちが倒れていく。

「兄上、このままではいたずらに兵を失うだけです」

巨勢麻呂が叫んだ。

「関を落とすのだ。なんとしても落とすのだ」

仲麻呂は叫び返した。

ここで退いてなるものか。決して太上天皇や吉備真備の思いどおりにはならぬ。

仲麻呂は太刀を抜いた。抜き身の刃を振り回し、声を張る。

「進め、進め。関を落とすのだ。功を上げた者には一国を与えるぞ」

仲麻呂の声が兵の耳に届いたかどうかはわからない。兵たちは死に物狂いで関を目指し、矢に射られて倒れていく。

「兄上――」

巨勢麻呂が腰にしがみついてきた。

「なにをする、巨勢麻呂」

「ここは退却を。このままでは、我が兵が全滅してしまいます」

「たとえ兵が一人残らず死んだとしても、越前に入れるならよい。兵はまたかき集めればよいのだ」

「真先が死んでもよいと申しますか。兵を率いているのは兄上の息子なのですよ」

仲麻呂は唇を舐めた。

「真先は兄上の後を継ぐ者です。訓儒麻呂は討ち死にし、辛加知もどうなっているかわかりません。ここで真先を失えば、恵美家はどうなるのですか」

「退却させよ」

仲麻呂は太刀を鞘（さや）に収めた。

「承知しました」

巨勢麻呂が手にしていた白い旗を大きく左右に振った。退却の合図だ。

「退け。退くのだ。朝狩、皆の者に引き返す支度をさせよ」

巨勢麻呂は旗を振りながら朝狩に言った。朝狩は青ざめた顔で戦況を見つめていた。

「朝狩」

仲麻呂は朝狩を怒鳴りつけた。

「も、申し訳ありません。すぐに支度をさせます」

朝狩が駆け去っていく。仲麻呂は関に目を向けた。

真先が白い旗に気づき、退却を命じている。関を目指していた兵たちは踵を返し、我先にと逃げてくる。

「おのれ」

仲麻呂は唇を噛んだ。やることなすこと裏目に出る。まさに天に見放された気分だった。

「関を固める敵兵が追ってくるかもしれません。どこへ向かいますか」

巨勢麻呂が言った。

「南だ。とりあえず南下して陣容を整えるのだ」

「承知」

巨勢麻呂はうなずき、仲麻呂に背を向けた。

「元気のある兵は殿（しんがり）を務めるのだ。関の兵が追ってくるかもしれぬ。なんとしてでも食い止めよ」

　戦闘に加わらなかった兵たちに命令を下し、女たちには怪我を負った兵の手当てを頼んで回る。弟をこれほど頼もしいと思ったことはなかった。

「父上、申し訳ありません」

　真先が戻ってきた。息を切らしている。

「そなたは無事か」

　真先がうなずいた。

「はい。しかし、十数名の兵を失いました」

「そなたが無事ならよいのだ。すぐに南に向かうぞ。ゆっくり休んでいる暇はない」

「わかっております。しかし、京から我らを追う兵が向かっているはず。関の兵たちも追ってくるでしょう。挟み撃ちにされます」

「わかっている」

　仲麻呂は素っ気なく応じた。言われるまでもない。南からは吉備真備が送り出してくる軍、北からは関を守っていた兵たち。東は琵琶湖で西は険しい山々が連なっている。逃げ道はなく、北と南から挟まれることは必至だ。

「それでも、行かねばならぬのだ」

　仲麻呂は言った。

「そうですね。ここにとどまるも、南に向かうも同じこと。ならば、一縷の望みをかけて南へ向かいましょう」

真先は怪我を負って地面に倒れている兵に顔を向けた。その目が孕んでいるのは死への覚悟だった。

「巨勢麻呂、朝狩」

仲麻呂は真先から目を逸らした。

「この近くの寺に人を遣わせ。食糧や人手が必要だ」

「しかし、僧侶たちは道鏡に恭順しておりますぞ」

巨勢麻呂が答えた。

「わたしがどれだけ僧や寺に便宜をはかってきたと思っている。貸しを返してもらうのだ。我らもまた仏に帰依した身だぞ」

「やるだけはやってみます」

巨勢麻呂が不承不承うなずいた。

＊　＊　＊

大野真本（おおののまもと）は馬を止め、前方を見据えた。西の三尾山（みおさん）が琵琶湖岸に迫り、岬を形作っている。そのため道は狭く、逃げ場はほとんどない。

敵を迎え撃つならここしかない。

「ここですな」

馬を並べていた佐伯三野（さえきのみの）が言った。

「ええ。ここなら、敵を殲滅できますな」

大野真本はうなずいた。

「急ぎ陣形を整えよう」

「そうしましょう」

ふたりは馬を下り、率いてきた将兵に指示を出しはじめた。

心が逸っている。

大野真本は自らを落ち着かせようと深い呼吸を繰り返した。

大野真本は大野東人（あずまひと）の孫だった。東人は藤原宇合率いる鎮圧軍に従軍し、叛乱を起こした蝦夷（えみし）を討った。それが縁で宇合と信義を結び、以来、大野氏は藤原式家との結びつきが強まったのだ。

だが、藤原式家は南家と北家の後塵を拝し、宇合の子孫たちは不遇をかこっていた。

そこにこの乱が勃発したのだ。

宇合の息子である蔵下麻呂が援軍を率いてやって来るという報せがあった。

ついに藤原式家が日の目を見る時が来たのだ。

自分が軍功を上げるだけでなく、援軍の指揮官としての蔵下麻呂の働きが評価されれば、藤原式家も、大野の一族も躍進を遂げることになるだろう。

祖父の東人は軍功を認められて最終的には従三位、参議の地位まで昇り詰めた。父の大野横刀(たち)は従五位上、鎮守判官(ちんじゅのじょう)にとどまったが、自分は祖父と同じ高みにまで昇れるかもしれないのだ。

宇合と東人のように、蔵下麻呂と盟友の契りを結び、共に朝堂の重鎮として才覚をふるう日が来るかもしれない。

そのためには、なんとしてもここで仲麻呂を討たねばならない。

大野真本は佐伯三野に目をやった。

佐伯三野もまた昂ぶっている。思いはみな同じなのだ。

仲麻呂を討ち、これまでは考えることもゆるされなかった位階を得る。

乱の勃発を喜ばない者はいない。軍功を上げ、生き延びることさえできればすべてをひっくり返すことが可能となるのだ。

仲麻呂は自分の息がかかった者たちだけを寵愛し、自分の都合のいいように政を執り行ってきた。その仲麻呂が失脚すれば、朝堂の重要な地位を占めていた者たちのほとんどもその座を失う。

これ以上の機会があるだろうか。

深い呼吸を何度繰り返しても、心の高鳴りを抑えることはできなかった。

＊　＊　＊

「吉備真備というのは恐ろしい男ですな」

弓削浄人が言った。道鏡は弟の言葉にうなずいた。

「七日ほど前は、この国のほとんどすべてを握っていたのですよ、仲麻呂は。なのに、その命はいまや風前の灯火。吉備真備の軍略があの者からすべてを奪ってしまった」

「だからこそ、仲麻呂はあのお方を大宰に追いやったのだろう」

道鏡は言った。

「我らも吉備真備を警戒せねば」

浄人が唇を歪めた。

「知識は膨大で、政や兵法の才覚もある。しかし、融通が利くようには見えません。いずれ、我ら弓削一族の前に立ち塞がるやもしれませんぞ。今のうちにあの男をどうするか決めておかねば」

「やめておけ」

道鏡は頬を緩めながら首を振った。

「阿倍様はあのお方に絶大なる信頼を寄せている。乱が鎮まれば、右大臣に据えるだろう。それを阻止しようとしたら、そなたが疎まれることになる」

「そこを兄上の力でなんとかするのです。阿倍様も、兄上の言葉になら耳を傾けるのではないですか」

「あのお方はこの国の主だ。己より国を大事にする。もし、わたしが吉備真備を政から遠ざけよと進言すれば、あのお方はわたしを遠ざけるだろう」

「まさか、そのようなことは――」

「国の主とはそういうものなのだ。あのお方はただの女人とはわけが違う」

浄人が顔をしかめた。

「弓削の一族の期待は高まっております。兄上は僧籍ゆえ、わたしが政の重責を担い、弓削一族の者たちの位階を引き上げる。さすれば、弓削一族も栄えるというもの」

「わかっている。わたしもそなたの出世には力添えするつもりだ。しかし、焦りは禁物だぞ、浄人。吉備真備はもちろん、永手をはじめとする藤原の者たちも朝堂に残っている。あの者らを敵に回すと、阿倍様といえど、思うがままの政はできぬ」

「焦れったいことですな」

浄人が嘆息した。道鏡は笑った。

「政というものは、いつだって焦れったいものなのだ」

道鏡は太上天皇の様子を思い浮かべた。内裏に移ってからは、嬉々とした表情で臣下たちに命を下している。

やっと己一人の才覚で政に采配をふることができるようになったのだ。

以前、天皇であったときは父の聖武天皇や母の光明皇后の陰に隠れ、太上天皇となってからは仲麻呂にないがしろにされてきた。

天皇として、この国の主としてあるべき姿で振る舞う。それがやっとかなったのだ。

生き生きとした太上天皇はこれまで以上に美しかった。

「わたしが支えますぞ、阿倍様」

道鏡は呟いた。

「なんと言われました、兄上」

浄人が右の眉を吊り上げる。

「なんでもない」

道鏡はそう返し、目を閉じた。

十七

「敵が待ち構えています」

物見に出ていた兵が血相を変えて戻ってきた。前方に見える岬は三尾崎(みおのさき)だ。右手の山が琵琶湖に向かってせり出し、道が狭くなっている。敵が待ち構えているならそこしかないと巨勢麻呂や真先と話していた。

心構えはできている。決して退かず、血路を開くのだ。

「皆の者、決戦の時は来た。覚悟はよいな」

真先が将兵たちに気合いを入れた。

おう——将兵たちが答える。

だれもがわかっているのだ。生きるも死ぬも、ここでの戦いにかかっている。愛発関のような退却はあり得ない。退けば越前からの兵に挟み撃ちにされる。前へ進み続けなければ待っているのは死なのだ。

「父上、行ってまいります」

真先が仲麻呂に向き直った。仲麻呂は息子の肩に手を置いた。

「死ぬな。生きて、共に京に戻るのだ」

「心得ております。叔父上――」

真先は巨勢麻呂に顔を向けた。

「父上のこと、よろしくお願いします」

「任せておけ。女子供もわたしが必ず守ってみせる。おまえは安心して戦ってくるがよい」

真先は唇をきつく結び、うなずいた。

「行くぞ」

真先は太刀を抜き、頭上にかざした。

「正四位上（しょうしいのじょう）、参議、藤原恵美朝臣真先、これよりそなたらと共に敵を討つ」

兵たちが一斉に太刀を抜いた。

「決して退くな。退けば待っているのは死。死中に活を求めて敵を屠（ほふ）るのだ」

おう、おう、おう――将兵たちが声を張り上げる。腹の底から声を出すことで恐怖を振り払おうとしているかのようだ。

「ついてまいれ」

真先が岬に向かって歩きはじめた。将兵たちが整然と列を作り、それに続く。

「勝てましょうか」

進軍する将兵たちを見守りながら、巨勢麻呂が言った。

「勝たねばならんのだ」

仲麻呂は答えた。

「なんとしてでも勝たねばならん。ここで我らが勝てば、太上天皇側になびいていた者どもも、やはり恵美押勝は侮れんと風向きを読もうとするだろう」

巨勢麻呂がうなずいた。

「それで、寺からの支援はどうなった」

「どの寺も応じようとはしません。そればかりか、京から来る軍勢を待ち侘びている様子とのこと」

仲麻呂は拳を握った。

「受けた恩を忘れるとは、僧の風上にも置けんやつらよ」

情のない人間にはだれもついてまいりません――石川年足の声が頭の奥で響いた。ついで、石川年足が首を振る姿が浮かぶ。

情など、なんの益にもならないと思ってきた。情に振り回されるから果断に決定することができず、政に遅れを生じさせる。

情を除き、自分のために尽力する者を引き上げ、朝堂を固めれば、己の思い描く政を滞りなく推し進めることができる。

情などは政には邪魔なだけだ。

だから、あのときは石川年足の言葉を一笑に付した。

しかし――

不意に、幼き頃の記憶がよみがえった。祖父の不比等が側近と語らっているのを耳に挟んだのだ。

政というものはゆっくり進めなければならん。急ぎすぎは禁物だ。

不比等は確かにそう言っていた。

おまえは急ぎすぎ、焦りすぎたのだ、仲麻呂よ――不比等の声が聞こえたような気がした。

「しかし、しかし、人生は短いのです。急がなければ、紫微垣の中心に自分の居場所を見つけることはかなわなかったのです」

仲麻呂は頭の中の不比等に言った。

不比等はなにも答えず、その姿は次第に薄れていく。

「待ってください、お祖父さま。わたしのなにがいけなかったというのですか。藤原を、天皇家に負けぬ権威を帯びた一族にするために、わたしは身を粉にして働いてきたのです」

不比等の姿は完全に消えた。

「兄上、どうしたのですか」

肩を揺さぶられて、仲麻呂は我に返った。巨勢麻呂が心配そうな眼差しを向けている。

「なんでもない」

仲麻呂は巨勢麻呂の手を振り払った。潤んだ目を岬の方に向ける。

真先の率いる将兵たちはしっかりとした足取りで進軍していた。

＊　＊　＊

藤原真先は太刀を地面に突き立て、荒い息を吐いた。あちこちで太刀と太刀がぶつかる音や、斬られた人間の悲鳴が響いている。

戦いがはじまってからどれほどの時が経ったのか。

味方の将兵はよく戦っていた。中でも真先を守る兵たちは鬼神のようだった。真先をぐるりと取り囲み、襲いかかってくる敵兵を次から次へと斬り倒していく。

彼らがいなければ、真先はとうに斃されていただろう。

「真先様、まだ戦いは終わっておりませぬ。休んでいる暇はありませんぞ」

兵のひとりが叫んだ。真先は地面に突き立てた太刀を持ち上げた。

「すまぬ。少し疲れただけだ」

太刀はずしりと重い。持ち上げるのも一苦労で、振り回すことなど、もうできそうになかった。

無理もない。机に向かって筆を進める以外のことは長い間していないのだ。腕も足腰も鈍っている。そんな体でよくもここまで踏ん張ったものだ。

「敵の勢いが鈍っております。我が将兵の獅子奮迅の戦いぶりにおそれをなしたのでしょう」

別の兵が言った。彼らの息も乱れている。

だれもが疲労困憊しているのだ。ただ、生き延びたいという思いに突き動かされて太刀をふるっている。

「間もなく敵は退却をはじめますぞ。我らが勝つのです。尚男様の軍勢が敵を打ち負かすのです」

兵の声は昂ぶっていた。勝利の確信ほど兵を鼓舞するものはない。

よろめきながら向かってきた敵兵を、味方の兵が斬り捨てた。血飛沫が舞い、敵兵は悲鳴を上げることもなく地面に斃れた。

勝つのか。我らが勝つのか。

父、仲麻呂と交わす言葉はあれが最後だと思い定めていた。

敵の軍勢は意気軒昂で、味方の兵は疲れ果てている。

勝てるはずがないと思っていた。ただ、仲麻呂が逃げる時間を稼ぐために戦うつもりだった。

それが勝てるかもしれないというのだ。

これまでそっぽを向き続けていた天が、やっと微笑んでくれたのだ。

「なにごとだ」

兵のひとりが前方に顔を向けた。敵兵たちが声を上げている。叫んでいる。

「援軍だ。援軍が到着したぞ」

敵兵の声を聞き、真先は体から力が抜けていくのを感じた。

＊＊＊

「兄上、これは我らが勝ちますぞ」

高台から戦況を眺めていると、巨勢麻呂が小躍りしながら言った。

確かに、真先率いる将兵たちは必死の覚悟で敵と斬り結び、その気迫に敵兵たちが押されていた。

白兵戦（はくへいせん）では将兵の数より、死を覚悟した者の多さで勝敗が決まるのだ。

「巨勢麻呂よ、真先が敵を蹴散らしたら再び愛発関に戻るぞ」

仲麻呂は言った。

「もちろんでございます。この勢いを駆って関を落とし、越前に入りましょうぞ。しかし、真先たちと戦っている兵には越前から来た者もいる様子。辛加知はどうしたのでしょう」

「決まっている。殺されたのだ」

考えたくはなかったが、愛発関の件といい、仲麻呂たちを待ち構えていた兵といい、事は明白だった。吉備真備の命を受けた者たちが越前に先んじ、辛加知を殺したに違いない。

「なんと……しかし、そう考えるほかありませんな。口惜しい」

「越前の国府に入ったら、諸国に檄を飛ばし、兵を集める。準備が整ったら、京に向けて進軍だ」

巨勢麻呂がうなずいた。

緒戦こそは吉備真備の兵法に後れを取ったが、態勢さえ整えば、太上天皇側についた将兵など敵ではない。

京に入ったら、真っ先に吉備真備を捕らえ、八つ裂きにしてくれる――仲麻呂は太刀にかけた手に力を込めた。

「まさか、真先に兵法の才があったとは驚きですな。間もなく、敵は散り散りになって逃げ出しますぞ」

巨勢麻呂がそう言った次の瞬間、南の方で怒声が上がった。

「援軍だ。者ども、援軍が来たぞ」

ついで、敵味方が入り乱れて斬り結んでいる戦場からも声が上がった。

「まさか――」

仲麻呂は南に目を向けた。土埃が舞っていた。怒声はその土埃のただ中から上がっていた。

「援軍だ。援軍だ」

劣勢だった敵の兵たちが活力を取り戻すのが手に取るようにわかった。逆に、真先の兵たちは取り乱し、先ほどまでの勢いを失っていく。

「退くな。退いてはならん」

仲麻呂は叫んだ。だが、その声は京からやって来た援軍の怒声にかき消された。

土埃の中から、馬に跨がった戦装束の将が姿を現した。率いる将兵たちがその後に続いている。

仲麻呂は先頭の戦装束の兵に目を凝らした。甲をかぶってはいるが、その顔に見覚えがあった。

「おのれ、蔵下麻呂ではないか」

間違いない。藤原式家の蔵下麻呂だ。藤原宇合の九男で、仲麻呂とは従兄弟にあたる。

「蔵下麻呂ですと。そんな馬鹿な。藤原の者が我らに弓を引くというのですか」

巨勢麻呂も援軍に目を向けた。

「あれは間違いなく蔵下麻呂。兄上に引き上げてもらった恩も忘れて向こう側につくとは……」

巨勢麻呂が唇を噛んだ。

仲麻呂はうなだれた。天だけではない。だれもかれもが仲麻呂を見限ったのだ。

たとえこの戦になんとか勝って越前に入れたとしても、仲麻呂の要請に応じて兵を送ってくる者など数えるほどしかいないだろう。

仲麻呂は両手を開き、掌に目を据えた。ほんの数日前まではこの手にこの国のほとんどすべてを握っていたのだ。それが今ではなにも残っていない。細かい砂のように、両の手からこぼれ落ちてしまったのだ。

「兄上、我らの軍が退いております。このままでは——」

真先たちが後退していく。もはやなすすべがないのだ。

「兄上、ここまでにございます」

巨勢麻呂が背筋を伸ばして仲麻呂に向き合った。

「かくなる上は、我ら兄弟、自害するほかないと存じます。さすれば、女子供はゆるされるやもしれません」

「ならん。断じてならんぞ」

仲麻呂は叫んだ。

「わたしは恵美押勝。太師にして尚舅。この国の政を司る者だ。自害など断じてせん」

「しかし、兄上。我らにはもはや、兵もわずかしか残っておりません」

「それでも戦うのだ。覚えているだろう、巨勢麻呂。我ら兄弟にはなにもなかった。父は疫病で早世し、朝堂は橘諸兄が牛耳った。諸兄は我らを歯牙にもかけず、出世の道は閉ざされていたのだ」

仲麻呂は唇を舐めた。血の味が舌に広がった。知らぬうちに強く唇を嚙み、皮が破れていたのだ。

「それでもわたしは諦めなかった。決して諦めなかった。我らは藤原の者ぞ。不比等の血を引く者ぞ。政を主導し、この国を導くために生まれてきたのだ。違うか」

「兄上――」

「幸い、わたしには光明皇后がおられた。あのお方の導きに従い、わたしは血路を開いたのだ。多くの敵を下し、やっと己の望む政を司ることができる地位に就いたというのに、むざむざとそれを無にするわけにはいかん」

「兄上――」

「船だ」

仲麻呂は弟の声を無視した。

「船で沖に出る。一旦、ここから離れて態勢を立て直すのだ」

「真先たちを見捨てると言うのですか。兄上のために命懸けで戦っているのですよ」

「わたしが死ねばすべては無に帰す。しかし、わたしが生き延びれば、ここで死んだ者たちに報いてやることができるのだ。船だ。船に乗るぞ、巨勢麻呂」

「あそこには真先もいるのです」

巨勢麻呂が戦場を指さした。

「父のために死ぬのなら本望であろう」

「兄上――」

「船だ。船に乗る。必ずや京に戻り、吉備真備や蔵下麻呂ら逆賊どもを捕らえて八つ裂きにしてくれる」

「承知しました」

巨勢麻呂が肩を落とした。

「こんなところで終わってたまるか」

仲麻呂は空を仰いだ。分厚い雲に覆われているが、空の彼方に紫微垣はある。その中央に座すのが天帝だ。

自分こそが天帝に相応しい。北辰の門をくぐり、紫微垣を目指したのは自分しかいないのだ。

「行くぞ」

仲麻呂は坂を駆け下った。

十八

風は弱まっていたが、波は相変わらず高かった。沖に出ることはかなわず、船は陸に近いところを北上している。敵兵の乗った船が背後に迫っており、陸からは敵兵の放つ矢が飛んでくる。

真先が率いていた将兵は力尽きたのだろう。陸からの援護はなかった。

「後ろの船が敵に捕まりました」

背後に目を凝らしていた氷上塩焼が叫んだ。巨勢麻呂は別の船に乗っている。

「このままでは、我らの船が追いつかれるのもうすぐです。太師様、どうしたらいいのですか」

今朝までは天皇になったと浮かれていた氷上塩焼だが、今、その顔に浮かんでいるのは恐怖と絶望だけだった。

仲麻呂は周囲に視線を走らせた。妻たちや幼い子供たちは体を寄せて抱き合いむせび泣いている。

つい先日までは、太師の妻や子として、この世の春を謳歌していたのだ。それが粗末な船の上で恐怖に震えている。

なんという変わり様だ。

だれよりも優れていると自負していた。周りの者たちが愚かに思えてしかたなかった。だれもが情やしきたりに囚われ、思うがままに生きることもならず、小さな安寧を得るだけでよしとしている。

そんな者たちはすべて蹴散らし、だれよりも優れた自分がこの国に君臨する。

そのために我武者羅(がむしゃら)に突き進んできた。

だが、だれよりも優れていたのではなく、だれよりも愚かだったのではないか。

しきたりを軽んじ、情を蔑み、挙げ句、たった数日ですべてを失おうとしている。

政というものはゆっくり進めねばならん。急ぎすぎは禁物だ。——不比等の声が耳の奥によみがえる。

時間をかけすぎたから、すべてを成し遂げることができずに死ぬことになったのだ。

祖父のことはそう思っていた。

だが、祖父が正しいのだ。祖父は畑を耕し、種を蒔(ま)き、実りの収穫を息子たちに託した。疫病さえなければ、それはかなったのだろう。

一代では無理なのだ。いくつかの世代を超えてやっと手に入る。祖父が、父たちが、自分が得ようとしていたのはそういうものだ。

今ならそれがよくわかる。

だが、もはや手遅れだ。

自分が死ねば、藤原の一族は再び兄の豊成が率いていくことになるだろう。仲麻呂の血を引く者は殺されるか、生き延びたとしても日の目を見るのに長い時間をかけなければならない。

藤原の先頭を行くのは北家になるだろう。援軍を率いてきた式家の蔵下麻呂も出世する。南家は取り残されるのだ。

「すまぬ」

仲麻呂は妻子たちを見つめながら呟いた。

「太師様、どうするのですか」

氷上塩焼が袖にすがりついてきた。

「狼狽えるのはおやめなさい。あなたは天皇なのですぞ」

仲麻呂は氷上塩焼をなだめ、前方に目をやった。砂州(さす)が見える。

「あの砂州に向かえ」

船頭に命じる。

「鬼江(おにえ)でございますか」

船頭が応じた。

「そうだ。他の船にもあの砂州に向かうよう伝えるのだ」

船頭が後ろの船に向けて両腕を大きく振った。船乗りたちにはそれでわかるらしい。

「皆の者――」

仲麻呂は船に乗っている者たちを見渡した。

「これより陸に上がり、最後の戦いに備える。覚悟せよ」

返事をする者はいない。女たちの啜り泣く声がさらに大きくなる。

「わたしを恨むがよい」

仲麻呂は言った。

「わたしの妻となった自分たちの運命を呪うがいい。だが、泣いていても助けは来ないぞ。泣いている暇があれば、己と子供たちを守るために鬼神となれ」

女たちの啜り泣きはやまなかった。氷上塩焼も震えるだけでなにも言わない。仲麻呂は舌打ちをした。

鈴印を携えた大炊王がここにいれば、すべては違ったのだ。

仲麻呂は空を睨んだ。

「持ち上げるだけ持ち上げておいて、もう少しで手が届くというところで地面に叩きつけるとは、わたしを弄ぶのがそれほどに楽しいか」

喉が渇く。仲麻呂は唾を呑み込み、言葉を続けた。

「北辰の門を開いておきながら、いざ、わたしが紫微垣の中心に座ろうとするや、門を閉じた。それほどまでにわたしが恐ろしいか。いいだろう。ならば、紫微垣など、天帝の座す場所など、わたしが塵芥（ちりあくた）に変えてくれる」

船が揺れた。仲麻呂は片膝をついた。耳の奥で、光明皇后の声が響いた。

――そなたは、紫微垣に相応しくないと見なされたのですよ、仲麻呂。

仲麻呂は口を大きく開き、言葉にならない声で叫んだ。

＊　＊　＊

精も根も尽き果てた。仲麻呂は船の上で尻餅をつき、荒い呼吸を繰り返した。

鬼江で決戦を挑みはしたものの、敵は陸と湖上から仲麻呂たちを攻め立て、ひとり、またひとりと味方の兵が斃れていった。

仲麻呂も太刀をふるって応戦したが、普段筆や盃しか持たぬ腕はすぐに使い物にならなくなり、寄る年波か息もすぐに上がった。

もはやこれまでと覚悟を決めたところに、鬼江で別れたはずの船頭が小船を曳いて現れた。

「これでお逃げください、太師様」

船頭の言葉に背中を押され、わずかばかりの妻子を乗せて湖上に逃れたのだ。

仲麻呂は船上に目を凝らした。巨勢麻呂や息子たちの姿は見当たらない。いずれ、斬り倒されたか捕まったか。

だれもが羨む栄華を誇った藤原南家は、ここに滅びるのだ。

「仲麻呂だ。仲麻呂がいるぞ」

湖上に声が響いた。一艘の船がこちらに向かってくる。

仲麻呂は船を漕ぐために立ち上がろうとしたが、脚に力が入らなかった。

「間違いない。仲麻呂だ。仲麻呂がいたぞ」

船がどんどん近づいてくる。仲麻呂は喘いだ。持てる力のすべてをふるって天に抗ったが、それも無駄だった。自分はここで死ぬのだ。

紫微垣に相応しくない——光明皇后の声がよみがえる。

皇帝となる自分を夢見るのは分不相応だったというのか。

わたしは藤原の男だぞ。不比等と武智麻呂の血を引く兄弟の中でもぬきんでた男だ。

そのわたしが相応しくないというなら、いったい、だれが相応しいというのか。

船に乗っていた兵たちが湖に飛び込んだ。泳ぎながらこちらに向かってくる。

仲麻呂は体の力を抜いた。

正しい答えが突然、頭の奥から湧いて出てきたのだ。

天皇は祭祀を司り、皇帝は政を司る。

そうではない。

天皇と皇室を滅ぼし、唯一無二の存在になることを目指すべきだったのだ。

最初からそれを目指していれば、天が身を翻すこともなかったはずだ。

妻たちが悲鳴を上げた。

敵兵が船に乗り込んできたのだ。

「逆賊、仲麻呂、神妙にしろ」

最初に船に乗り込んできた兵が叫んだ。身なりからして、一介の兵卒だ。

このような者に捕らわれ、殺されるのか。

仲麻呂は笑った。

「なにがおかしい。気が触れたか」

兵が仲麻呂を睨んだ。

「名はなんという」

仲麻呂は訊いた。

「なんだと」

「名前を聞いているのだ。死に行く者に、せめて名前ぐらい教えてくれてもいいだろう」

「石村石楯(いわれのいわたて)」

兵が名乗った。

「石村石楯か。よい名前だ。祖先は半島から来た者か」

兵がうなずいた。

「わたしの首を京に持ちかえれば、そなたは出世するぞ。これまで望んだこともないような大出世だ」

「黙れ」

「しかし、これだけは覚えておくがよい、石村石楯よ」

仲麻呂は石村石楯に柔らかい視線を向けた。

「大それた望みは抱くな」

「黙らぬと、この場で斬るぞ」

石村石楯が太刀を突きつけてくる。仲麻呂は微笑みながら口を閉じた。

「石村石楯、逆賊、仲麻呂を召し捕らえたぞ」

石村石楯が誇らしげに叫んだ。

十九

石村石楯という兵が、塩漬けにした仲麻呂の首を桶から出した。

太上天皇――いや、重祚した新しい天皇が眉をひそめる。道鏡が天皇と首の間に立ちはだかった。

吉備真備は首を検めた。

「間違いございません。仲麻呂の首にございます」

「わかりました。もう結構です」

天皇が逃げるように去っていく。道鏡がその後を追った。

「手柄を立てたな」

吉備真備は石村石楯に微笑みかけた。

「いずれ、褒美が与えられるだろう。位階も大幅に上昇する。そなたは一族の誉れとなるであろう」

「もったいなきお言葉」

頭を下げる石村石楯をその場に残し、吉備真備は踵を返した。

「憐れなものだ」

歩を進めながらひとりごちた。

ほんの数日前まで、仲麻呂は天皇をも凌駕する力を持っていた。政を主導し、軍権を一手に握り、その気になれば、自分が新たな君主としてこの国に君臨することもできたのだ。

「そのつもりだったのかもしれんな」

吉備真備は首を振った。その強すぎる力にどう対抗するか。夜も寝ずに考え続けた。なのに、勝利は呆気ない。

世の理というのはそういうものなのだろう。

仲麻呂はぬきんでた才を持ち、その才を遺憾なく発揮して力を手に入れたが、ひとつだけ、間違っていたことがある。

すべては自分の力のおかげだと妄信していたことだ。

光明皇后、石川年足、藤原御楯、そうした人々の支えがあってこその藤原仲麻呂だという事実に気づかなかったのだ。気づいていても、あえて無視していたのかもしれない。

仲麻呂を支えていた三人が立て続けに死に、仲麻呂の力は急速に衰えた。

だからこそ、付け入る隙があったのだ。

「僥倖ではあったがな」

鈴印を奪取できたのは、まさに僥倖だった。あれが仲麻呂の手に渡っていたら、あそこで晒されていた首は天皇のものであっただろう。

この国には天皇と皇室を守ろうとする力が働いている。

そう考えたくなるほどの幸運だったのだ。

「さて、まだまだやることが山積しておる。この老体を休ませる日はいつ来るのやら」

吉備真備は右手で首の後ろを叩き、背を伸ばした。

仲麻呂一党に代わり、朝堂の主な座を占める新たな公卿たちは、道鏡の排斥に動くだろう。天皇の前に伸びる道はいまだ険しいままだ。

できうる限りの力を振り絞ってお支えしなければならない。

政には時間がかかる。

不意に、若い頃耳にした藤原不比等の言葉が脳裏によみがえった。

「まことにそのとおり」

吉備真備は足を止め、空を見上げた。

藤原不比等が長く生きていれば、この国はどう変わっていったのだろう。

あの男こそ、まさに傑物だった。四人の息子たちも、孫の仲麻呂もなかなかのものだが、不比等の足元にも及ばない。

「あなたと同じ時を生きてみたかったものですな」

吉備真備は呟き、再び歩きはじめた。

（終）

参考文献

『続日本紀　全現代語訳　上中下』　宇治谷孟　講談社学術文庫
『藤原仲麻呂』　岸俊男　吉川弘文館
『藤原仲麻呂――古代王権を動かした異能の政治家』　仁藤敦史　中公新書
『藤原仲麻呂と道鏡――ゆらぐ奈良朝の政治体制』　鷺守浩幸　吉川弘文館
『聖武天皇――巨大な夢を生きる』　中西進　ＰＨＰ新書
『聖武天皇――「天平の皇帝」とその時代』　瀧浪貞子　法蔵館文庫
『光明皇后――平城京にかけた夢と祈り』　瀧浪貞子　中公新書
『光明皇后』　林陸朗　吉川弘文館
『吉備真備』　宮田俊彦　吉川弘文館
『奈良時代――律令国家の黄金期と熾烈な権力闘争』　木本好信　中公新書

例によって東京大学史料編纂所　日本学術振興会特別研究員－ＰＤの小林理恵氏には三度お世話になった。彼女がいなければ、この小説が日の目を見ることはなかっただろう。ここに記して、感謝の意を表す。

初出　読売新聞オンライン　二〇二二年八月一日～二〇二三年六月十一日

装画　チカツタケオ
装幀　bookwall（村山百合子）

馳星周

1965年北海道生まれ。横浜市立大学卒業。出版社勤務を経てフリーライターになる。96年『不夜城』で小説家としてデビュー。翌年に同作品で第18回吉川英治文学新人賞、98年に『鎮魂歌（レクイエム）――不夜城Ⅱ』で第51回日本推理作家協会賞、99年に『漂流街』で第１回大藪春彦賞を受賞。2020年『少年と犬』で第163回直木賞を受賞。他の著書に『比ぶ者なき』『四神の旗』『黄金旅程』『ロスト・イン・ザ・ターフ』などがある。

北辰(ほくしん)の門(もん)

2024年１月25日　初版発行

著　者　馳(はせ)　星(せい)　周(しゅう)
発行者　安部　順一
発行所　中央公論新社
〒100-8152　東京都千代田区大手町1-7-1
電話　販売　03-5299-1730　編集　03-5299-1740
URL https://www.chuko.co.jp/

ＤＴＰ　平面惑星
印　刷　大日本印刷
製　本　小泉製本

Published by CHUOKORON-SHINSHA, INC.
Printed in Japan　ISBN978-4-12-005735-9 C0093

馳 星周の本

比ぶ者なき

万世一系、天孫降臨、聖徳太子――すべてはこの男がつくり出した。藤原不比等、自らの野望のために一三〇〇年の間、日本人を欺き続けた傑物の生涯。

四神の旗

藤原不比等の四人の子がもたらすのは繁栄か、破滅か？ 皇族と藤原氏。それぞれの謀略が交錯するとき、古代史上最大の闇が浮かび上がる。

中公文庫